「もう一曲、お傍にいてもいいですか?」
「エリナ?」

リティーヌ・ルベリア・ヴァリガン
ルベリア王国第一王女
テルミナ・フォン・ミンフォッグ
ミンフォッグ子爵家令嬢
グレイズ・リィン・ザイフォード
ザーナ帝国皇太子

エリナ・フォン・リトアード
アルヴィスを想う公爵令嬢
シスレティア・
ルタ・コルフレッド
スーベニア聖国女王
アルヴィス・ルベリア・
ベルフィアス
従弟の尻拭いで王太子に

「君が俺を想ってしてくれた
行動を心から嬉しいと思っている」

ルベリア王国物語 2
～従弟の尻拭いをさせられる羽目になった～

紫音【Shion】
イラスト：凪かすみ【Kasumi Nagi】

ルベリア王国物語
～従弟の尻拭いをさせられる羽目になった～
登場人物紹介

アルヴィス・ルベリア・ベルフィアス
従弟の尻拭いで王太子に。

エリナ・フォン・リトアード
婚約破棄された公爵令嬢。

ルベリア王家

ギルベルト・ルベリア・ヴァリガン
ルベリア王国国王。

シルヴィ・ルベリア・フォーレス
ルベリア王国王妃。

キュリアンヌ・ルベリア・ザクセン
ルベリア王国側妃。

ジラルド・ルベリア・ヴァリガン
王太子だったが、廃嫡。

リティーヌ・ルベリア・ヴァリガン
ルベリア王国第一王女。

キアラ・ルベリア・ヴァリガン
ルベリア王国第二王女。

ベルフィアス公爵家

ラクウェル・ルベリア・ベルフィアス
ベルフィアス公爵。アルヴィスの父。

オクヴィアス・フォン・ベルフィアス
ベルフィアス公爵夫人。
アルヴィスの実母。

ミント・フォン・ベルフィアス
ベルフィアス公爵家嫡男マグリアの妻。

マグリア・フォン・ベルフィアス
ベルフィアス公爵家嫡男。
アルヴィスの異母兄。

ラナリス・フォン・ベルフィアス
ベルフィアス公爵家令嬢。
アルヴィスの実妹。

リトアード公爵家

ナイレン・フォン・リトアード
リトアード公爵。エリナの父。

ユリーナ・フォン・リトアード
リトアード公爵夫人。

ライアット・フォン・リトアード
リトアード公爵家嫡男。

ルーウェ・フォン・リトアード
リトアード公爵家次男。

ルベリア王国関係者

リードル・フォン・ザクセン
ルベリア王国宰相

レックス・フォン・シーリング
ルベリア王国近衛隊所属。
王太子専属。

サラ・フォン・タナー
エリナの専属侍女。

ジュアンナ・フォン・ローシア
アルヴィスの専属侍女。

ルーシー・スーダン
アルヴィスの専属侍女。

キリカ・ベルフェンド
アルヴィスの専属侍女。

ティレア・フォン・グランセ
アルヴィス付きの筆頭侍女。

セイラン・ボワール
王族専属執事。

ハーバラ・フォン・ランセル
ランセル侯爵家令嬢。
エリナの友人。

ルーク・アンブラ
ルベリア王国近衛隊隊長。

ハーヴィ・フォン・フォークアイ
ルベリア王国近衛隊副隊長。

ディン・フォン・レオイアドゥール
ルベリア王国近衛隊所属。
王太子専属。

マキシム・フォン・ヘクター
ルベリア王国騎士団団長。

エドワルド・ハスワーク
アルヴィスの専属侍従。

アンナ・フィール
アルヴィスの専属侍女。

ナリス・ベルフェンド
アルヴィスの専属侍女。

イースラ・ハスワーク
アルヴィスの専属侍女。

シオディラン・フォン・ランセル
ランセル侯爵家嫡男。
アルヴィスの友人。

リリアン・フォン・チェリア
元男爵令嬢。

スーベニア聖国

シスレティア・ルタ・コルフレッド
スーベニア聖国女王。

ザーナ帝国

グレイズ・リィン・ザイフォード
ザーナ帝国皇太子。

テルミナ・フォン・ミンフォッグ
ミンフォッグ子爵家令嬢。

CONTENTS

二つの国

王城の一室で頭を悩ませる二人。宰相のザクセン侯爵と国王は揃《そろ》って深くため息をついた。

「全く、このタイミングでスーベニアが参加すると言ってくるとは」

「はい。それも参加されるのは女王陛下だということですから」

ここは国王の執務室。二人が頭を悩ませているのは二通の手紙であった。

あとひと月もしないうちに、ルベリア王国は建国記念日を迎える。この記念日に合わせて、王国内では建国祭と称したお祭りが行われていた。ルベリア王国の建国を記念して開かれる祭事だ。

記念日には、毎年友好国を招いて王城内でパーティーを開くのが恒例となっていた。各国には既に招待状を送ってある。友好国というほどの関係はないが、スーベニア聖国へも慣例ということで招待状を送った。しかし、まさか返事が返ってくるとは考えもしなかった。それも参加という形で。

「目的は明らか、か」

国王の脳裏に浮かぶのは、甥《おい》のアルヴィスの姿だ。立太子の儀式にて起きたことは、今なお信じられない出来事である。あれ以降、何があるわけでもなくアルヴィスは普通に過ごしていた。あれは夢であったと言われても納得してしまうほどに。

アルヴィスの右手の甲、普段は手袋によって隠されているそこには印が刻まれていた。だが、国王がそれを見ることはない。アルヴィス自身も意図的に見られぬようにしているようだ。

女神ルシオラとの契約。それによって何がもたらされるのか。アルヴィスに何か影響はあるのか。国王は大司祭に命じて調べさせてはいるが、現状では何の報告もない。アルヴィスへもそれとなく体調などを聞いてはいるものの、困ったように笑いながらいつも通りだと答えるだけだった。

「アルヴィスに会うために女王自ら出向くとは、考えられないことだが――」

「ですが、それ以外に我が国を訪れるなど考えられません。かの国は鎖国さえしていませんが、これまで積極的に他国に出向くことはありませんでした。それも女王陛下自ら訪国されるとなると、これまでの前例にはないのですから」

そのスーベニア聖国の女王が来る。女神ルシオラと契約を交わしたアルヴィス以外に目的は考えられない。

宗教国家スーベニア聖国。その名を冠する通り、信仰心が強い国だ。無論、ルベリアにも宗教はある。大半の人々が信仰しているのが、豊穣《ほうじょう》の女神ルシオラ。そう、アルヴィスがその祝福を受けた女神である。

創世神話には、女神ルシオラには伴侶がいたと記されている。大神ゼリウムがその伴侶だ。そして、この大神ゼリウムこそが、スーベニア聖国における主神とされていた。

大神ゼリウムは創世記においてこの大陸を創造したとされ、数ある神々の中でも信仰者が多いことで知られている。スーベニア聖国でも、ルシオラを始めとした他の神々も崇拝対象ではあるが、ゼリウムはその中でも特別だ。ゼリウムではないものの、その伴侶であったルシオラの契約者ともなればスーベニア聖国が気にならないはずがない。

「何かを要求してくるとすれば、考え得ることは婚姻だろうが」

「スーベニア聖国は血統による王位継承をしてこなかった国ですから、婚姻による取り込みというのは可能性として低いと思われます」

「……それはそうか」

スーベニア聖国の女王は、一代限りのもの。現女王が次期女王を指名するらしい。どういった者が女王になるのかは、他国であるルベリアにはわからない。現女王に夫はいないが、王配となるにはアルヴィスと年齢が離れていたはずだ。女王が独身ならば、王女と呼ばれる存在もいないということになる。だからこそ、ザクセン侯爵は婚姻の可能性が低いと判断したのだろう。

「だが、そうすると考えられることは例の少女の方か」

「私もそう考えております」

同じく返答が届いたザーナ帝国。ルベリアの隣国であるマラーナ王国を挟んで反対側に位置する国である。規模はルベリアと同等程度で、友好国として関係を続けている国だ。

その帝国には、アルヴィスと同じような少女がいると、手紙に記されていた。子爵家の令嬢であった少女は、現在帝国の皇太子に保護されているらしい。今回は皇太子に同行し、同じ契約者と顔を合わせたいと記されてもいた。意図は違えど、目的がアルヴィスに会うことなのは同じようだ。

恐らく、スーベニアの女王がこれを知れば、同席させてほしいと言ってくる可能性もある。アルヴィスもそうだが、例の少女にも会いたいと考えているはずだ。帝国側とスーベニアが各々で会うというならば意見を言えるはずもないが、そこにアルヴィスが関わってくるなら話は別である。

「厄介なことになったものだな」

「……いかがなさいますか？」

国王は頭を抱えた。スーベニア聖国の女王が来るだけでも予想外の出来事。そして、スーベニアは一国家ではあるが、各国にある大聖堂の総本山でもあるのだ。宗教は人々の拠《よ》り所《どころ》の一つ。要求を無下にするようなことは出来ない。とはいえ、ルベリア王国として安易に飲み込むことも出来ないのだ。願うはスーベニア聖国の女王が無理な要求をしてこないことだけである。

「……アルヴィスを呼べ」

「はっ」

◆◆◆

執務室で書類に目を通していると、国王が呼んでいるとの知らせを受けたアルヴィス。朝食の席では特に何も聞いていなかったため、アルヴィスは急を要する何事かが起きたのかと眉を寄せた。呼びに来たのは王族専属である執事の一人、セイラン・ボワールだ。

「伯父上から突然呼び出しとは……何か聞いているか？」

「いいえ。ですが、お急ぎのようでした」

「そうか。わかった。今向かう」

急ぎの要件ともなれば、よほどのことが起きたのだろう。考え付くのはやはり建国祭関連のことだ。スーベニア聖国の参加の件は既に報告として聞いているが、それ以外にも知らせたいことが出来たのかもしれない。既に準備は始められている。アルヴィスが手に取っていた書類も建国祭関連のもの。建国祭で調整が必要なことが起きたのならば、早めに知っておくに越したことはない。

「エド、伯父上の執務室に行ってくる。その間、これに関する資料を集めておいてくれ」

「承知しました」

侍従ではあるが、流石《さすが》に国王の執務室へエドワルドを伴うわけにはいかない。留守の間のことを指示すると、アルヴィスはセイランと共に部屋を出る。

「殿下、どちらに向かわれるのですか？」

「伯父上のところに行ってくる」

「わかりました」

外に控えていたのは王太子専属である近衛《このえ》隊のディンだ。レックスは近衛隊の詰所に呼ばれていて、ここにはいなかった。今日のアルヴィスに外出予定はない。それでも王太子の護衛として城内にいる場合でも一人は傍《そば》にいるようにと近衛隊隊長のルークより強く言われている。そんな生活がひと月も続けば、常に誰かが傍にいるという状況にも慣れるというものだ。

「セイラン、ジュアンナが直に戻るはずだ。少し留守にすると伝えておいてほしい」

「かしこまりました」

深々と頭を下げるセイラン。その横をアルヴィスは通り過ぎて、回廊を進んだ。国王の執務室はちょうど反対側の回廊にある。アルヴィスが歩けば、王城に勤めている侍女や文官らとすれ違うことも多い。皆がアルヴィスに対して頭を下げるが、それには軽く手を上げる程度で応じるに留《とど》めている。一人一人に言葉を返していては、キリがない。この立場に立たされた当初に学んだことだ。

「慣れ、か」

「殿下？」

「……何でもない」

そうこうしているうちに、国王の執務室へとたどり着く。ディンが同行出来るのはここまでだ。

「ディンは――」

「ここでお待ちしております」

戻っていいと伝えるつもりが先に言われてしまい、アルヴィスは思わず頬を掻《か》く。必要以上の話をすることのないディンだが、こういった時は鋭く反応する。アルヴィスが何を言うのか、予想が付いているのだろう。顔色一つ変えることなく、ディンは真《ま》っ直《す》ぐにアルヴィスを見ていた。

「待機しておりますので」

「……わかった」

有無を言わせない眼光を向けられ、折れるのはアルヴィスだったらしい。どれくらい時間がかかるかわからないまま待たせるのは気が引けるが、それもディンの仕事の内。アルヴィスが近衛隊として同じような場面に遭遇したなら、待つことを選んだだろうから。

ノックをすれば部屋の中から声が掛かる。アルヴィスが扉を開ける前に、扉が開かれた。

「お待ちしておりました、殿下。どうぞお入りください」

開けたのはザクセン侯爵だった。頭を下げて中へ入れば、執務机で疲れたように肩を落としている国王の姿がある。

「伯父上、お呼びと聞き参上しました」

「突然すまなかったな、アルヴィス」

「いえ」

立ち上がった国王がソファへと移動したので、アルヴィスもソファの国王の正面に座った。アルヴィスを出迎えてくれたザクセン侯爵は座らずに、一旦外に出てしまう。だが、然程《さほど》時間を置かずして侍女と共に再び現れた。どうやらお茶の用意をしていたらしい。準備を終えて侍女が部屋を出るまで、国王は黙ったままだった。アルヴィスもそれに合わせて黙ったまま状況を見守る。三人だけになったところで、国王が漸《よう》く口を開いた。

「お前に話しておかねばならぬことが出来た」

「建国祭関連のことでしょうか？」

「そうだ」

国王が頷《うなず》くと、隣に控えていたザクセン侯爵が封筒をアルヴィスへと差し出す。手紙は二通だ。ルベリア王家の紋印が押されているそれを手に取ると、中の手紙を取り出した。手紙の内容は、一つはスーベニア聖国からの返信。そしてもう一つはザーナ帝国からのものだった。

「帝国から皇太子と……」

　そこには、皇太子と共に随行したい少女がいるということが書かれていた。その少女は、アルヴィスと同じく神との契約者だという。アルヴィスは思わず目を丸くする。確か、神との契約は稀《まれ》な現象だったはずだ。大聖堂から、そのように説明を受けている。しかし、手紙には間違いなく神との契約をした少女と記載があった。筆を執ったのは皇帝。偽りが書かれているとは考えにくい。

　読み終えると、アルヴィスは手紙を再び封筒へと戻し、国王の前へと差し出した。

「スーベニア聖国の話は既に宰相から聞いているかと思うが、帝国からも返答がきた。書かれている通りなのだが……お前はどう思う？」

「どう、ですか……」

　腕を組んで右手を口元に当てながら、アルヴィスは考える。

　ザーナ帝国とは、これまで良好な関係を築いてきている。近年では帝国の皇族関係者がルベリアを訪れるのは建国祭のみだが、皇太子という立場の存在が来たことはほとんどない。神の契約者という存在をそれだけ重要視しているともとれる。次期皇帝自ら庇護《ひご》下《か》に置いているのだ。間違いないだろう。帝国の皇太子は、研究者気質《かたぎ》の人物とアルヴィスは聞いていた。神との契約についても調査をしている可能性は高い。

　アルヴィスは右手を下ろすと、そっと左手でその手の甲に触れた。手袋の下に隠された紋章のことは、アルヴィスも空いた時間に調べてはいるが、目ぼしい成果は得られていない。あの元令嬢の方が何かを知っているような気はするが、会いに行くのは気が進まない。とはいえ、避けてもいられない。騎士団側が落ち着いた段階で確認をしに行くべきだろうが、今は建国祭を優先すべきだ。手元にいる以上、会うことはいつでも出来る。

頭を切り替えると、アルヴィスは口を開いた。

「私は応じてよいと思います。皇女ではなく皇太子が来るというのならば、目的は手紙の通りだと受け取って構わないと思います」

「確かに、皇女ならば縁を結ばせるためと考えられるが、皇太子ならばそれもない、か」

実際には、売り込みという形がないとは限らない。しかし、相手があくまでアルヴィスと皇太子、その少女の対面が目的と言っている以上、取り合う必要がなくなる。帝国としても、その少女を他国に渡したいとは考えていないだろう。そうそう出現することのない契約者なのだから。

ふとアルヴィスの脳裏に、先日の庭園での出来事が思い浮かんだ。アルヴィスを神子《みこ》と呼び、契約をしたと告げた存在。あれは一体何だったのだろうか。害を成す存在とは思えなかったが、得体の知れない存在には違いない。もしかすると、その少女にも同様のことが起きているのだろうか。

「――ヴィス、アルヴィス!!」

「っ!」

荒げた声で名を呼ばれて、アルヴィスはハッとする。国王の目の前で思考に耽《ふけ》ってしまっていたようだ。

「申し訳ありません、考え事をしていました」

「……何か気がかりなことでもあるのか?」

「……いえ、そういうわけではありません。ただ帝国にとって益になるような情報を私は持っていないと思っただけです」

今の状況では、女神ルシオラのことばかりを考えてもいられず、同じ契約者として会いたいと請われても何も返すことは出来ない。あの魔物についても、あれ以降姿を見せることはなく、一体何者だったのか調べることは出来ていないのだから。

「まぁよい。して、帝国との件だが」

「はい」

「こちらの想定より早めに到着するらしく、そのつもりで予定を組んでいてもらえるか?」

「はい、承知しました」

例の少女のことを抜きにしても、来賓として迎える相手が皇太子であるのだから、ルベリアとしても王太子であるアルヴィスが相手をするのは当然だ。アルヴィスに異論はない。

「では帝国側の対応については任せた」

「はい」

「それとスーベニア聖国だが」

スーベニア聖国については、アルヴィスも学園で習う程度の常識程度の知識しか持ち合わせてはいない。国交がないわけではないが、率先して他国と交流を深めるような国風ではないのだ。

「女王陛下自らともなれば、私よりも伯父上が対応すべきかと」

国主同士の間に、まだ王太子でしかないアルヴィスが割って入るのは失礼にあたる。あちらがそのつもりがなくとも、だ。国王もそれはわかっているようで、首を縦に振った。

「うむ。無論そのつもりだ。だが、恐らくそれでは済むまい」

表向きは、建国祭の祝いの為《ため》に来ることになっているが、スーベニア聖国は宗教国家。その宗教というのに女神ルシオラが無関係でない以上、アルヴィスが無関係でいることは出来ない。

「いずれにしても、何かしらの接触はあるだろう。アルヴィスもそのつもりで備えておれ」

「……承知しました」

ここで何を話しても、全ては憶測にすぎない。話はこれで終わりだ。アルヴィスは、立ち上がって頭を下げると部屋を出て行く。

部屋の外では、待機していたディンが直立不動で立っていた。多少、壁に寄りかかるなどしても文句は言われないだろうが、ディンはそういった仕草を見せたことはない。アルヴィスを見つけると、足早に傍へ寄ってくる。

「陛下のご用事は済んだのですね」

「あぁ。これから戻る」

「御意に」

考えることはまだまだある。だが、ある意味で建国祭はアルヴィスにとって初となる外交の場。力量が試される機会でもある。国外は勿論《もちろん》のこと、国内からも注目が集まるのは間違いない。己の言動に注目が集まることには慣れているものの、今のアルヴィスには背負わなければならないものがある。その重みも感じずにはいられなかった。

遠征への同行

建国祭の準備が進む中、アルヴィスはルークら近衛《このえ》隊の遠征に同行していた。基本、近衛隊は王城勤務。王族を守るのが主な役割だから当然なのだが、全く王城から出ないわけではない。時には精鋭部隊として王都外の魔物退治などに駆り出されることもある。書類仕事ばかりのアルヴィスにとっては気分転換にもなるし、建国祭前に近衛隊の気を引き締める意味もあった。

遠征への同行ということで、アルヴィスは普段の服の上から外套《がいとう》を羽織っている。腰に携えているのは近衛隊時代からの愛剣だ。そんなアルヴィスの横をルークが歩いていた。近衛隊にも支給の外套があるのだが、ルークはいつも通り気崩した隊服だけだ。肌を晒《さら》すということは、傷を負いやすいということもあって推奨されない。しかし、ルークが公的な場面以外でマントなどを羽織っているところは見たことがなかった。ハーヴィには毎回注意をされているのだが、直す気配はない。今更怪我《けが》の一つや二つあったところで変わらない、というのがルークの弁だ。

「そう言えばお前も聞いていると思うが」

「何を、ですか?」

歩きながらなので、お互い顔は見ていなかった。周囲の警戒も怠ることは出来ないからだ。アルヴィスとルークは真《ま》っ直《す》ぐ前を向いたまま小声で話をする。

「……ザーナの話だ」

「ええ、その話なら伯父上から聞きました」

アルヴィスがその話を聞いたのは、先日のこと。そのこともあり王太子の仕事以外にも、あの日以来ザーナ帝国とスーベニア聖国の知識を最近の状況まで確認し直しているところだ。

帝国の現皇帝には、六人の妃《きさき》と皇子皇女合わせて十人の子どもがいる。皇后腹の長男が皇太子となっている。全員の子どもに皇位継承権はあるらしいが、皇太子は皇帝が指名するため他の子どもたちは臣下に下るか、他国に婚姻して入ることになるという。学園でも学ぶ常識だ。

その皇太子には婚約者はいない。例の少女が庇護《ひご》下にあるということで、彼女がその第一候補と見られていることは十分に考えられる。共にルベリアに来るということも含めて。

「知っているなら話は早い。帝国の皇太子の件で、耳に入れておきたいことがある」

「皇太子の？」

ルークは平民出身の近衛隊長という珍しい経歴の持ち主。先代騎士団長の推薦で騎士団に入る前には、帝国にも出入りしたことがあるらしい。そのためか、帝国にも知り合いがいるようだ。

「俺の友人から聞いた話だ。今の皇太子ってのは研究者としては有能らしいが、ちょいと面倒な性格の持ち主らしい」

「面倒というと」

「お前もマナを操作することには長《た》けているからわかると思うが、マナについてはまだわかっていないことも多い。その皇太子の研究というのが、人間の体内にあるマナについてみたいでな。興味が湧いた研究対象には、容赦がないって話だ」

ルークが言う通り、人間が誰しも保有しているというマナについては不明な点もまだまだある。以前は、現代よりもより多くのマナで世界が満ちていたという話も聞く。人間が保有する以外にも世界中にマナが溢《あふ》れていたと。それこそ、妖精と呼ばれる存在が街中にいたというほどに。だが、創世神話からの話なのでアルヴィス自身はあまり信じていない話だった。尤《もっと》も、今となってはそれも信じないわけにはいかなくなってきているのだが。

皇太子は興味が湧いた対象へは執拗《しつよう》に追いかけるというか、少々粘着質の気があるらしい。ルークの情報から察するに、皇太子と例の少女との関係は研究者と研究対象。滅多に現れない契約者など、恰好《かっこう》の獲物というわけだ。アルヴィスは冷や汗を感じた。

「あちらもお前が契約したことは知っている。流石《さすが》に他国の王太子に対しては遠慮するだろうが、変人らしいからな。気を付けろよ」

「気を付けろって……」

何をどう気を付けろというのか。建国祭のパーティー以外の場で会うことは決定事項。避けられるわけもない。ただ事前に知っていれば、心構えは出来る。

「そういえば……リトアード公爵令嬢には話したのか？」

「いえ。まだ、彼女に知らせるような段階ではありませんから」

婚約者ではあっても、エリナは〝公爵令嬢でしかない。この情報を伝えるにはまだ早いだろう。そう考えた上で、アルヴィスはまだ話す必要はないと判断した。

すると、隣の気配が動く。アルヴィスが反応するよりも早く、ルークがアルヴィスの後ろから肩に腕をまわしていた。

「隊長、歩きにくいのですが」

「二人きりでないにしろ令嬢と会うんだろ？　そこは婚約者として話しておくべきだと思うがな」

「会うって、そういう意味では」

「女ってのは、意味なんて関係ないのさ。自分以外の誰かと会っていれば不安になる。内緒にされていたなら尚更《なおさら》な」

エリナがそういう女性だとは思わないが、ルークが言っているのは一般論らしい。疑っていないくとも、不安になるのが女性というものだと。

「それに、帝国側の思惑はともかく、例の国はそうじゃない可能性が高いだろ」

「それは……」

明言を避けているものの、ルークが言っているのはスーベニア聖国のことだ。神を何より崇拝する国が、今回に限ってルベリアの建国祭に参加を表明したこと。同じくアルヴィスと同じ力を与えられた少女の存在。それを手元に置きたいとスーベニア聖国が考えたとしても不思議はない。

アルヴィスが王太子である以上、求めてくる可能性として高いのは、その二人の婚姻だ。より正確に言えば、スーベニア聖国が欲するのは二人の血を引いた子どもだろう。

女神信仰は、スーベニア聖国ほど強くないがルベリアでも信仰されているものだ。民衆からの反対は強くないことも予想出来る。信仰深い民衆からも支持される婚姻かもしれない。ただし、先の婚約破棄の件を考えればルベリア国民からは非難される可能性の方が高いだろうが。

それに、少女は既に皇太子の庇護下にある。帝国が彼女を重要視しているのなら、手放すことは考えにくい。宗教国家を謳《うた》っている以上、スーベニア聖国側も強く請求はしてこないはずだ。勿論《もちろん》、希望的観測と言われればそれまで。いずれにしても、会ってみなければわからないことは多い。

「かの国がどう出てくるかの議論は、後々伯父上ともします。ただ、エリナへ伝える必要はないでしょう。今は」

「……いつの間にやら壁は取り払っているようだな。惚《ほ》れたか？」

ニヤニヤ顔を向けてくるルークに、アルヴィスは眉を寄せて肩に回された手を乱暴に払った。

「いつまでやっているのですか」

「図星か」

アルヴィスはハァと深く息を吐いた。そして少し考えてから答える。

「……まだわかりません」

「おいおい」

呆《あき》れた顔を隠そうともしないルーク。そう思われても仕方ないことは、アルヴィスも自覚している。惹《ひ》かれていることを否定も出来ないし、肯定もしない。優柔不断だと言われればそれまでだ。しかし、まだどこかで二の足を踏んでしまう。過去の記憶が先に行くことを留《とど》まらせるのだ。彼女と、エリナは別人。理解しているのだが、それでも踏み出せないのはそれだけ当時のアルヴィスにとっては大きな出来事だったからなのだろうか。否、アルヴィスが弱いだけなのかもしれない。

「ったく、それで最近はどうしている？」

「彼女は学園の寮で生活をしています。王妃教育として城に来る機会も以前より減っていますから、顔を合わせたのは、先日の庭園以来です」

あれも予期せぬ出来事だった。そう、不思議な存在と出会ったことも含めて。

神子《みこ》、とアルヴィスのことを呼んだそれ。その言葉自体は以前にも耳にしたことがある。例の元令嬢であるリリアンが漏らしていた言葉だ。その名の通りの意味だろう。だが、それ以前にアルヴィスは別の言葉を聞いていた。立太子の儀式の折に、大聖堂で誓いを立てた時のことだ。女性の声で告げられた言葉は、「吾子《あこ》」だった。すなわち、声の主が女神ルシオラということになる。

声が聞こえたことはラクウェルたちに告げたものの、その内容についてアルヴィスは伝えていなかった。あの時は、それどころではなかったといった方が正しい。

「お前も書類漬けのようだが、ちゃんとやり取りはしているのか?」

思考に耽《ふけ》っている間にも、ルークの話は続いていたらしい。エリナとの関係が気になるということは、国王か父であるラクウェルらにでも探りを入れられているのだろう。

元上司と部下という間柄もあって、ルークならばアルヴィスも答えやすい。少なくとも、伯父や父から聞かれるよりは素直になることが出来た。

最近のエリナとのやり取りを思い返す。婚約したばかりの頃もそうだったが、エリナはまめに手紙を届けてくれる。アルヴィスも出来るだけ返事を書くように心がけてはいるが、返事を出せずにいることもあった。手紙を書けない場合は、代わりに花を届けさせている。

「手紙は、交わしています。返事を出せない場合もありますが」

「ほぅ？」

エリナから届けられる手紙には、何気ない出来事の報告も綴《つづ》られていた。学園で友人と楽しく過ごしている様相が想像出来て、然程《さほど》離れていることを感じさせなかった。

エリナの手紙の内容を思い出せば、少しだけ口元が緩む。大袈裟《おおげさ》なほどアルヴィスを案じてくれるのはあの事件が原因だろうが、全てエリナの本心からの言葉だ。それがわかるからこそ、アルヴィスも素直に言葉を受けとることが出来る。

エリナとの話を口にしている時に、アルヴィスの表情が柔らかなものになっていた。無意識なことで、アルヴィス自身は気づいていない。だが、横にいるルークは当然気が付く。驚くように目を見開きつつも、その変化にルークは笑う。

「ふっ、上手《うま》くいっているようだな」

「ルーク隊長？」

一人で納得したように頷《うなず》いているルークに、アルヴィスは怪訝《けげん》そうな顔を向けた。

「いや、何でもない。気にするな」

「？　そうですか」

ニヤニヤと機嫌が良い様子のルーク。なおもわかっていない様子のアルヴィスを見て、ルークは更に目元の皺《しわ》を増やす。

「ただ一つだけ年長者からの助言だ」

「……何ですか？」

流石に横でニヤニヤされれば、意味はわからずとも嬉《うれ》しくはない。少しばかり拗《す》ねた口調にはなってしまうのも仕方がないだろう。

「手放すなよ。一つくらい貪欲になれ」

アルヴィスの肩にポンと手を置いたかと思うと、ルークは前を進むレックスらに声を掛けに行ってしまう。

（貪欲に、か……俺には縁遠かった言葉だな）

貴族家の次男など、どこでもそういうものだ。長男より目立たず、かといって埋もれないように上手く立ち回ることを求められる立場。公爵家出身だったアルヴィスは、他貴族よりも上の能力を求められたが兄であるマグリアより抜きん出てはいけなかった。特段父から指示されたわけではない。幼少期の経験からそうあるべきだと考えていたのだ。

そんな十数年を過ごした中で、突然貪欲になどなれるはずがないだろう。ただ、近い将来国を預かる立場になれば、今のアルヴィスのままではいけないこともわかっている。何か一つでも、強い想《おも》いを持つことが出来れば変わるのだろうか。

ふと、アルヴィスは胸元に手を当てた。そこには、誕生日に贈られたエリナからのペンダントがある。このペンダントには魔除《まよ》けと治癒の力が込められていた。ほんの気持ち程度の効能ではある。しかし、遠征に出る朝にアルヴィスは躊躇《ためら》いもなくこのペンダントを身に着けた。

危険なことはないが、怪我をしないとは限らない。と言っても、それは近衛隊時代の経験。今、アルヴィスは近衛隊に守られた位置を歩いている。魔物が現れたとしても、真っ先に周囲は固められるはずだ。有事の時に飛び出すのはアルヴィスではないのだから。

かつての同僚たちが戦う姿を見ても、これを身に着けていれば己の立場を忘れずにいられるような気がした。もう近衛隊ではない。前衛に出なくてよいのだと。怪我をすればエリナを再び不安にさせてしまうだろう。もうあのような想いをさせたくはない。悲しませることは出来ない。それがアルヴィスをこの場に留めてくれる。

エリナへの想いはわからなくとも、それだけはアルヴィスの中にある確かな想いだった。


一時間ほど経過した所で、隊列は警戒を増した。近くに魔物が現れたからだ。遠征に向かう時、必ず先遣隊を出すことが決まりとなっている。今回も通常の遠征と同じく先遣隊を出していたが、その先遣隊から報告が上がったのだ。

ルークが一旦離れて前に向かうと、その代わりにアルヴィスの傍《そば》には護衛としてレックスとディンが配置された。前を二人が固めたため、エドワルドはアルヴィスの後ろを守るように位置取る。

「アルヴィス様」

「わかっている。手出しはしない」

遠征でのアルヴィスの役目は、守られること。戦闘を行うなとまでは言われていない。だが、近衛の手が回らない場合のみに許される行為である。近衛隊の実力は国内でも随一のもの。所属していた部隊なのだから、アルヴィスもよく理解していることだった。

近衛隊にいた頃、アルヴィスは前衛を任されていた。非常時には真っ先に前に出て状況を確認しながら魔物を掃討する遊撃の役割を主に担う。だが、今いる場所は部隊の後方。それはアルヴィスに強い違和感を与えていた。しかし、この位置にいるからこそわかることもある。

「こういう連携を見たのは久しぶりだな……」

「アルヴィス様？」

「俺はいつも前に出ていた。だから、他の先輩たちの戦闘を見るのは訓練の時くらいだったから」

連携も何も考えずに先を行くのが当時のアルヴィスらの役割で、フォローするのが先輩の仕事だった。所属期間が短かったせいもあり、じっくりその戦い振りを観察する暇はなかった。だからこそ、本格的な戦闘前から陣形や作戦を考える近衛隊士の様子は新鮮に映っていた。

「アルヴィス様も、学園では部隊の指揮をされていたのではありませんか？」

エドワルドが意外そうに聞いてくる。侍従として学園では傍にいたが、授業中は侍従といえども同席は出来ない。しかし、エドワルドも学園の卒業生。大体の授業内容は頭に入っているのだろう。確かにエドワルドの言う通り、学園では魔物との戦闘を経験する授業が組まれている。学生自身が部隊を構成し、実際に戦闘を行うものだ。

当時のことを思い出し、アルヴィスは困ったように笑う。同級生の中に、剣技に長けたものがいなかったわけではない。剣の実技においては、アルヴィスが主席で次席は女子学生だった。部隊は男女別で組まれていたため、よく結果を争ったものだ。中には、女子というだけで見下していた男子学生もいたが、完膚なきまでに叩《たた》きのめされていた。改めて思えば、そういった連中と共に部隊を組んでいて、よく耐えていたものだと思う。実際にはアルヴィス一人で片付けていたのだが、いるだけで面倒な存在だったのだから。

「指揮したと言っても、たかが学生の部隊だ。プライドの高い貴族の子息らを引き連れていれば、指揮するより自分で片付けた方が早い」

学園の演習なので魔物の強さも大したことはない。使えない連中を指揮するくらいなら、アルヴィスが動いた方が効率的に処理出来る。実際、そうして学園での授業はこなしていたように思う。

「つまりは、ご自分が動かれたと？」

「そういうことだ。足手まとい以外の何者でもなかったからな」

貴族子息にとって、剣に触れたことが無い者はいないのだが、剣の実力以上に面倒なのはそのプライドだ。逃げ腰の方がまだいい。我先にと利を得ようとする学生や、アルヴィスへアピールをする学生。爵位を盾に位置取りを決めようとする学生など、言い出せばキリがない。

だから学生間で部隊を組む場面では、アルヴィスが長となり指揮をすることが常だった。アルヴィスよりも高位の貴族子息はいない。体よく押し付けられたと言っても間違いではないはずだ。実際、アルヴィスが一人で突っ走っても不平不満を募らせるような連中はいなかった。学園側の思惑通りに上手く使われたということなのだろう。適材適所の部分もあるので、アルヴィスも不満があるわけではない。ただ、面倒事ばかりを押し付けられているような気がしているだけで。

「剣の腕があっても我を出しすぎれば連携も何もない。魔物の前に出て死ぬだけの烏合《うごう》の衆だ」

「それは何と言いますか……」

「そもそも学園での演習で、魔物に遭遇することは少ないし、遭遇しても大した魔物ではないから、先走っても大きな問題にはならない」

もっと言えば、問題にされないように意図的にそういう場所を選んでいたはずだ。それも高位貴族子息が所属する部隊のみ。アルヴィスからすれば、要らない気遣いだった。

「高位貴族も大変なのですね……」

「ディン？」

不意にディンがぽつりと漏らす。正面を向いたままなので表情はわからないが、呆れているようにも感じる。今でこそ騎士として仕えているが、ディンの生家は伯爵家だ。高位貴族という分類は伯爵位から上の爵位を示す。家を出て騎士爵位を保持していることから、伯爵家とは関係がないと公言しているものの、学生当時の括《くく》りでいえば十分にディンも高位貴族の出と言えるだろう。

「我々は殿下方の時ほど、過保護ではありませんでしたので」

「過保護……そうかもしれないな」

ディンらが学生の時と、アルヴィスの時ではやり方が異なっているのは、不思議な事ではない。ディンが学生だった頃とは、既に二十年以上前の話なのだから。話を聞くと、相当無謀な場所で演習を行っていたらしい。今の学生たちには到底無理だろう。

そういう経験をしたディンからすれば、今の学園は過保護だと言われても仕方ないのかもしれない。教師らは貴族子息令嬢に対して気を遣いすぎなのだ。傷を一つでもつければ批判されるが、かといって全てをお膳立てすることは為《ため》にならない。そこを見極めながらの調整は難しいところだ。

「恐らく、ジラルドらもそうだったのかもしれないな」

「……」

ここで誰も同意をしなかったのは、廃嫡されたとはいえジラルドが国王の子どもだからだろう。心の中でどう思っていようとも、近衛隊であるレックスやディンが不平を言うことは、咎《とが》められることはないとしても好ましくない。無論、アルヴィスも同意を求めているわけではなかった。ただ、納得しただけで。ジラルドの傲慢さを助長するような対応を、学園側もしていたのだろうと。

「ジラルドに対して……否、ジラルドだけじゃない。それ以外もそうだが……教師側が指摘することが出来なかったのかもしれないなと思ったんだ。過去に、侯爵家の子どもに処罰された教師もいるらしいからな」

子どもの言うことを真に受けて、爵位や権力を盾に人を陥れる人間はいる。加えて、教師になる人物は平民か爵位を継げない次男三男以下の貴族子息が多い。それも下級貴族に。学園長には代々王族の縁者がなっているが、それでも全てを取り締まることは出来ていない。だが、ある程度の梃《て》子入《こい》れは必要な時期にきているということなのだろう。今後のためにも。

そんな話をしていると、前で指示を出していたはずのルークが傍まで戻って来ていた。それと合わせて、アルヴィスは不穏な気配も感じ取る。魔物の気配だ。

「話をしているところ悪いが、ポイントに到着だ。気を引き締めろ」

「はっ！」

途中までは戦闘の話だったが、いつの間にか学園の話題に切り替わっている。無駄話をしていたと思われても無理はない。レックスとディンは、声をかけられ背筋を伸ばす。

「ったく、余裕だな」

「戦闘開始ですね。すみません」

「その通りだ。相変わらず、察しがいい」

更に辺りの空気が変わる。近衛隊士らが戦闘態勢に入ったのだ。半ば無意識だったが、アルヴィスも腰に差してある剣の柄《つか》に手を掛けようとしていた。それに気づいたルークが手を止める。

「まだ必要ない。それはな」

「あ」

手を止められたことで初めてアルヴィスは、剣を取ろうとしていた己を知った。習慣とは恐ろしい。戦闘を行わないと言われていても、意識せずに手が動くのだから。

「すみません、隊長」

「予想通りだ。構わん。常に先陣を切っていたことを考えれば、無意識に動くのは当然だろう」

頭ではわかっているのに、身体《からだ》が反応してしまっていた。仕方ないことだとルークは言う。実際その通りなのだろう。それを矯正するためにアルヴィスはここにいるのだから。

アルヴィスは己の両手を目の前に持ってきた。その掌《てのひら》を見れば、どれだけ剣を握ってきたのかがわかる。ゆっくりと手を握りしめて、アルヴィスは目を閉じた。

「アルヴィス様」

「……大丈夫だ」

湧き上がってくる感情は、まだ近衛隊だった頃の自分が忘れられないから。これを抑えなければならない。己の立場を忘れてはいけない。そう言い聞かせるようにアルヴィスは拳に力を込めた。

再び目を開けて、アルヴィスは辺りを確認する。遠くからは戦闘音が聞こえているが、アルヴィスの目に届く範囲で戦闘は行われていない。

「戦闘の中心は向こう、ですね」

「あぁ」

ルークもアルヴィスと同じ方角を見ていた。鈍い音は、魔物との戦闘音の証拠だ。納得するルークとアルヴィスとは対照的に、エドワルドはよくわかっていないようで辺りを見回していた。ここで状況に追いついていないのは、エドワルドだけだった。

今回の遠征は、毎年行っている近衛隊の訓練行事の一つ。近衛隊にとっては慣れた場所である。アルヴィスも昨年、経験済みだ。参加したことがないエドワルドだけがわからないのも当然である。

そんなエドワルドにもわかるようにとの配慮なのか、ルークが口を開く。

「国内にも瘴気《しようき》が溢れる場所があるのは知っているな？」

「勿論です。公爵領でも何度か調査をしましたから」

学園入学前は領主の息子としてベルフィアス公爵領を見回ることも多かった。剣で身を立てるつもりだったアルヴィスには格好の訓練場所でもあったため、よく調査には同行していたのだ。

「王都に最も近い瘴気発生地がここだ。そして、瘴気には魔物を惹き付ける力がある」

瘴気がどういったモノなのかという解明は出来ていない。しかし、一定の周期で溢れだすことだけはわかっている。だからこうして定期的に対処する必要があるのだ。近衛隊が王都近郊にて行っているのは、隊を長期間王都から引き離さない為である。長期間、近衛隊が王都から離れれば、それだけ王族の守りが薄くなる。遠隔地には、騎士団や各領地が責任を以《もっ》て行うことになっていた。

「まだ瘴気発生地には距離があるが、先遣が魔物を発見した。隊列は陣形を組んでいる。ここで逃すことのないように囲いを作っているんだが……」

「ただ？」

「今回は、数が多いな」

アルヴィスは眉を寄せた。ここは王都近郊だ。建国祭が控えていることもあり、取り逃がしは出来ない。

次第に戦闘音が近づいてくる。戦闘時は常に状況が動くもの。徐々に戦場は広がりを見せているのだろう。アルヴィスたちがいる場所は殿《しんがり》の役目も担っている。これ以上は、戦場を広げてはならないという印だ。その近くまで来ているということは、予想以上の数との戦闘が繰り広げられているということに他ならない。

既に視界の先では、魔物との戦闘を開始している隊士らの姿を捉えることが出来ていた。ここでアルヴィスが動いて、魔物との距離を縮めることはまだ出来ない。それが必要だと判断する時が来るまでは。ここでのアルヴィスへのミッションは、第一に手を出さないことなのだから。魔物の気配が近づけば近づくほど、無意識に手は動く。左手は剣の柄を握っていた。

「アルヴィス、耐えろ」

強張《こわば》ったような声でルークがアルヴィスを制する。だが現状、悠長にはしていられないことはルークの表情からもわかる。ここでアルヴィスが判断すべきは一つだ。

「では隊長は行ってください。嫌な予感がします」

「アルヴィス……」

「演習の目的を忘れてはいけません。俺はここにいます。最悪な事態が起きない限りは、手を出しません。ですから、行ってください」

アルヴィスはいわばついでのようなもの。本来の目的を疎《おろそ》かにしてまで拘《こだわ》ることではない。ルークは指示に頷き、右手を胸に当てて騎士礼を取った。近衛隊長として、王太子であるアルヴィスに従うということである。これまでとは違い、ルークは公的な場で見せた硬い表情へと変えた。

「承知しました、アルヴィス殿下。……ディン、お前も来い。レックスは殿下の傍を離れるな」

「はっ」

「はいっ!」

駆けて行くルークとディン。一気に緊張感がはね上がる。護衛を一人減らしたのは、ルーク自身がアルヴィスの技量を認めている証拠。ここにいるのが、アルヴィスではなくジラルドやリティーヌだったら、ルークの代わりに誰かを寄越《よこ》していたことだろう。

ここにいると明言した以上、アルヴィスに出来ることは見ていることだけ。それも安全な場所で。

「想像以上に、キツイな。見ているだけというのは」

「ですが、それが貴方《あなた》の仕事です。今後も何かが起きたとしても、進んで戦うことは出来ないのですから」

「あぁ。わかっている。わかっているさ……」

闘う力があるというのに加わることは許されない。ひとたび戦闘へ赴けば、無傷ではすまない。アルヴィスに出来るのは、彼らを見守ること。後方から支援をすることだけだ。

アルヴィスは、目を閉じると右手に力を込めた。

「アルヴィス様？」

「俺に出来るのはこれくらいだからな」

マナを練り上げると、アルヴィスは前方へ向けて放つ。マナを受けた近衛隊士にほんの少しだけマナを分け与えたのだ。他人へマナを注ぐことは、アルヴィスが得意とする操作の一つ。尤も、同じようなことをするものは近衛隊の中にはいないので、ある意味では特異能力といってもいいのかもしれない。

マナでの補助など気休め程度にしかならないが、それでも何かせずにはいられなかった。繰り広げられている戦い。剣を交わす元同僚たち。そうでもしなければ飛び出したくなる。そんな衝動をアルヴィスは必死に抑えていた。


漸《ようや》く戦闘が終わり、その疲労感から皆が地に座り込む。肩で息をしている者もいれば、そのまま地面を背に倒れこむ者たちもいる。それだけでどれだけの戦闘だったのか、想像するに難くない。

彼らから少し離れた場所の木陰でアルヴィスも腰を下ろした。周囲の気配を確認しても、魔物の気配はもうなくなっている。これで暫《しばら》くは魔物も近くに出没することはないはずだ。気を張る必要がなくなって、アルヴィスも緊張を解いた。

ふと、彼らと共に座っていたルークが立ち上がって歩き出す。その目的地には、濃い緑色の霧がもやもやと湧いていた。それは、瘴気と呼ばれる霧。瘴気には、魔物を呼び寄せる力がある。見つけ次第消し去らなければならない。霧の中心部で立ち止まったルークは、懐から小瓶を取り出すと、中の液体を振り掛けた。

その一部始終を見ていたエドワルドが興味深そうに話す。

「あれは、霊水ですか」

「あぁ。水に高密度のマナを注いだものだ。瘴気を消し去ると同時に発生を抑える効果を持つ」

あれは魔物の討伐後の儀式でもある。この役目は部隊の長が行うのが常だ。霊水自体が貴重な物で扱いにも気を遣うがゆえに、その責任者が持つことになっている。

市場には勿論出回らないし、普通に暮らしていれば目にすることはない代物。当主ラクウェルの補佐をしていたから見たことがあっても不思議ではない。だが、アルヴィスの下に戻ってくるまでエドワルドは当主であるラクウェルの補佐をしていた。ベルフィアス公爵家でも、適時調査は行っている。当主に仕え領地での調査に随行していたのなら、見たことがあっても不思議ではない。

「私もベルフィアス公爵領で旦那様に見せていただきました。ですが、霊水はそう簡単に製作出来るものではないと聞いています」

「そうだな」

瘴気に有効とされている霊水だが、瘴気が発生する以前は治療薬として使用されていたものだ。薬剤師が製作するもので、大量のマナを消費するため大量生産は出来ない。

「アルヴィス様でも霊水を製作するのは難しいのでしょうか？」

「それは買いかぶり過ぎだ」

やれるかやれないかと言われれば、注ぐだけならば出来ると言える。単純なマナの保有量だけでいえば、アルヴィスのそれは王族の中でも飛びぬけている。しかし、高密度のマナを練り上げるというのは容易ではない。相当な集中力と神経をすり減らす作業となる。マナを高密度で練り上げることは、保有量が多いアルヴィスにとってはあまりやりたいことではない。ただ操作する以上の疲労を感じる作業なのだ。

尤も、霊水を完成させるためには女神の加護を注ぐこととなっており、その過程を行えるのは大聖堂のみ。つまり霊水を完成させることはアルヴィスには出来ないということだ。

「いずれにしても、そこは彼らの領分。手を出すことは出来ない」

「それはそうですね」

「……霊水自身には興味はあるけどな」

ふと漏らした言葉は、エドワルドには聞こえていなかった。

霊水は、マナを注いだもの。マナがあるということは、そこに情報が入っていることに他ならない。どういう構成で、何の効果により瘴気が抑えられているのか。知る術《すべ》がアルヴィスにはある。

何故《なぜ》、それをしないのか。実際、アルヴィスも興味を持たないわけではなかった。しかし、当時のアルヴィスの立場では霊水に触れる権利がなかった。触れることもない霊水よりも、戦闘技術を磨く方が優先となるのは当たり前だろう。

だが、今の王太子という立場ならばいくらでも調べることが出来る。以前とは違い、国に対して責任ある立場だ。瘴気についても新しい情報が得られるかもしれないのなら、調べる価値はある。

（……戻ったら、視《み》てみるか）

霊水は、国王にでも願い出れば手に入る。仕事は立て込んでいるので、それほど調べるために時間を割くことは出来ないが、霊水の調査は急ぎではない。

脳裏に戻ってからの予定を描いていると、ルークが戻ってきていた。

「ここでの作業は終了だ。もう一ヶ所に向かう」

「わかりました」

休憩もここまでということだ。アルヴィスも立ち上がる。隊列を組み始めたのをみて、アルヴィスが足を動かす。すると、アルヴィスの腕をルークが引いた。

「アルヴィス」

「隊長？」

「今回はやけに数が多かった。次も同じようになっている可能性はある。保険を掛けておきたい」

真面目な顔をして話すルークは、いつになく真剣だ。それほどの異常が見られたということなのだろう。アルヴィスが近衛として参加したのは数回程度なので、経験値でいえば圧倒的にルークが勝る。そのルークが保険を掛けておきたいとまでの異常事態ということだ。

「アルヴィス殿下、警戒網をお願い出来ますか？」

ここで最も上位の立場なのはアルヴィスだ。ルークが王太子であるアルヴィスに指示することは出来ない。もしここで、ルークが一言「頼む」と告げてもアルヴィスは了承しただろう。しかし、けじめがつかないということなのか、ルークは改まって王太子へと助力を請う恰好を取った。

「隊列の周囲のみ、で構いませんか？」

「はい。あくまで保険を用意したいだけです。殿下に参戦していただくつもりはありません」

保険という言葉を念押しするルークにアルヴィスは苦笑する。それだけルークにとっても、アルヴィスに頼むということが不本意なのだろう。

「わかりました」

今回、ルークがアルヴィスに頼んだのは警戒網。マナで構築した網を張ることだ。近衛隊にいた時、アルヴィスがよく行っていたことだった。マナ操作は隊の誰よりも優れていたアルヴィス。体内のマナを操作し範囲を広げることで、マナが及ぶ範囲の異変を察知することが出来るのだ。だが、これは集中力が必要なため、他が疎かになるというデメリットも存在する。今回は、戦闘に参加しないことが前提の遠征。今回に限っては、戦闘に参加しない以上デメリットにはなり得ない。

「隊列を少し狭めます。何かあったら直ぐに解いて構いません」

「はい」

隊列を狭めてくれるのは助かる。広域に網を張り続けることは可能だが、それだけ負担も大きい。

少しでも反応を感じたら、網を解き臨戦態勢を促す。それがアルヴィスに求められるものだ。

「すまん。結局、お前の力を借りることになった」

深々と頭を下げるルークに、アルヴィスは首を横に振った。確かに、ここへアルヴィスを連れてきた目的は力を貸すためではない。それでも、同僚たちの力になれるのならば喜んで力を貸す。

「隊長……いえ、俺も手持ちぶさたですし。何もしないよりは、気が楽です」

これは本音だ。先の戦闘で、怪我を負う元同僚たちを前に動かないのは精神的に辛《つら》かった。そのための訓練だとは理解しているが、剣を握って走り出したい衝動は簡単には直らないものらしい。

アルヴィスの表情からルークは苦悩を読み取ったのか、肩に手をポンと置いた。

「冷静に戦闘を見ていることほど辛いものはないよな。戦う力があるのなら尚更だ。だが、その衝動は抑えないとならん。万が一の時は、お前が最後の砦《とりで》でもある」

今回はそのようなことは起きないだろう。だが、有事の際に動ける王族がいるのといないのとでは、安心感が違う。特に騎士団・近衛隊の両方を経験した王太子がいれば意識合わせも楽だ。アルヴィスは剣の技量も申し分ない。殿を任せるには十分すぎる戦力だ。

「それは、考えたくないことですね」

「その為に訓練をしている。それに……リトアード公爵令嬢には戦う力はない。自分の妃は自分で守りたいだろ？」

アルヴィスの妃となるエリナは、戦闘が苦手だと聞いている。守られるばかりが女性ではないことは理解しているが、アルヴィスにとって女性は守る対象だ。それが己の婚約者というならば、尚のこと。考えるまでもない問いだ。

「そうですね」

「こういう時は即答するんだな、お前は」

呆れたようにルークは言うが、このような問いを投げかけられて迷うような輩《やから》は近衛隊にはいないだろう。誰だって大切な人はこの手で守りたいと考えるはずだ。無意識下とはいえ、エリナを大切な人の括りに入れていることに、アルヴィスは気が付いていなかった。

「大切な人を守るために、剣を取るのは当然です」

「大切な人、か。その言葉胸に刻んでおけよ、アルヴィス」

「それは勿論です」

ルークに言われるまでもない。アルヴィスの剣はそのためにあるのだから。

会話を終えるとアルヴィスは目を閉じて集中する。両手を広げて、自分を中心とした網を広げた。

「隊長、準備は出来ました」

「わかった。おら！　いくぞっ」

手を大きく振り上げるように掲げて大声で叫ぶルークに従って、隊列は再び歩き始めた。


最大限の警戒をしたこともあり、以降は特に問題が起きることもなく順調に事が進んだ。この日はここで夜を明かすことになる。

遠征では野営することが基本だ。貴族出身であろうが関係ない。作業を分担してテントを張る。アルヴィスは作業に加わることも出来ずに、大木に寄りかかりながら皆が作業する様を眺めていた。近衛隊に所属していたこともあるとはいえ、今は王族として同行している。野営の準備に協力したところで問題はないと主張したアルヴィスだが、けじめは必要だとルークに拒否されたのだ。

「誰が文句を言うわけでもないのに、面倒な」

「必要であれば私が言いますが？」

「……必要ない」

アルヴィスの傍には当然ながらエドワルドがいる。野営の準備を手伝って来いとアルヴィスは指示したのだが、監視するのも役目だと断られた。エドワルドが目を離した間にでも、手伝いかねないと思ったのだろう。

「全く、アルヴィス様。敢《あ》えて言わせていただきますが、見ていないから良いというわけではありませんよ。普段から切り分けは必要です。貴方様がそういう態度では、周りへの示しがつきません」

「わかっている。だからこうして何もしていないだろ」

去年まで行っていた作業を行っている元同僚たち。アルヴィスとて、手を出すことが良いことだとは思っていない。近衛隊の仕事は、もうアルヴィスの仕事ではないのだから。ただ、内容を知っているのだから、作業の手は多い方がその分早く終わるのではと思ってしまうだけで。

更に、彼らの腕や顔には、所々負傷箇所が見受けられる。一方、アルヴィスは無傷だ。ならば、怪我をしていない者が行うのが道理だとも感じる。

「身分はともかく……人として、怪我人を動かすことに同意したくない」

「アルヴィス様」

動くのに支障はない怪我だとしても、そんな彼らを動かして平然といられるほど非情な存在ではありたくない。そうすることが当然だと言われてもだ。王族としてではなく、人として。慣れてはいけないことだ。

「だが俺が動いては、言われる必要のない非難を浴びさせられることも理解している。だから、せめてこうしている」

既にアルヴィス用のテントは整えられている。休むことも可能だ。それをしないのは、王太子としてではなく、アルヴィス一個人として納得するため。これでも譲歩したつもりだった。

「怪我がなくとも、疲労していることに変わりはないだろう？」

離れたところで作業指示を出していたはずのルークが傍までやってきていた。その手には、湯気が立ったカップがある。

「ほら、薬湯だ」

「ありがとうございます」

ルークからカップを受け取る。注がれたばかりのそれは、まだ湯気が立っていた。一口だけ口に含めば、じんわりと温かさが広がっていく。

「マナを長時間解放していたからな。身体は疲れているはずだ。うまいだろ？」

「……まぁ」

この薬湯はとある商店から仕入れたものだ。アルヴィスが以前、エリナを連れて訪れた店。メルティが営む店である。マナに関する情報にも長けている彼女は、こういった薬関係にも詳しい。あくまでマナが関連する部分だけだが。

この薬湯はうまいと感じるほど疲労を抱えている証《あかし》となるらしい。全員に配られてはいるが、中には眉を寄せて険しい顔をしたまま飲む隊士もいた。アルヴィスはそのような味にあたったことはないので、表情を歪《ゆが》める程にまずいものなのかいつも不思議に感じていた。今回もこれまでと同じように、美味《おい》しく感じている。

アルヴィスが飲んだのを確認するとルークはエドワルドの前に立ち、手に持っていたもう一つのカップを差し出した。

「ハスワーク、お前さんにも」

「いえ、私は歩いていただけですから」

差し出されたもう一つのカップを前に、首を横に振り断るエドワルド。しかし、ルークはエドワルドの顔前に突き出すようにして、引くつもりはない。有無を言わせないルークに、エドワルドはアルヴィスを横目で見た。アルヴィスはというと、ルークから受け取った薬湯をちょうど飲み切っているところで、助ける気はないことが読み取れる。

「あの……」

「歩いていただけ、じゃねぇだろう？　あの今にも手を出しそうな王太子殿下をずっと監視していたんだ。気を張っていたはずだ」

ちらりとルークはアルヴィスへ視線を向ける。戦闘中、特に最初の戦闘の時には加わりたい衝動を抑えていたアルヴィス。その様子を傍でじっと観察し、動きそうならばすぐさま腕をとれるように目を光らせていたエドワルド。一人の人間を長時間監視するという行為は、言葉で語る以上に精神的に辛い。黙っている人間ならばともかく、アルヴィスの場合はそうではなかったのだから。

「薬湯は疲労回復のため、遠征では皆に配っている。ここにいるだけで受け取る権利があるってことだ」

全員に配っているもの。そこまで言われてしまえば、エドワルドが断ることはルークの好意を無下にすることと同意だ。そのようなことは出来ない。

「わかりました。有難く、頂きます」

「そうしてくれ」

漸く受け取ったエドワルド。そのまま去るかと思われたルークだが、自分のものを取りにいくこともせず、そのままアルヴィスの横に立った。その視線は作業中の部下たちに向けられたままだ。

「隊長？」

「今回の件、お前はどう思う？」

「どう、ですか？」

今回の件。通常より魔物の数が多かったことについてだろう。近くで様子を見ていないため、アルヴィスが持っている情報は少ない。戸惑うアルヴィスを余所《よそ》に、ルークは続けた。

「俺の知る限りにはなるが、王都に近い距離にしては魔物の数が多かった。瘴気が濃いのかとも思ったが、通常の霊水で足りる程度だ」

瘴気の濃さが魔物の数とどう関係しているかはわからないが、霧が濃いほど魔物は多い傾向にあるのは確かだ。だが、今回はそうではないらしい。アルヴィスは直接瘴気を見ていないため、どの程度だったかは想像するしかないが、通常の霊水で消去出来るならば変化はなかったと取れる。

「なら、何故魔物が増えた？　特にこれといった変化はルベリアには起きていないはずだ」

ルークの表情は険しい。王都近くで何か異変が起これば、それはすなわち王都への危機にも繫《つな》がりかねない。特に、建国祭を目前に控えての異常は捨て置くことは出来ないものだ。

アルヴィスの脳裏には、ここ最近目を通していた情報が思い浮かんでいた。経験は近衛隊時代しかないため、情報を得るためには資料を読み解くしかない。その中では過去数十年に於《お》いて、特に憂慮するような事態が起きたという報告はなかった。過去数十年と今年。違いを探すならば、心当たりは一つしかない。アルヴィスは、手袋をはめている右手を胸元まで持ってくる。

「国に起きた異変というなら、心当たりは〝これ〟だけです」

アルヴィスがルシオラと契約を交わした。それ以外にない。それにアルヴィスが立太子する以前、同じような兆候は見られていなかった。立太子後に起きた異常というのならば、女神ルシオラが関係しているとしか考えられない。ルークもジッとアルヴィスの右手に視線を注ぐ。

「ルシオラの契約、か」

「過去に王家の者が契約した記録は確かにありました。ルシオラについての詳細な記述はまだみつけられていませんが、魔物の様子となれば確認する内容は違ってきます」

アルヴィスが確認したのは、ルシオラとその契約者について。だが、どれだけ調べても契約したことが事実であることを示すのみで、それ以外の情報は得られていない。では、同時期の国内の瘴気や、魔物の様子についてはどうだったのか。調べる意味はあるだろう。

「その頃の記録を確認し直す必要はあるかもしれません」

調べた結果、それが事実なら……もし〝これ〟が異変の原因ならば、即《すなわ》ち原因はアルヴィスということになる。ならば、当事者であるアルヴィスが解決すべき事態だろう。

「戻り次第、神殿に赴きます」

神殿側でも国王の指示でルシオラに関する調査をしている。どの程度まで判明しているのかなどの報告はまだ上がっていない。その辺りも合わせて確認をしておきたいところだ。

「お前自ら行くのか？　んなもの、使いを立てれば充分だ。ただでさえ、お前は時間が詰まっているはずだ」

「俺の問題ですから」

「アルヴィス……」

譲る様子のないアルヴィスに、ルークはガシガシと頭を掻《か》く。確かに建国祭が控えている今、それほど余裕があるわけではない。しかし、どれだけ時間を割けられるのかはわからないにしても、王都の安全については最優先で確保しなければならない事項だ。

「アルヴィス様、アンブラ隊長」

二人に声を掛けたのはエドワルドだ。これまで黙って聞いていたエドワルドが、二人の前に立つ。

「エド、どうした?」

「ハスワーク?」

「お二人のお話を聞いていて感じたことなのですが……」

そう前置きをすると、エドワルドは神妙な面持ちで告げる。

「アルヴィス様が契約なされたから、なのでしょうか?」

「どういうことだ?」

アルヴィスはエドワルドに対し、首を傾《かし》げる。その言い方はまるで、アルヴィスらの見解が違うと言っているようなものだった。続きを促すと、エドワルドが頷く。

「どちらが先なのかと感じたのです。異変が起きたがために、アルヴィス様が女神ルシオラ様の恩恵を受けられたのではないかと」

エドワルドの提議に、アルヴィスとルークは目を丸くする。順番が違っているのではないかと。そういうことだ。魔物の異変がいつからなのか、確認しなければ判断は出来ないが、確かにエドワルドの言うことも一理ある。その可能性は決してゼロではない。だがそれはそれで、アルヴィスに何かしらの役割が科せられているとも取れる。

アルヴィスは己の右手甲に視線を落とす。あの時、牢屋《ろうや》であの元令嬢が言っていたこと。それはもしかすると……。

「アルヴィス様?」

「っ!? いや、何でもない」

ジッと手に視線を落としたままのアルヴィスを不思議に思ったのか、自分の発言がそうしたのかと心配そうにエドワルドが顔色を窺《うかが》ってくる。アルヴィスは首を横に振った。ここで考え込んでも答えが出ることではない。不用意にエドワルドに心配をかけることは本意ではない。

「アルヴィス様の責任ではありません。普通に考えるならば、魔物に対する異変が、契約に結び付いたと考えます。よって、国として動くべき事項だと愚考いたしますが?」

アルヴィスの責任ではない。エドワルドはそこを強調する。やはり心配をさせてしまっていたらしい。エドワルドは侍従である前に幼馴染《おさななじみ》でもある。幼い頃から共にいるせいかアルヴィスの様子には機敏に反応をするのだ。それを嬉しく思う反面で、厄介だなとも感じていた。エドワルドの視線を受けて、アルヴィスは大丈夫だと微笑《ほほえ》んだ。

「盲点だったな。確かにあり得る」

一方のルークは、エドワルドの発言を受けて腕を組みながら考え込んでいた。事象に重きを置きすぎて、全体を見失っていたのはアルヴィスも同じ。頷きながらルークは今後の動きを組み立てる。

暫《しば》し熟考した後に、ルークは再びアルヴィスの正面へと立つ。

「今後だが、陛下に報告した後で騎士団へ調査を依頼する。過去との照合は研究者らに任せればいい。どうだ、アルヴィス?」

「はい、異論はありません」

ルークの提案を断る理由などない。アルヴィスも強く頷いたのだった。

令嬢との語らい

　学園に戻ってきて、エリナは日常に戻ったことを実感していた。毎日の講義にダンスのレッスンやお茶会。そして試験などをこなしていけば日々はあっという間に過ぎていく。まるで、城で過ごした一週間近い日が嘘《うそ》のようだった。

　アルヴィスの看病をという名目の下で、過ごした数日間。それは、エリナにとってかけがえのない大切な時間となった。元より、王太子として日々を忙しく過ごしているアルヴィスは、頻繁に会えるような人ではない。今も身近に迫っている建国祭に向けて、仕事に励んでいるはずだ。あまり無理はしてほしくないとは思う。だがそう思うだけで、エリナが出来ることなど何もない。

　この日も寮の自室に戻ってきて、サラの淹《い》れた紅茶を飲みながらレポートの宿題を終えたところだった。毎日のようにあるレポートも、友人たちは苦戦しているというが、思うほどエリナにとっては苦ではない。王城へ行っていない分、時間にも余裕が出来ているからだ。今まで以上に学園でゆっくり過ごせている。エリナはそれを寂しく感じていた。

「はぁ」

「お嬢様、どうかなさいましたか？」

　お菓子の用意をしてくれていたサラは手を止めて、エリナの表情を窺《うかが》う。

「最近、学園の校舎と寮の往復だけしかしていないでしょう？　それがちょっと……」

「今後は暫《しばら》く学生としての責務を優先、でしたか。城に行かなければ、アルヴィス殿下にはお会い出来ませんものね」

「えぇ……」

城で過ごしていたあの時は、毎日のように顔を見ていた。とはいっても最初の三日間は、寝込むアルヴィスを看病することに必死で、そのことを意識する暇もなかったように思う。だが、今改めて思えばあり得ない行動をしていたことだろう。よく父であるリトアード公爵も許可を出してくれたものだ。そういう意味では国王も同じことがいえる。アルヴィスは王太子。つまりは次代の王となる人だ。その人の傍《そば》に、よく置いてくれたものだと思う。それだけエリナを信用してくれていたというのならば、これまで頑張ってきたことにも意味があるというものだ。

エリナは、寝ていたアルヴィスの姿を思い出す。苦痛に歪《ゆが》められた表情も、穏やかに眠る表情もエリナは覚えている。この人を失うことが怖いと、心の底から思った。身近な人の死など、祖父母を除いて経験したことがない。それがどれだけ幸せなことなのか。理解せざるを得なかった。目が覚めてから、もう大丈夫だと言われてどれだけエリナが安堵《あんど》したのか、きっとアルヴィスには想像出来ないはずだ。

「……あの方の時には、こんな想《おも》いを抱いたこともなかったわ」

エリナが自嘲気味に呟《つぶや》く。いつかジラルドと愛を育めると思っていたことがおかしく思う。この想いと同じものを抱けるわけがないというのに。もしかしたらジラルドも、リリアンに対してこのような想いを持っていたのだろうか。

「かのお方などと比べるだけ無駄ですよ。お嬢様はお優しすぎます」

「サラったら」

サラのジラルドに対する評価は相変わらず低い。だが、逆にアルヴィスに対するものは高いようだった。尤《もっと》も、比べる相手がジラルドなので、サラからすれば大抵の男性の評価は高くなりそうだ。

サラの言葉にエリナもつい笑い声が漏れる。こんな風に穏やかに過ごせるのは、今年で最後。卒業すれば、エリナはアルヴィスの下へ嫁ぐことになるのだから。

「それで、お嬢様。ため息の理由はそれだけではございませんよね？」

「え？」

「何か心配事でもおありなのではないのですか？」

「……サラにはお見通しね」

エリナは、先日届いた一通の手紙をテーブルの上に置いた。ルベリア王族の紋印が押されているものだ。ここには特殊な仕掛けが施してある。アルヴィスから受け取った特殊なペーパーナイフでしか封を開けられない。私的な文書とはいっても、アルヴィス自身の名が記されたもの。エリナ以外に見られないようにという配慮だ。

何故ここまでするのかと聞けば、困ったようにアルヴィスが教えてくれた。以前、アルヴィスは手紙を奪われたことがあるらしい。本人にとっては全く嬉《うれ》しくないことだが、学園時代に私物を盗まれることは当たり前。それを逆手にとって脅してくる女性もいたらしい。女性に対してあまり嬉しい思い出がないのだと話していた。

エリナに対してはそんな素振りを見せたことはない。婚約したばかりの頃はアルヴィスも忙しく、そのようなことを考える余裕すらなかったのだろう。逆にそれが、エリナとの今の距離を作ってくれたのかもしれない。

そのアルヴィスから送られた手紙には、王都外へ行くということが書いてあったのだ。

「先日、アルヴィス様からのお手紙に書いてあったの。王都近くではあるけれど、王都の外に仕事で行くことになると」

「……それは、心配でございますね」

サラも心配そうに眉を下げた。実家が子爵家であるサラもそうだが、領地へ戻る時くらいしか王都の外に出ることはない。それも護衛をつけ、終始馬車の中だ。街に到着するまでは、馬車から降りることはなかった。しかし、アルヴィスが向かうのは外での仕事。つまりは、魔物がいる場所にも出向く可能性があるということを示していた。

「詳しいことは教えてはくださらなかったし、いつからなのかもわからないけれど……」

アルヴィスは元近衛《このえ》隊の騎士。王太子となる前は、王都の守護のため魔物退治なども行っていたはずだ。王都の外に出ることなど、大したことではないのかもしれない。だが、エリナにとっては未知のこと。想像することしか出来ない。

「それほど危険はないのかもしれない。でも、王都の外は安全ではないでしょ？　怪我《けが》などなさっていないといいのだけれど」

「お嬢様……」

カップの中に視線を落としながら呟く。王太子はルベリアに於《お》いて、最優先で守られる存在。何か不測の事態が起きたとしても、真っ先に保護される。しかし、アルヴィスの性格からして一人だけ逃げ帰るということはあり得ない。あの事件の時のような怪我を負うことは、これからもあるのではないかとエリナは不安になる。水面に映る自分の顔は、決して良いものではなかった。また同じようなことが起きたら……それを考えるだけでエリナは恐怖に震えてしまう。

そこへ、突然部屋の扉を叩《たた》く音が届いた。サラへ目配せして、扉の方へ行かせる。

「どなた様でしょうか？」

サラが少し声を張り気味に出すと、扉の向こうから返事が返ってきた。

「エリナ様、ハーバラです」

「ハーバラ様？」

声の主はクラスメイトでもある友人だった。サラに指示をして扉を開ければ、制服から私服へと着替えていたハーバラが立っている。プラチナブロンドのストレートの長い髪は束ねているが、ハーバラの動きに合わせて流れるように動いていた。更には侯爵令嬢であるのに加えて、例の婚約破棄の件ではリリアンに婚約者が懸想し当事者でもあったため、当時の婚約は白紙となっている。

「お邪魔いたしますわ」

室内へと一歩足を踏み入れると、ハーバラはにっこりと微笑《ほほえ》んだ。

「ご夕食の後よりも今の方が宜《よろ》しいかと思いまして。実は実家からのもらい物がありましたの。是非エリナ様にもお渡ししたかったものですから」

「ありがとうございます、ハーバラ様。嬉しいです」

ハーバラに同行していた侍女からサラが箱を受け取る。ハーバラ・フォン・ランセル侯爵令嬢の父、ランセル侯爵が治める領地では、果物の生産が盛んだ。そこでは香油や石鹸《せっけん》と呼ばれる美容関連の商品が造られている。エリナもランセル領で造られた商品は利用していて、ハーバラもそのことは無論知っていた。

エリナの隣にハーバラが座ると、サラが紅茶を用意する。紅茶を飲みながら、エリナはハーバラとの会話を楽しんでいた。

「今回は、試作品もあるのですが、宜しければ使い勝手など感想を頂きたいのです」

「わかりました。いつもありがとうございますね」

試作品とは言いつつも、実際の商品と言われてもわからない出来栄えだ。恐らくはエリナが受け取りやすいようにと、敢《あ》えて試作品と伝えているのだろう。

「エリナ様に使っていただいているだけで、商品の宣伝になりますもの。こちらこそ、有難く思っています。利用しているようで、心苦しくも思いますが……」

「ふふふ。私で力になるのでしたら、構いません」

「ありがとうございます、エリナ様」

ハーバラにとって婚約の白紙は、良いことばかりではない。侯爵令嬢としてだけでなく、商品の開発にも手を出しているハーバラ。本来ならば貴族家に生まれた女性は、家に入り跡継ぎを作るのが仕事である。社会に出ることなど、許されてはいない。

ハーバラは見た目とは違い、随分と積極的な性格をしている。大人しく黙っている性格はしておらず、男性相手でも物怖《ものお》じはしない。納得出来ないことは、誰であっても言い返すような女性だ。そんなハーバラに付き合ってくれる数少ない男性が、元婚約者だった。幼馴染《おさななじみ》同士ということもあり、ハーバラの性格も理解した上での婚約。まさかそれをなかったことにされるとは、流石《さすが》のハーバラも思っておらず、暫くは悲しみにくれていたのだ。

あの時のことを思えば、たとえ令嬢らしくなくとも今のハーバラの方が良いとエリナは思う。

「それにしても、エリナ様は本当に謙虚ですわよね」

「え？　そうでしょうか？」

頬に手を当てて、首を傾《かし》げながらハーバラはエリナを見た。ハーバラのその仕草はとても可愛《かわい》らしいものに見える。同性であるエリナでもそう思うのだから、男性ならば特にそうだろう。

「もう少し高慢になってもいいと思いますわよ」

「そうでしょうか？」

キョトンとしてハーバラを見返すと、ため息をつかれてしまった。

「エリナ様はお優し過ぎます。あの時だって……いえ、あの時は私もエリナ様のことは言えませんわね……」

肩を落とすハーバラ。あの時、とハーバラが思い出したのは、パーティーでの破棄騒動だろう。糾弾されたのはエリナだけだが、その糾弾は学園のパーティー会場で行われていた。学園に在籍する全員が参加するパーティーだ。勿論《もちろん》、ハーバラもその場にいた。

しかし、何も出来なかったのだ。相手は王太子である。最も身分が高い相手に対し、その場で異論を告げることは出来ない。それがこの国での常識だ。なので、誰にもどうすることも出来ない事態だった。言われるがまま、ただ受け入れるしかなかった。優しいも何もない。

それを悔いているハーバラは、どうしてもリリアンに物申したいらしい。

「人の婚約者に対して近すぎるだけでなく、あの場にいた全員とキスまで済ませていたというではないですか。迫ったのはあの娘ではなかったようですが……」

仕掛けたのはリリアンではないというのは、本当のようだ。しかし、複数の男性とそういうことをするのはあまりに非常識。その後も全員と離れることなく共にいたのだから、無理矢理というわけでもない。ハーバラが傷ついたのはそこにもあるのだろう。

「婚約者がいる相手と二人きりになる時点であり得ません。この学園にいたならば、殴っていたところですわ。それだけが心残りです」

拳を握りしめて話すハーバラ。今ここにリリアンがいたら、本当に殴っていたかもしれない。エリナは苦笑することしか出来なかった。

リリアンらのことは、学園ではもう触れることはない。籍は元々なかったこととされ、リリアンが在学していた痕跡はなくなっている。ジラルドらは、中退扱い。貴族社会で生きていく中で、学園の中退は汚点でしかない。この時点で、貴族として生きていく道は閉ざされた。結果として、ジラルド以外は平民に落とされたらしいが、その方が彼らの為《ため》だったのかもしれない。婚約白紙を悲しんでいたハーバラには言えないことだ。

そんなことを考えていると、ハーバラがエリナへグイっと顔を近づけてきた。

「ただ、エリナ様にとっては今の方が良かったのかもしれませんわね」

「ハ、ハーバラ様っ」

突然顔を近づけられて、エリナは思わず顔が火照ってしまった。ハーバラは満面な笑みを浮かべて真《ま》っ直《す》ぐな視線でエリナを見つめている。

「今の殿下と婚約されてからの方が、とても良い表情をしていらっしゃいますもの」

「それは……そう、かもしれません」

エリナの立場は変わっていない。学園に入学した時も、今も同じく王太子の婚約者だ。変わったのはその相手というだけで。

学園に入学した時、エリナは何を想っていただろうか。代筆ばかりの手紙しか送ってこない婚約者。それでも、公爵家の令嬢として生まれた以上はその役割を全うしなければならない。国が決めた婚約が覆ることなどないのだから。そう頑《かたく》なになっていたようにも思う。学園を楽しむよりも、ジラルドに不利益なことが起きないようにと振舞っていた。必然と、エリナはこうあるべきだという型に己をはめていたのかもしれない。

そんなエリナが変わったというならば、間違いなくアルヴィスのお蔭《かげ》だろう。アルヴィスは、ちゃんとエリナと話をしてくれる人だ。言葉を聞いてくれるし、返事もしてくれる。そんな当たり前のことさえジラルドとの間にはなかったのだと、今更ながらに気づかされた。

「不思議なものです。以前は、それが仕方のないことだと理解していたはずですのに」

「仕方のないことではありませんよ。私どもから見ても、エリナ様へのあの態度は失礼にも程があると感じていましたわ」

常々、ハーバラを始めとした友人たちは、ジラルドの態度に対して怒っていた。サラほどではないが、仮にも婚約者に対する礼儀ではないと。エリナにとっては当たり前のことで、それがジラルドとの在り方だった。

「私は、あの方のことを何もわかっていませんでした。もし、ハーバラ様やランド様のような関係であったならば結果は違ったのかもしれませんが……私は疎まれていたようですから、彼女がいなくてもいずれは壊れていたのかもしれません」

「エリナ様……」

全てリリアンが悪かったとは言わない。エリナとジラルドの関係が壊れたのは、エリナにも原因がある。落ち込み、塞ぎ込んでもいた。

それはハーバラたちも同じはずだ。婚約白紙とされた令嬢の中で、新たに婚約者がいるのはエリナだけ。ハーバラを始めとした他の令嬢は、少なからず白紙の件が尾を引いており次の婚約に踏み込むことが出来ないという。皆が幼き頃からの婚約者同士だったこともあり、決して小さくない傷となっているのだ。

エリナも幼い頃から決められた相手ではあったが、ハーバラらのような関係は築いていなかった。婚約し結婚することに、義務と責任以上の想いは抱けなかった。そんなエリナでも傷ついたし、悲しかったのだ。ハーバラたちの悲しみはそれ以上だったことだろう。

エリナがハーバラたちよりも立ち直るのが早かったのは、良い出会いがあったに他ならない。初めて父から聞かされた時は、驚きが勝った。公爵令嬢として誰かに嫁がなければならないことは理解していたし、王族以上の嫁ぎ先はないこともわかっている。年齢が近い未婚の王族がいるのなら、そうなるのも当然だとエリナは父の言うことに従うだけだった。

「今の私がこうして穏やかに過ごせていられるのは、アルヴィス様のお蔭です。アルヴィス様にとっても突然のことに戸惑っておられたはずですのに、私にお心を砕いてくださりました」

婚約者としての顔合わせの時、エリナは改めてアルヴィスという人物を間近で見ることになった。遠目からはよく姿を見ていたはずだが、いつも困ったような笑みを浮かべていた気がする。エリナの社交界デビューは、既にアルヴィスは騎士団に入団した後だったため、覚えている姿は騎士団の正装のものが多かった。

「私もあまり王太子殿下については知りませんの。兄から少し話は聞いているのですが、あまり詳しいことは教えてくださらなくて。エリナ様から見て王太子殿下はどういった方なのですか？」

ハーバラの兄というのは、学園でアルヴィスの同級生だったらしい。エリナもアルヴィスの学園時代の話はいずれ聞いてみたいと思う。出来れば、アルヴィス本人からも。

「私もアルヴィス様とお会いしたのは数回ですから、少ししかお話し出来ませんけれど」

「それでもいいですわ」

興味津々といった表情を見せるハーバラに、エリナは少し思い出すように天を仰ぐ。エリナから見たアルヴィス。それは、共に城下を歩いたことや、庭園で過ごしたこと。アルヴィスが負傷した時に看病した時のこと。手紙でのやり取り。どれも鮮明に思い出せるものだ。

「アルヴィス様は……いつも穏やかに笑っておられて、とても優しい方です。ですが」

「ですが、何ですの？」

「少々困った方でもあると、私は思います」

そう言うと、エリナは少しだけ寂しい表情を見せる。思い出すのは看病していた時のこと。怪我を負った時も相当な無茶をしていたはずだ。エリナは目の前の出来事にどうしてよいかわからず、ただアルヴィスに付いていくだけだった。

あとで聞いた話では、到底動けるような怪我ではなかったという。アルヴィスは王太子として、パーティーの雰囲気を壊すことなく、楽しんでいた人たちに己が負傷したと気づかれないようにとその場を辞した。あの時アルヴィスが優先したのは、己ではない。王太子という立場と、王家のメンツだ。

「ご自分が如何《いか》に大切にされているのか、尊い方なのか自覚がありません。不器用な方でもあると」

アルヴィスが怪我を負った時、近衛隊の皆が焦った。医師も頻繁に容態を確認しに訪れたし、侍女らの寝不足な顔はアルヴィスが目覚めた後も何度も見かけたものだ。外部には知られないようにしていたものの、もし公表していたならば公爵家からもアルヴィスの両親や兄妹らが足を運んだことだろう。

エリナ自身、何度も無理をして動こうとしている姿を見かけた。その度に周りが注意していたのだ。そういったアルヴィスの行動にはこれまで育った環境が強く関係していると、エリナは父から聞かされた。

公爵家の次男という立場は、長男の代わりに過ぎない。エリナの実家であるリトアード公爵家とて同じだ。いや、どこの貴族家でもそれは変わらない。長男に跡継ぎが生まれればお役御免となることも含めて。アルヴィスは今でもその考えに囚《とら》われているのではないかと。恐らくは本人も無意識のうちに。実際、アルヴィスが王太子となったのはジラルドの代わりなのだから。

身に染み付いた考えを覆すことは容易ではない。アルヴィスは正に次男として典型的な考えを持っているのだ。帝王学などよりも、最も教育が必要な部分であるということも。ジラルドとは正反対だと、エリナの父は珍しく笑っていた。アルヴィスのことを話す父を思い出して、エリナも自然と微笑む。

「エリナ様、王太子殿下が大切なのですわね」

「えぇ。まだ婚約者としての日は浅くて、わからないことは多いですけれど、私はアルヴィス様を慕っています。危ういところもありますが、そんなアルヴィス様の傍にいて、私がお支えしたいと」

エリナは胸元にそっと手を当てた。服の下に隠れてはいるが、そこにはアルヴィスから送られたネックレスがある。これに触れているだけで、心が温かくなるのを感じた。初めてアルヴィスから贈られた宝物だ。

「羨ましいですわね。そんな風にエリナ様におっしゃっていただけるなんて。きっと王太子殿下にも伝わっていると思いますわ」

「そうだと、嬉しいのですが」

あれからアルヴィスはエリナに対して、砕けた話し方をするようになっている。令嬢として扱われるのではなく、ただのエリナとして扱ってくれているようでとても嬉しかった。

「それにしても、聞けば聞くほどあの方とは雲泥の差でございますわ。とはいっても、あの方のなさることなど殿方として最低でしたから、比較するのもおこがましいことでしょうが」

「そうかもしれません。けれど、そうさせてしまったのも私に一因があるのでしょう」

今思えば、ハーバラの言う通りだ。だが、それは逆にジラルドから疎まれていた証《あかし》とも言える。お互いに良好な関係を築けていたのなら、こうはならなかったかもしれない。ジラルドだけの問題とは言えなかった。

そんなエリナの様子に、ハーバラは首を横に振った。

「エリナ様が責任を感じる必要はありませんのよ」

「ハーバラ様?」

「学園で、エリナ様はいつも気丈にしておられました。あの娘が入学してくる前もです。王族に対しては流石に物言いすることは出来ませんから、私はとても悔しかったことを覚えておりますわ」

ただの貴族ならばハーバラよりも高位の貴族子息子女など、そうそういない。学年も身分も上なのは、学園内ではジラルドとエリナの一つ上の兄くらいだった。

「婚約者だというのに、挨拶さえもしないなんて男の風上にもおけないと、常々思っていましたから。婚約者以前に、人として問題ですわ。あの方が王にならなくて清々しておりますもの」

「ハーバラ様ったら」

「今なら言いたいことも山ほどありますのよ。会えない状況に感謝してほしいくらいですわ」

ジラルドに対してそこまで言い放つハーバラは、逆に清々《すがすが》しく映る。エリナとハーバラは顔を見合わせて思わず笑いあってしまった。

「そうですわ、エリナ様」

「何でしょうか？」

バッと目を輝かせるようにしたかと思うと、ハーバラはエリナの両手を摑《つか》んだ。思わぬ行動にエリナは腰を引いてしまう。

「エリナ様、今後もお話を聞かせてください。今まで聞いていただいた分、今度は私たちがエリナ様からのろけ話を聞きたいのです」

「わ、私がですか？」

「はい！　何せ、王太子殿下はご自身が社交界に出てきておりませんから、謎が多いのですもの」

本人が社交界に出てこなくとも、その名が出てくる程度には動向が注目されていたという人だ。騎士をしていた時は、社交界に顔を出すことはなくなっていた。しかしそれも王太子となった今では、そういうわけにはいかないはず。話題に挙げられることも増えていることだろうが、多忙な日々を過ごしているアルヴィスが貴族の集まりに参加しているとは考えられなかった。

「アルヴィス様はお忙しい方ですから」

「それは当然だと思います。まだお立場が変わられてそれほど経《た》っているわけでもありませんし、仕方ないとは思いますけれど……それならばと、せめてエリナ様の口から王太子殿下のことをお聞きしたいのですわ」

エリナは構わないが、アルヴィスの迷惑になるようなことは出来ない。貴族とは噂《うわさ》が好きなもの。その対象が今話題の王太子ならば、皆が食いついてくることだろう。特に女性は噂に敏感に反応する。

「その、アルヴィス様のご迷惑にならない範囲になりますが、宜しいですか？」

「うふふ、勿論ですわ。ならば、私たちだけで共有させてください。エリナ様から恋愛話を聞ける貴重な機会ですもの」

恋愛話。そういわれて、エリナはじんわりと頬が熱くなるのを感じていた。のろけ話ということは、つまりそういうことなのだと今理解したのだ。徐々に顔を赤く染めていくエリナを見て、ハーバラはクスクスと笑った。

令嬢の友人の探求

ハーバラはエリナの部屋を辞した後、自室へ戻ってきた。その手にはエリナから受け取ったお菓子がある。エリナはいつも実家のリトアード公爵家から届いたお菓子を、ハーバラたちにも振舞ってくれた。さすが筆頭公爵家とでもいうべきか美味《おい》しいもので、毎回ハーバラも楽しみにしている。

「それにしても、エリナ様は本当に変わったわ。貴女《あなた》もそうは思わない、ユナ？」

「私もそう思います。リトアード公爵令嬢様は以前からとてもお綺麗《きれい》な方でございましたが、ここ最近は少し雰囲気が柔らかく感じられます」

「ええ。本当に。私もそう思うわ」

ハーバラ付きの侍女、ユナディット。良くエリナの元に出向くハーバラに同行している侍女だ。そのユナディットからも同意を得られて、ハーバラは何度も頷《うなず》いた。

受け取ったお菓子を机の上に置きながら、ハーバラは想《おも》う。エリナ・フォン・リトアード公爵令嬢という人を。幼少期、まだジラルドの婚約者が定まっていなかった時は、ハーバラも王太子妃候補の一人だった。エリナに対抗心を抱いていたこともある。己を取り繕うことを知らなかったがため、初顔合わせの時にジラルドに反抗的な態度を取ってしまったことから、候補から外されたらしい。その後、幼馴染《おさななじみ》であったランド伯爵家の長男のキースと婚約が決まったのだ。

王太子には気を遣わなくてはならないが、キースとは物心つく前からの付き合い。地を出しても構わなかった。とても楽しい日々だったと思う。このままずっとだと、信じて疑わなかった。

だが、リリアンが学園に来てから全てが変わった。キースはハーバラとの時間よりも、彼女と共にいるようになり、やがて自分を見ることもなくなってしまったのだ。ハーバラはそれが悲しくて、リリアンに手を上げそうになったこともある。それを引き止めてくれたのは、エリナの存在だった。

「私たちよりもずっと大変な想いをしておられたのに、エリナ様は一度としてあの子を貶《おとし》めるような発言はなさらなかった。いいえ、あの愚かな方に対しても何も」

エリナのことだ。リリアンと関係が続いたとしても受け入れるつもりだったに違いない。エリナと共に、遠目から何度もリリアンとジラルドが親し気にしている様子を見てきた。ハーバラたちが諫《いさ》めようとすると、エリナはいつも寂し気な笑みを見せて共にその場から去るようにしていたのだ。

『エリナ様、あのような行いを許しても宜《よろ》しいのですか!?』

『今だけですもの。それに、リリアンさんはまだ学園のことも貴族のこともあまり理解しておられないのです。殿下もそれを知って気にしておられるのでしょう』

優しい殿下が庶子の男爵令嬢に気を遣っている。ジラルドの性格からして考えられないし、エリナもわかっているはずだ。だが、エリナはいつだってジラルドを立てていた。王太子としての考えがあるのだと、周囲に振舞っていた。それをジラルドはあの日に全て台無しにしてしまったのだ。

「全く、何代かごとに愚かな王族の方が現れるとは聞くけれど、まさか自分が目にするとは思わなかったわ」

「ハーバラお嬢様、鳶《とんび》が鷹《たか》を生むこともあれば逆も然《しか》りでございます」

「本当にその通りだわ」

現国王が優れた統治者だとまでは思わないが、少なくともジラルドを廃嫡するという判断をしたことは、賢明と言える。

「そういえばお嬢様、若様からのお手紙が届いておりました」

「兄上様から？」

「はい」

兄から手紙が届いていると聞き、ハーバラは直《す》ぐにユナディットから手紙を受け取る。ハーバラの兄は、次期ランセル侯爵だ。しかも、あの王太子殿下の同級生かつ友人であるらしい。この場合驚くべきは、兄と友人関係にあるという王太子殿下に対してであった。

ハーバラの兄は自分にも他人にも厳しく、何事も兄が規範であるので常に高い成果を求められる。そんな兄が王太子殿下と友人であると聞いた時は、我が耳を疑ったほどだ。妹であるハーバラでさえ、厳格な兄が苦手だった。婚約が白紙に戻ってからは、何かと気にかけてくれるようにはなったこともあり、今ではそれほど苦手にはしていないが。

そんな兄からの手紙。エリナが王太子殿下の婚約者になったことで、ハーバラはどういった人物なのかが知りたくて兄へ探りを入れていた。早速中の手紙へと視線を走らせる。

『王太子殿下のことが知りたいということだが、私に聞くよりも当人に聞くのが一番だ。他人からの評価というのは、一概に事実とは違うことも多い。私からあいつの評価を聞いたところで、お前が思っているような答えは得られないだろう』

「兄上様……そう言うことではないのですわ」

どこか説教めいたように聞こえてしまうのは、長年そういう意識で兄を見ていたからなのだろうか。あまり成果は得られないかと諦めかけた時、最後の方に兄らしくない言葉が綴《つづ》られていた。

『私から言えることは、アルヴィスという男は己に対する自己評価は低いが、何事もそつなくこなす優秀な人間だ。勉強でもあいつには勝てたことがない。それと、これは私が感じたことだが……あいつは女があまり得意ではない。お前の友人であるというリトアード公爵令嬢が、あいつを理解してくれる人物であることを祈るだけだ。出来れば、お前からも伝えておいてほしい。あいつは決して表には出さないが繊細で臆病なところがある。己が争いの種になることを嫌うような奴《やつ》だ。もし、あいつのことを想うならば、言葉で伝えてやってほしいと』

意外な言葉ばかりだった。あの兄が、誰かを気遣うなどと今まで聞いたこともない。それだけ、王太子殿下は兄にとって大切な友人なのだろう。

「シオディラン兄上様、このお言葉……ハーバラがちゃんとエリナ様へお伝えいたしますわね」

兄の意外な一面を知ったハーバラは、その手紙を胸に抱いた。恐らくは、兄もエリナと王太子殿下が良き関係でいられるようにと考えているのだろう。それはハーバラも同じだ。エリナには、今度こそちゃんと良き相手と幸せになってほしい。ただでさえ、王太子妃という重責を担うことになるのだ。せめてパートナーだけはエリナの理解者であることを望む。

「早速明日にでもお伝えしましょう。ユナ、兄上様に返事を書きますわ。便箋の用意をお願い」

「承知しました、お嬢様」

遠征からの帰還

遠征を終えて戻ってきたアルヴィス。その足で国王への報告を済ませると、国王から強制的に休むよう言い渡されてしまう。反論も出来ずにルークをその場へ残したまま、アルヴィスは自室へと戻ってきたのだった。

「アルヴィス様!?」

「今戻った」

「お疲れ様でございました。お預かりいたします」

アルヴィスは、上着に手を掛けながらソファへと座った。脱いだ上着をティレアに渡すと、後ろからアルヴィスの外套《がいとう》をエドワルドが受け取る。そのまま侍女たちに指示を出したティレアは、ナリスと目で合図を交わして部屋を出て行った。

「お帰りなさいませ」

「あぁ」

その背をソファへと預けるようにしているアルヴィスへ、ナリスが声をかけてくる。

「大分お疲れのようでございますね、アルヴィス様。何か甘いものでも召し上がりますか?」

「……いや、いい」

疲れた時は甘いものが欲しくなるが、今は何かを食べたい気分ではない。そうアルヴィスが断ると、では飲み物だけでも用意するといってナリスが下がる。

立ち回りをしたわけではないのに、この疲労感は慣れないことをしていた所為《せい》だろうか。右腕で目を覆い隠すようにすると、アルヴィスは目を閉じる。すると、エドワルドの気配がアルヴィスのすぐそばまで近付いてきた。

「アルヴィス様、少しお休みになられた方が宜《よろ》しいのではありませんか？」

その声色はアルヴィスを案じているものだ。ずっと共にいたエドワルドには、それほどアルヴィスが疲れているように見えていたのだろう。エドワルドにもそう映っている程度には疲れているらしい。国王とルークが休むよう促したのも、きっとそういうことなのだ。

アルヴィスは腕を下ろし、身体《からだ》を起こした。眉を下げて案じるエドワルドに微笑《ほほえ》む。

「身体が疲れているわけじゃない。大丈夫だ」

「しかし――」

「今日は早めに休むようにする」

「……わかりました」

既に陽《ひ》が陰りつつある。この時間から仕事をする気にはならない。エドワルドもそれ以上は強く言うことはなかった。尤《もっと》も、アルヴィスから見ればエドワルドも十分に疲れているように映っていた。騎士団や近衛《このえ》隊として遠征に参加したことがあるアルヴィスと違って、今回のような遠征には不慣れだ。実家が武官寄りとはいっても、エドワルド自身は文官。今回の随行はキツイものだったはず。それでも、エドワルドは疲れた様子を見せない。恐らくは、それがエドワルドにとって、アルヴィスの侍従としての矜持《きょうじ》なのかもしれない。

「エド、お前も早めに休め」

「アルヴィス様がお休みになられたら、休ませていただきます」

即答された言葉に、アルヴィスは思わず笑みがこぼれた。どんな時もエドワルドの姿勢は一貫している。常にアルヴィスが優先だ。

「本当に、相変わらず頑固だな」

「アルヴィス様には言われたくありませんね」

呆《あき》れたように言うと、エドワルドも苦笑しながら返してくる。お互い様だということだ。

「お二人とも、お戯れはその辺になさってください」

ナリスがティーセットを持って戻ってきた。テーブルの上にカップを準備すると、慣れた手付きで紅茶を注ぐ。湯気が立つカップを手に取り、喉を潤した。慣れ親しんだ味わいの紅茶は、戻ってきたということを実感させてくれる。アルヴィスは、ほぅと息を吐いた。

「何か変わったことはなかったか？」

遠征に行っている間、丸一日以上留守にしていた。仕事については問題ないよう調整していたが、不測の事態が起きないとは限らない。そうナリスへ尋ねると、彼女は良い笑顔を見せる。

「？」

その笑みの理由がわからず、アルヴィスが首を傾《かし》げると、ナリスはアルヴィスの机へと向かい、その上に置かれていたものを持ってくる。手紙のようだ。

「お手紙が届いておりましたよ」

「誰からだ？」

「一つはオクヴィアス様からです。もう一つは……」

笑顔のナリスが差し出した手紙を受け取る。差出人を確認すれば、オクヴィアス・フォン・ベルフィアスと書いてあった。そして、更に一通。そこに記された名前は、エリナのものだ。

遠征に向かう少し前にアルヴィスから手紙を出していたが、こうも早く手紙が届けられるとは思わなかった。ナリスの笑みの理由は、間違いなくこれだろう。

踊らされるのも癪《しゃく》なので、アルヴィスはオクヴィアスからの手紙をまず手に取る。オクヴィアスとは、建国祭の装いのことで相談をしていた。アルヴィスのものは仕来たりに則《のっと》り、王家が既に用意している。問題は、エリナのドレスのことだった。婚約者としてアルヴィスと共に参加する予定となっているエリナのドレスは、アルヴィスが贈ることになっているのだ。

貴族の間では、パーティーなどに参加する場合、男性が女性へドレスを贈るのは当たり前である。前回は時間がなくアクセサリー程度しか贈ることが出来なかったが、今回は違う。他国から客人を招いているということを踏まえても手を抜くことは出来ない。しかし、アルヴィスは女性にドレスを贈ったことがなかった。そのため、母であるオクヴィアスへ相談していたのである。

オーダーメイドで仕立てるため、リトアード公爵家とも協力する必要があったので、そこはリトアード公爵夫人とオクヴィアスとで擦り合わせをした。アルヴィスがしたことと言えば、話し合いのセッティングとドレスのパターンを選んだのみ。あとは母たちに任せきりとなってしまった。忙しいとはいえ、任せてしまったことに申し訳なさを感じはするが、ドレスなど選んだことがないアルヴィスが手配するよりも、良い物は出来ているはずだ。

手紙の内容は、やはりドレスのことだった。

「完成した、か」

「建国祭のでございますか?」

「あぁ。エリナのドレスが出来上がったらしい。当人は、当日まで着ることが難しいから、それまでのお楽しみだと書いてある」

仕立て上がりがどのようなものか想像も出来ない。オクヴィアスはアルヴィスに対して、エリナが身に着けることを楽しみにしていろと言っているのだろう。公爵令嬢としてドレスを着る機会も多いエリナ。どのようなドレスであっても、確実に着こなしてくるはずだ。彼女に似合わないはずもない。

一通り内容を確認したオクヴィアスからの手紙を置いて、エリナからの手紙を手に取る。内容は、最近の学園でのこと、友人たちの話が書かれていた。あとは、アルヴィスの身を案じるもの。遠征という風には伝えていなかったのだが、王都の外に出るということで不安にさせてしまったらしい。エリナ以外が封を開けることのないようにしてはいるが、不用意な心配をさせる必要もないと、敢《あ》えて匂わす程度にしか手紙には書いていなかった。王都の外に出る程度ならばたいしたことはないと思ったのはアルヴィスの感覚であり、エリナら令嬢からすればそうではなかったということらしい。何事もなく戻ってきたので、エリナの心配は杞《き》憂《ゆう》に終わった。ならば、今回は早めに返事を返して安心させた方がいい。

「気遣いばかりでは、妃《きさき》となった時に苦労するだろうな」

アルヴィスの心配ばかりをしている。エリナはもう少し我儘《わがまま》になってもよいのではないかと思うほどだ。自分の想《おも》いが通って当たり前と思う高位貴族令嬢は決して少なくない。主に伯爵位相当あたりの令嬢が多い傾向にあるのは、貴族位への意識の違いなのだろうか。

そんなことを考えていると、ふと強い視線を感じてアルヴィスはナリスへと顔を向ける。

「ん？」

「そっくりそのまま、アルヴィス様にお返しするお言葉ですね」

ナリスはにっこりと微笑むと、カップに新しい紅茶を注ぎ始めた。思わずムッとなってしまうと、横に立っていたエドワルドもナリスに同意するかのように笑みを深くしていた。

「……別に俺は気遣いをしているわけじゃない」

子どものように拗《す》ねた言い方になってしまったが、後悔しても遅い。ナリスはといえば、呆れたようにため息をついていた。

「ご自覚がないのですから困るのです。我を出すことはなさらない。常に一歩引いて周りを窺《うかが》う。私共から見れば、アルヴィス様の方がよほど心配でございます」

「……」

「王太子としてのお立場を優先し、国の為《ため》になるのならばと……いつしかご自身を犠牲にされるのではないかと。私は、それが一番の不安でございます。ひいてはエリナ様を悲しませることになりそうですから」

「国の利益を一番に考えるのは、為政者として当然だ。そこに個人の情が入るのは許されないと思う。エリナは当然として、お前もわかっていることだろう？」

何を当たり前のことを言っているのだと、少し呆れながらアルヴィスはナリスに告げる。

確かにアルヴィスは、幼少期に周りを窺いながら過ごしてきた。次男としての立場を崩さないようにと意識してだ。今は特に気を遣っているわけではない。今の王太子という立場からすれば、当然の考え方だ。

この時のアルヴィスは、本当の意味でナリスの言葉を理解してはいなかった。

翌日、アルヴィスの姿は執務室にあった。腕を組み窓枠に寄りかかりながら、机の上に置かれたものを見つめる。それは、遠征でも使用した霊水と呼ばれるものだ。調べてみたいと国王へ願い出てみれば、許可は直《す》ぐに下りた。国王もアルヴィスのあの力を知っている。何かしら吉報が得られると期待してのことだろう。

「それで、急にこれを調査したいなんてどういう風の吹き回しだ？」

「隊長、そろそろ殿下に対する姿勢を直していただかないと、ヘクター様からまたお小言を言われますよ」

アルヴィスの執務室には、アルヴィスの他にも三人。ルークとハーヴィ、そしてエドワルドの姿があった。侍従であるエドワルドはともかくとして、ルークたちがこの場にいるのは何故か。それは、国王からの条件だったからである。

以前、アルヴィスがマナを用いて視《み》た時、その場で倒れたことは国王もルークたちからの報告で知っている。あれは稀《まれ》に見る事象だった。今回はそのようなことは起きないと伝えたのだが、何かあってからでは遅い、と監視も兼ねてということらしい。

「時と場所は弁《わきま》えている。それで、アルヴィスはどうしたいんだ？」

「……霊水は高密度のマナで作られています。そこにどのような情報が含まれているのか。それを知りたい。そう思っただけです」

それを知る術《すべ》がアルヴィスにはある。一介の騎士ではなく、いずれ国を預かる立場になる者として知っておいて損はない。

「なるほどな。こっちは薬剤師の領分ではあるが、王太子殿下が言うのなら否とは言えねぇか」

「あまりいい気はしませんが、やれることがあるならば手を出していこうとは考えています。これからも」

「あくまで無理のない程度で頼む。この間のようなことはもう勘弁だからな」

「わかっています」

あの時は、アルヴィスの状態が悪すぎただけだ。万全であれば、あのようなヘマはしない。死人の記憶を読んだとしても、気分が悪くなる程度で済む。ルークはアルヴィスの反応を見て、ため息をつきながら頭に手を当てて首を横に振った。

「まぁいい。んで、これが陛下から頂いたものってわけか」

ルークが机の上にある霊水を手に取った。寄りかかっていた身体を起こすと、アルヴィスはルークの元へ足を向ける。そのままルークから霊水を受け取った。

「はい。先日、大聖堂から届けられたものだと」

完成したばかりのもの、ということだ。瓶の蓋を引っ張ると、ポンと音を立てて外れる。瓶を傾けて、アルヴィスは数滴ほど、掌《てのひら》の上に垂らした。残った霊水をルークへと戻す。

「いけそうか？」

「……」

ルークの問いには答えないまま、アルヴィスはその眼《め》を閉じ神経を集中させる。掌の上、その霊水へと。霊水の中の情報を読み取ろうとしたアルヴィス。チクリと頭が痛みだしたかと思うと、アルヴィスの脳裏に膨大な情報が流れだした。

「っ!?」

『神子《みこ》、止《や》めるのだ!!』

それを理解しようとしたアルヴィスに、別の声が届く。と同時に、何かに覆いかぶさられて地面に背中を打ち付けてしまった。

「痛っ」

「アルヴィス！」

「アルヴィス様!!」

シュッと空を斬る音が聞こえたかと思えば、アルヴィスを倒していた重さも消える。頭を押さえながら、アルヴィスは身体をゆっくりと起こして目を開けた。するとそこには、以前庭園で見た狼《おおかみ》の魔物のような存在がある。アルヴィスを倒したのは、あの時の獣だったのだ。

ルークが剣を抜き、アルヴィスを守るように間に立っている。

「どこから侵入した。ったくあいつらは何をしてやがる！」

あいつらとは、近衛隊士である部下たちだろう。ここは王城の奥、王太子の執務室だ。そう簡単に入り込めるような場所ではない。

『もう一度言う。神子、それは人が触れてよい領域を超えている。止めるのだ』

「お前……っ痛」

痛みを感じて顔を顰《しか》めれば、慌ててエドワルドが駆け寄ってくる。

「アルヴィス様っ」

大丈夫だと答えてやりたいが、頭には鈍痛が響き続けている。今までマナを介して読み取ることは幾度となくしてきたが、このようなことは初めてだ。

「ハスワーク、アルヴィスは任せた。あとは――」

「待ってください、隊長っ」

あれを追い払うつもりだ。だが、あれは普通の魔物ではない。痛む頭を押さえながらアルヴィスは叫んだ。だが、ルークはこちらを振り返ることはない。臨戦態勢を崩すつもりはないようだ。

「お前には悪いが、城に魔物が侵入したとなれば――」

「ルーク近衛隊長!!　剣を、収めろ」

声を張り上げて、アルヴィスはルークへと命令を下した。

「っ……」

ルークは息を飲んで動きを止める。ルークの考えも理解出来ないわけではない。だが、それを遮って尚《なお》アルヴィスは、あれと話をすることを優先させた。案の定、ルークが訝《いぶか》しげにアルヴィスに視線を送っている。その視線に気づかない振りをしながら、アルヴィスはゆっくりと立ち上がる。エドワルドがそれを支えるように手を貸してくれた。

「エド、もういい。大丈夫だ」

「しかしアルヴィス様」

立ち上がれれば十分だと、アルヴィスはエドワルドの手を離して向き直った。

「説明して、くれるか？　お前は、何者だ」

「おい、アルヴィス？　お前何を言っているんだ。魔物が言葉を理解するわけがないだろうが」

『我は魔物ではない。女神に遣わされし、眷属《けんぞく》だ』

頭に響く声。痛みが引いたわけではない今のアルヴィスには、苦痛が伴い顔を顰めてしまう。再びエドワルドが傍《そば》に寄ってくるが、アルヴィスはそれを無視して続けた。

「……ルシオラ、か」

『如何《いか》にも』

ゆっくりとアルヴィスの傍に歩いてくる。前に出ようとしたエドワルドを制止し、アルヴィスは腰を落としてそれと視線を合わせた。

「アルヴィス様、何をしておられるのですか！」

「大丈夫だ。こいつは、俺に危害を加えることはしない。俺が……ルシオラの契約者である限りは」

驚くエドワルド。一方で、ルークとハーヴィは険しい表情でアルヴィスと魔物を交互に見ていた。アルヴィスがルシオラという言葉を発したことで、ただの魔物ではないと気が付いたのだろう。そして、やはりというかこの声はアルヴィスにしか聞こえていないらしい。

「お前、名は？」

『……神子の好きに呼ぶがよい。我は、神子のための存在ゆえに』

色々と聞きたいことはあるが、名前がなければ不便だ。毎回、魔物ではないと説明するのも手間となる。アルヴィスは暫《しば》し考えると、一つの名前を告げた。

「ウォズ」

古代語で知恵者という意味を持つ言葉だ。

『神子が求めるのは〝知恵〟か。よかろう。では、これより我はウォズ。そう呼ぶがよい』

ウォズはそう告げると、クルリと宙を舞うように飛び上がった。そうして再び地に着いた時には、その体軀《たいく》は小さくなっている。以前よりも更に小さく、ピョンと飛び跳ねるとそのままアルヴィスの肩へと乗っかってきた。

「初めからその大きさで来てくれ……」

『神子を止めるには、これでは無理だ』

頭を押さえながら肩を落とすアルヴィス。肩の上で毛づくろいを始めたウォズは、小動物にしか見えない。これならば、魔物として排除されることもないだろう。そんなことを考えていると、離れた場所にいたハーヴィがゴホンと咳払《せきばら》いをする。

「お取込み中のようですが……殿下、ご説明をお願いします。それは、一体何なのですか？」

「……俺にも詳しいことはまだわからないが、これの関係者らしい」

右手甲を見せるように持ち上げて、その紋章を指す。

「女神ルシオラの関係者、ですか。今この時に姿をお見せになったということは、何か意味があると考えますが」

「……霊水を読み取ることはするな、ということを伝えにきたようだ」

「霊水を、ですか」

女神の加護を与えられているという霊水。ウォズは人が触れてはならないと釘《くぎ》を刺してきた。アルヴィスの行動を制止するために来たのだ。

『神子のその力は、異能と呼べるもの。禁忌に触れかねない力。乱用することは控えよ』

小さな手で顔をゴシゴシとしながら、ウォズはアルヴィスへと忠告する。異能。アルヴィスがこれまで当たり前に行っていたことが、危険なものだとウォズは言う。マナを操作すれば誰にでも可能だと考えていたが、確かに同じようなことが出来る者はだれ一人としていなかった。

「アルヴィス様、如何《いかが》なされました？　顔色が」

「……いや、何でもない」

心配そうに顔を覗《のぞ》き込んできたエドワルドへ困ったように笑う。ウォズの言葉はアルヴィスにしか聞こえていない。面倒だとは思うが、今この時はそれに感謝する。聞こえていれば、この従者は己の言葉を責めるだろう。そもそも霊水の話を振ったのがエドワルドだったのだから。

「女神ルシオラが、これに触れるなと忠告してきたってことか。……神のご加護を信じろってところだろうな」

「そうなのでしょうね。殿下以外に同じようなことが出来る人物がいるとは思えませんし」

霊水がどういうものなのか。それを知り得るアルヴィスの力は異能と呼ばれるらしい。ウォズの口振りから、同じようなことが出来る人間がいるとは考えにくい。触れてはならない領域に手を出すことが何をもたらすのか。禁忌と示したことから、良いことでないことは確かだ。ここは引くべきところなのだろう。女神ルシオラの忠告を無視は出来ない。

『神子、この者たちは神子の騎士か？』

「あぁ。俺の、というわけではないが」

既にルークとハーヴィはウォズへの敵意をなくしている。小動物にしか見えない今の見た目ではそうもなるだろう。

『この前傍にいた娘も騎士ではないのか？』

この前とウォズが話すのは、庭園でのことだろう。その時傍にいた人物といえば一人しかいない。エリナだ。

「……エリナは、俺の婚約者だ」

どこをどうしたらエリナが騎士に見えるのか。騎士とは装いからして全然違う。エリナは、礼儀も作法もしっかりとした貴族令嬢である。話振りから戦闘の類は苦手としているらしい。そもそも王女ならいざ知らず、元騎士として己の騎士を女性にするなど、アルヴィスの矜持が許さない。

だが、ウォズは首を傾げるような仕草をする。よくわかっていないらしい。

『こん、やくしゃとはなんだ?』

「いずれ結婚する相手ということだ」

『ふむ。つまりは番《つがい》か』

「まぁそうだな」

間違ってはいないが、番と称されると妙な気分になる。とはいっても、ウォズがそれで納得するならばそれ以上何も言わない方がいいだろう。

「何故《なぜ》、騎士だと思った?」

服装からも仕草からもエリナは騎士ではないとわかる。戦闘に長《た》けたものならば足音一つにも気を遣うが、エリナのそれは淑女としてのもの。足の運び方一つをとっても、騎士のものではない。

『神子を守っていた。我から神子を守ろうとしていた。故に、騎士だと』

「……いつの話だ」

エリナから守られた記憶はない。出会ってからエリナと過ごした回数は然程《さほど》多くないため、記憶に誤りはないはずだ。

『神子が臥《ふ》せっていた時だ』

「なる、ほど」

どうりで記憶にないはずだ。アルヴィスの看病をしていた時の話なのだろう。目覚めてすぐの記憶は曖昧だが、目を覚まして直ぐに飛び込んできたのはエリナの泣き顔だ。それだけは鮮明に覚えている。それに庭園でエリナは話していた。アルヴィスが臥せっていた時に、ウォズを見たと。何も知らずに相対すれば、不安にさせただろうとは思っていたが、まさかエリナがそのようなことをしていたとは。

アルヴィスは己の不甲斐《ふがい》なさに呆れ、左手で顔を覆う。エリナが何も言わなかったのは、まだ怪《け》我《が》が治り切っていないアルヴィスの負担を考えてだろう。

「本当に、君はどこまで……」

アルヴィスとてそこまで鈍いつもりはない。エリナがアルヴィスを慕ってくれていることには、何となく気が付いている。しかし同じ想いを返せない以上、アルヴィスは気づかない振りをしていることしか出来ない。未《いま》だにアルヴィスの中には消化出来ない傷があるのだ。それが逃げだとわかっていても、まだその先に踏み込むことは出来なかった。

「アルヴィス様……」

そんなアルヴィスの様子を心配そうにエドワルドが見つめていた。

帝国の皇太子

建国祭当日の二日前。この日は、ザーナ帝国から皇太子と例の子爵令嬢がルベリアへ到着する日だった。畏《かしこ》まった出迎えは不要だと言われているが、一国の皇子をそういう扱いにすることは出来ない。そのため、アルヴィスはリティーヌと共に皇太子を出迎えることとなった。

「アルヴィス兄様、帝国の皇太子殿下はどういった方なのか知っているの？」

「……ルーク隊長から少しだけ話は聞いているが」

「アンブラ隊長から？」

リティーヌは近衛《このえ》隊に出入りして、剣の訓練を受けていたことがある。その訓練の相手をしたのがルークだ。第一王女の稽古の相手を一般隊士にさせるわけにもいかない。近衛隊長自ら手ほどきを受けたこともあって、女性にしては中々の技量をもっているのがリティーヌだ。

「それで、アンブラ隊長は何て言っていたの？」

「少々粘着質な研究者、だな」

「随分と酷《ひど》い評価なのね」

やれやれといったようにリティーヌは両手を広げながら首を横に振る。会う前から酷い言われようだとはアルヴィスも感じる。実際にどういう人物なのかは、会ってみればわかるだろう。

二人でそんな話をしていると、馬車が二台王城へと近づいてきていた。馬車の前方には、帝国の紋章が印された旗がみえる。間違いなく、あれに皇太子らが乗っているはずだ。

「ご到着ね」

城の警護についている騎士団員に誘導され馬車が停止する。止まった馬車からは、漆黒のローブを羽織った青年が降りてきた。腰まである長い紫色の髪。その瞳も同じ紫色。事前に知らされていた特徴と一致する。彼が、帝国の皇太子だ。その彼が馬車からエスコートするように手を引いた小柄な少女。ウェーブ掛かった濃い青色の髪に、淡い紫色のドレスを纏《まと》っていた。

二人は案内役の騎士に連れられるようにして、アルヴィスらの前に立つ。

「お初にお目にかかります。ザーナ帝国皇太子のグレイズ・リィン・ザイフォードです」

「ルベリア王国王太子、アルヴィス・ルベリア・ベルフィアスです。ようこそルベリアへ」

アルヴィスが右手を差し出せば、グレイズも笑みを深くして手を握り返してきた。心なしか、グレイズの瞳がキラキラと輝いているようにも見える。少しだけ嫌な予感がするが、ここで表情にだすことは出来ない。いつものように笑みを貼り付けながら、アルヴィスは手を離す。残念そうな表情をしたグレイズには気づかない振りをした。

「グレイズ皇太子、こちらはリティーヌ・ルベリア・ヴァリガンです」

「初めまして、グレイズ皇太子殿下。ルベリア王国第一王女、リティーヌでございます」

ドレスの裾を少し持ち上げながら、リティーヌが腰を落とす。グレイズも右手を胸に置き、目礼を返してきた。

「リティーヌ王女、よろしくお願いいたしますね。では私もご紹介させてください」

グレイズは一歩下がって待っていた少女の横に立つと、彼女の腰に手を当てた。恐る恐るといった風に前へ出た少女。リティーヌ、アルヴィスと視線をさ迷わせ、アルヴィスを見て視線が止まる。

「我が帝国の子爵家令嬢、テルミナ・フォン・ミンフォッグです。テルミナ、お二方へご挨拶を」

「……」

「テルミナ」

「っ！」

先ほどよりも声を大きくグレイズが名を呼ぶと、ハッとしたように慌ててテルミナは頭を下げた。

「テ、テルミナです」

「……申し訳ありません。まだまだ礼儀がなってないようで」

確かに貴族令嬢としての挨拶ならば、合格点は上げられないものだ。グレイズの言葉で己の失態を悟ったのか、テルミナはみるみるうちに顔色を悪くしていた。

「ご、ごめんなさい」

「テルミナさんは子爵家と仰《おっしゃ》っていましたし、このような場は初めてなのではありませんか？」

あまりに顔色が悪くなったのを不憫《ふびん》に思ったのか、リティーヌが助け舟をだす。どうやらテルミナはまだ社交界デビュー前であり、かつミンフォッグ子爵家は質素な生活をしていたことで作法には疎いのだということ。それでもルベリア王国への同行をさせたのは、神との契約を交わしたからという点のみ。国を出る前に一通りは詰め込んだものの、実を結ぶことはなかったということらしい。

「リティーヌ王女の仰る通りです。ですが、帝国を代表してきている以上、甘えさせるわけにもいきませんので」

「ここは非公式の場です。そういう事情があるのならば致し方ないでしょう。私もリティーヌも気にしていません」

ここには四人だけ、しかも王城の入り口だ。初めてならば失敗もあるだろう。テルミナは子爵家出身で社交界に出る前なのだから、作法を身に付けている最中だと納得出来る。アルヴィスの妹のラナリスとて、社交界デビュー前はまだまだだったのだから。

「アルヴィス王太子、リティーヌ王女。お心遣いありがとうございます」

この場でやることは終わった。来たばかりの二人を立たせておくわけにもいかないと、アルヴィスは騎士団員へと指示を飛ばす。今回、帝国からも侍女や護衛は来ているが、ルベリア側からも数人護衛として人員を配置することとなっていた。

「滞在中の部屋へ案内させます。まずはそこで身体《からだ》を休めてください」

「ありがとうございます。お言葉に甘えて、失礼させていただきます」

騎士団員たちの先導で、グレイズたちが城内に入るのをアルヴィスとリティーヌは見送っていた。

「意外とまともに見えたわね」

「そうだな……」

ただ挨拶をしただけではわからない。まだ顔を合わせただけなのだから。二人がどういう人物なのかは、これからわかることだろう。

帝国からきた少女と皇太子

案内された部屋に入るなり、グレイズはテルミナの頭を摑《つか》んだ。

「ちょっ、グレイズ様痛いですって！」

「痛くしているのだから当然です。何ですか、先ほどの挨拶は。あれほど詰め込んだというのに。この頭は鳥頭ですか！」

「それはその……ごめんなさいっ」

「全く……心象を悪くしなかったからよかったものの」

呆《あき》れ顔《がお》のグレイズは、涙目になったテルミナから手を離す。グレイズがルベリアに来たのは、アルヴィスに会うためである。わざわざそのために、グレイズはその地位を利用してまでルベリアへ来たというのに。テルミナのヘマの所為《せい》で予定が台無しになるところだったのだ。

「だって……びっくりしたのです」

「何をですか？」

頰を膨らませているテルミナへ厳しい目を向ける。だが、テルミナは怯《ひる》むことはない。

「ルベリアの王子様があんなに綺麗《きれい》な人だなんて聞いてません！　まさに私の理想そのものです!!

本物の王子様ですよ」

「貴女《あなた》という人は……」

やれやれと頭を押さえて首を横に振るグレイズ。テルミナを庇護《ひご》という名の下で保護してからこういった言動には慣れつつあるが、流石《さすが》に場を弁《わきま》えてほしいものだ。この場にはルベリア王国の騎士たちもいる。不用意な発言をすれば警戒心を与えてしまうだけ。それでは目的が達成出来ない。

「というか、そもそも私も皇子なのですがね」

「グレイズ様は変人ですから」

変人。帝国内において多方面から噂《うわさ》されていることは知っているが、正面からグレイズに対して変人だという人はいない。こちらは次期皇帝だ。一族まとめて処断されてもおかしくない。だが、こういうテルミナの性格をグレイズは気に入ってもいる。

「……本当に素直といいますか、無鉄砲といいますか。そういう物おじしないところは、尊敬しますよ」

「それって褒めてます？」

「一応褒めてますよ」

嫌みが入っていることも理解はしているらしい。馬鹿ではないのだ。元より、子爵家の末っ子として育ったテルミナ。ミンフォッグ子爵家にはほかにも姉が四人いる。そのためテルミナは貴族へ嫁ぐのではなく、いずれ平民となるのだろうと覚悟していたらしい。将来は働くことも考えていたようで、貴族令嬢としての作法や礼儀よりも算術や読み書きを中心に学んでいた。そのこともあり、テルミナには貴族としての社交界常識が欠けている。

「まぁいいです。それよりも、ここでは貴女は帝国の代表です。くれぐれも、王族や貴族の方々に無礼を働かぬように」

「……わかっていますよ。さっきはびっくりしただけです。でも、本当に素敵だった……アルヴィス様かぁ」

そういいながら、頬を赤くするテルミナ。グレイズは少々頭が痛くなり始めていた。まさかとは思うが、嫌な予感がする。

「テルミナ、もし彼に懸想しているというのなら止《や》めておきなさい。それに王太子殿下です。名を呼ぶことは親しい者にしか許されていません」

「えっ、どうしてですか？」

「どうしても何も……はぁ」

どうやら杞憂《きゆう》ではないようだ。彼女は顔が綺麗な人に弱い。顔さえよければ性格は二の次でいいという考えを持っているほどに。自身もそれなりに整っていると自負はしているが、テルミナの好みではないとのことだ。それはそれで傷つくものがあるが、今はそれを気にしているところではなかった。

ルベリアで王太子が変わったのはつい最近。以前その地位にいた王子は、不祥事を起こしてその身分を剝奪。その理由には、婚約者を蔑《ないがし》ろにして義務を怠ったことが原因の一つとして挙げられている。そこに、テルミナが分を弁えずアルヴィスへ押しかけでもすれば、テルミナを同行させると決めた皇帝へと責任が向く。それは避けるべき事項だ。

「彼には婚約者がいます。既に婚約者がいる相手に懸想しても、はしたないと思われるだけです。

帝国貴族の品位が疑われます。それは呼び方一つでも同じです」

ここでの行動は全て帝国貴族への評価として伝わる。ルベリアは友好国であり、帝国がどういう国風を持っているか理解しているとはいえ、限度があるのだから。ましてや、婚約者が既にいる相手に対して想《おも》いを伝えるなどされては困る。テルミナは無駄に行動力がある令嬢だ。釘《くぎ》を刺しておかねば、やりかねない。

グレイズの説明に、あまり納得はしていない様子のテルミナは首を傾《かし》げる。

「でもグレイズ様、王族には最低でも二人以上妻がいるものですよ」

「婚姻が成立した後に側妃を迎えるのです。婚約者が複数人いるわけではありません」

確かにグレイズの父である皇帝も妃《きさき》は六人だ。ルベリア国王も二人の妃を持つ。そこからいけば、テルミナが希望を持つのもわかる。

そして厄介なことに、テルミナがルベリアの王太子に見初められることを望む者たちがいることもまた事実だった。しかし、皇帝がそれを望んでいるかといえばそうではない。望んでいるのは、所謂《いわゆる》女神信望者たち。その背後にはスーベニア聖国がいる。その辺りの探りを、グレイズとしてはルベリア側に入れておきたい。無論、ルベリアの王太子であるアルヴィスの力をこの目で見てみたいという探究心もある。それを邪魔されることは、グレイズにとっても不本意なことなのだ。

「テルミナ、私はここの王太子と良好な関係を築きたいのです。わかりますか？」

「それはわかりますけど、でも——」

「ならば、王太子に近づきすぎるのは止めてください。くれぐれも私の邪魔をしないように。いいですね」

「はぁい」

念には念を。無駄に行動力があるテルミナだが、ここは帝国ではないルベリア王国だ。見知らぬ土地では然程《さほど》動けないだろう。連れてきた侍女にも、目を離さぬようにと言い聞かせてある。

（父上の命令とはいえ、厄介なモノを連れてきてしまったものです……）

テルミナを除いて、出来れば早々にアルヴィスと話がしたいものだ。不満顔のままでいるテルミナを見てグレイズは、到着早々強い疲労を感じて深く息を吐いた。

◆◆◆

帝国から皇太子らが到着したその日の夜には、歓迎の意をこめてグレイズとテルミナを招いた簡単な夕食会が開かれた。いつもの夕食のメンバーである国王夫妻とアルヴィスに、リティーヌを加えた六人でのものだ。終始緊張をしていたテルミナと、和やかに国王と話をするグレイズ。食も進んでいない様子のテルミナに、アルヴィスとリティーヌはどうしたのかと顔を見合わせていた。

そんな様子で終えた食事会の翌日。昼頃にはお茶会と称してグレイズとテルミナを招いている。アルヴィス一人で会うつもりでいたのだが、リティーヌも参加すると聞かなかった。そのため、四人でのお茶会だ。

場所は貴賓用にと作られたサロンの一つ。アルヴィスが向かうと、既にリティーヌが来ていた。

「もう来ていたのか、リティ」

「アルヴィス兄様が遅いのよ」

これでも時間には余裕をもって来ている。遅刻はしていないのだが、リティーヌは先に準備を始めていた。テーブルに飾られた花は温室から持ってきたものだろう。給仕の準備も万端のようだ。

「そっちの準備は大丈夫なの？」

「これが終わればまた戻る。元々そのつもりで予定は組んでいるから心配はない」

これまでも建国祭には参加しているが、ホストとして招く側に立つのは初めてだ。ここ二年は裏方に徹していた。こうして矢面に立たされると覚えることが多く大変ではあるが、それも己の役割だと割り切っている。

「……あの馬鹿は特に何もしてなかった気がするけれど」

「学園の方も行事があるからな、そっちを優先したんじゃないか？」

正確には優先したのではなく、国王がジラルドの仕事を回していなかっただけだ。当初、アルヴィスはジラルドが残して滞っている仕事をこなしていた。そこで気が付いたのは、どれもが王城や学園関連にとどまっているということだ。そんなことだろうと予想はしていたものの、まさに事務作業と言えるもの。といっても、放置すれば困る人がいることに変わりはない。重要度が低いとはいえ、王太子の承認が必要な事項なのだから。

本格的に政に関わらせるのは、卒業後にするつもりだったのだろう。つまり、既に成人を過ぎた大人であるアルヴィスと当時のジラルドの仕事が違っていても不思議はないのだ。

「学園の行事か、そういえばそんな話があったわね」

建国祭の間は、学園でも行事が行われる。それを取り仕切るのは、学園ではなく幹部学生たち。学生主導で行われるお祭り騒ぎの一つだ。その中でも注目されるのが、競技大会だろう。特に騎士志望の学生たちにとっては、己の実力を披露する場でもある。

「私も学園に通いたかったな……お母様が許さないでしょうけど」

「そう、だろうな」

リティーヌは、第一王女。滅多に後宮、いやそもそも王城から出ることはなく過ごしてきた。従兄妹《とこ》ということもあって、ベルフィアス公爵家へは遊びに来ていたものの、成長するにつれてその機会もなくなっていった。今、リティーヌの世界は王城で完結されていると言っていい。それは、全て側妃の指示だ。

「アルヴィス王太子殿下、リティーヌ王女殿下」

そこへ、リティーヌ付きの侍女が声をかけてくる。いつもリティーヌの傍《そば》にいるため、アルヴィスも知っている侍女だ。

「ジャンナ、到着されたの？」

「はい、そろそろお着きになられるだろうと連絡がございました」

グレイズとテルミナが来ることを知らせに来てくれたのだ。アルヴィスとリティーヌは顔を見合わせて頷《うなず》く。そしてアルヴィスは、後ろに控えていた己の侍女たちの方を向いた。

「ティレア、アンナ、準備を頼む」

「「承知しました」」

侍女たちが統率されたように動き始める。準備の様子を見守っていると、到着したと執事が伝えに来た。ここからが本番というわけだ。アルヴィスが動こうとすると、リティーヌが止める。

「アルヴィス兄様は座っていて。私が行くから」

「だが──」

「招いた側といっても、ここで一番上の立場はアルヴィス兄様よ。王女である私が行くのが一番。違う？」

確かにリティーヌの言う通りだ。ここは任せるのがいい。

「わかった。頼む」

「任せて」

出迎えはリティーヌに任せることにして、アルヴィスは一足先に席へと座る。すると、それほど時を置かずしてグレイズらが現れた。礼儀としてアルヴィスも立ちあがり、彼らの傍へ歩み寄る。

「お招きありがとうございます、アルヴィス殿」

「グレイズ殿、こちらこそ宜《よろ》しくお願いします」

グレイズへと右手を差し出せば、グレイズはにっこりと笑みを浮かべながら握り返してきた。一方、少し後ろにいたテルミナへは右手を胸に当てて目礼をする。ビクッと肩を震わせたテルミナだったが、昨日とは違いドレスの裾を持ち上げて腰を落とすと、頭を下げた。令嬢としての挨拶だ。

「宜しく、お願いいたします……アルヴィス殿下」

「えぇ、宜しくお願いします」

挨拶を終え、二人をテーブルへと案内する。直《す》ぐに紅茶が用意され、侍女であるティレアらは後方へと下がった。会話が辛うじて聞き取れる距離へと。それを確認して、アルヴィスが口を開く。

「昨夜はよく眠れましたか？」

「はい、とても。自国にいた時よりもぐっすりと眠れました」

「それは良かったです。長旅で疲れていたのでしょう」

帝国からルベリアへはマラーナを横断しなければならない。マラーナは南北に長い国土とはいえ、何日か宿泊を経たことだろう。馬車での長時間移動は思った以上に疲労が蓄積していくものだ。

「徹夜作業は慣れているのですが、移動の疲れとは別物ですね。徹夜で研究をしていた方がよほど疲れませんから」

「グレイズ殿は研究熱心だと聞いてはいましたが」

「お恥ずかしながら、研究をしていると時間を忘れてしまうものでして」

好きなものをしていると時間を忘れる。アルヴィスにも身に覚えがあることだ。アルヴィスにとって、剣を振るっている時間がそうだった。グレイズは本当に研究が好きなのだろう。

「グレイズ殿下、アルヴィス兄様そろそろ私たちも会話に入らせてくださいな」

暫《しばら》く黙って話を聞いていたリティーヌが口を挟んできた。会話というか、グレイズが話をしているのをアルヴィスは相槌《あいづち》を打ちつつ聞いていただけなのだが。

「これは申し訳ありません、リティーヌ王女。ついつい話し込んでしまいました。あまり私の話を聞いてくれる人が帝国には居ないもので」

「そうなのですか？　グレイズ殿下の研究というと多少の興味はありますけれど。ねぇ、アルヴィス兄様？」

「あぁ。あまりルベリアでは帝国ほど積極的ではないことだからな」

「なるほど。帝国でも私のしていることは、あまり推奨はされていません。ただ、今はテルミナがいますので」

自分の名前が出たことで、紅茶を飲んでいたテルミナの手が止まる。皆の視線が集まったことで、慌ててテルミナがカップを置いた。

「あ、あの」

「テルミナは生まれつきマナが異常に多かったそうです。ですが、まだ制御が上手《うま》く出来ておらず調査するには時間が必要なところでして」

テルミナの困惑を余所《よそ》にグレイズは話し始める。その内容に、思わずアルヴィスが眉を寄せてしまった。無論、グレイズもそれに気が付く。

「アルヴィス殿はどうですか？」

「……マナの保有量という点においては、同じでしょう。私自身も保有量は多い方ですから」

「やはりそうですか」

グレイズは納得したように首を縦に振った。そして考え込むように口を閉ざす。すると、テルミナが恐る恐るといった風に声を上げた。

「あの……聞いてもいいでしょうか？」

「私に、ですか？」

「はい」

アルヴィスはテルミナを改めて見る。年齢はラナリスと同じだと聞いているが、それよりも幼く見えた。パッと見た感じでは、アルヴィスと同等のマナを感じる。保有量が多いというのは、間違いなさそうだ。

「アルヴィス殿下、も神様との契約をされたと聞きました」

「えぇ」

「神様のお名前を伺ってもいいですか？」

言われてみれば、アルヴィスも契約者だと聞いただけでそれ以上のことは知らない。恐らく、相手側も同じなのだろう。特に秘密にしていることではないし、ルベリア国内では周知の事実となっている。知られても困ることはない。

「女神ルシオラです。ここルベリアでは信仰深い豊穣《ほうじょう》と慈愛の女神です」

「ルシオラ様……創世神話でも人気の高い女神様ですか」

人気が高いかどうかはさておき、大神ゼリウムと共に知らぬものはいないというほど有名な女神であることは間違いない。

「テルミナさんは、どうなのですか？」

「私は、武神バレリアン様です」

その名に、リティーヌとアルヴィスは顔を見合わせる。武神バレリアン。大神ゼリウムの弟分的存在で、ルシオラの騎士とも言われている武の神。正直に言うと意外過ぎた。テルミナはどう見ても武に長《た》けているようには見えない。

「失礼ですけれど、テルミナさんは武術や剣術をおやりになるのですか？」

「はい。剣は扱えませんけれど、槍《やり》なら――」

「テルミナの槍は、我が国の兵ともやり合えるほどです。尤《もつと》も、そうなったのはバレリアン様との契約のお蔭《かげ》のようですが」

考え事をしていたはずのグレイズがテルミナの声に重ねるように告げた。バレリアンとの契約後、肉体能力が向上したという。

「まさか、そのようなことがあるのですか？」

「私の研究に間違いはありません。どういったことが彼女の中で起きているかまではわかりませんが」

話を聞いてアルヴィスは己の右手に視線を落とす。契約後、アルヴィス自身にそれほど大きな変化はない。強いて言うならば、感覚が鋭くなった程度か。

「アルヴィス殿にはそのようなことは起きていないのですか？」

「えぇ、私にはそのようなことはありません」

確信がないことを伝える必要はないだろう。グレイズの問いに、アルヴィスは否と答えた。

「それはバレリアン様とルシオラ様のお力が違う、ということでしょうか？」

「なるほど。契約者によって異なる力、ですか。非常に興味深いです」

ニヤリと口元に笑みを浮かべるグレイズ。どこかで見たことがある表情だと思えば、アルヴィスの脳裏に一人の友人の顔が浮かんだ。薬剤師として働いている友人が、薬草や魔草を見る度にしていた表情のそれとよく似ている。なるほど、ルークの言っていたことは間違いだったわけではなさそうだ。それとも研究者というのは、誰もがそういうものなのだろうか。

再び考え事を始めたグレイズを見て、リティーヌは肩を竦《すく》めている。完全に研究者としての顔になってしまったようだ。チラリと帝国側の侍女へ視線を向ければ、繰り返し頭を下げている。これは暫《しば》し静観するのが正しいのだろう。戻ってくるのを待つしかない。

「テルミナ嬢」

「は、はい」

アルヴィスから声を掛けられたテルミナは、嬉《うれ》しそうな表情で返事をする。

「武神バレリアンとの契約はどのような状況で行われたのか聞いても？」

「勿論《もちろん》です！　私は教会にお世話になっていたのですが、そこで声を聴きました」

テルミナは幼少期からマナが多く、上手く使うことも出来ずに持て余していた。令嬢とはいえ辺境の子爵家だったテルミナは、近くの森へ友人と遊びにいくことが日課だった。そんなある日友人と共にいた時のこと。魔物が近くまでやってきたのだという。普段ならば奥にいるはずの魔物が来たことに驚き、友人と共に逃げる途中で転んだ友人を助けるためにマナを暴発させた。結果として、テルミナと友人は助かった。しかしテルミナは倒れ、辺り一帯も焼き払ったという。

放置するのは危険だと判断した両親が教会へと相談し、そこでマナについて学ぶこととなった。

そんな時に、届いたのがとある声。女性の声だったという。

「アルヴィス兄様、確か創世神話においてバレリアン様は男性として描かれていたように思いますけれど」

「その通りだ。だが、神話はイメージとして描かれていることが多い。武神という呼び名から誰もが男だと想像するだろう。それが形を変えて伝わったのかもしれないな」

創世神話は物語だ。誰がどのようにして描いたのかもわからないもの。それが真実だと思っている者たちも多いが、世界は綺麗ごとだけで出来ているわけではない。後世へと残したくない話は意図的に変えられていても不思議はないのだ。バレリアンも意図的に男性へと変えられた可能性はある。

「おとぎ話の中では男性ですけど、私が聞いたのは女性の声でした。有り余る力があるなら、手を貸そうと言われて」

誓いでも何でもなく、ただ力を貸してくれるならいいかという程度で契約を交わしたらしい。

「何故《なぜ》、テルミナさんが契約出来たのでしょうか？」

「マナと顔が好みだったからと言われました」

「……」

予想の斜め上の答えに、脱力したのは仕方がないだろう。当のテルミナは、何も不思議はないようでリティーヌとアルヴィスが肩を落としたのを怪訝《けげん》そうに見ている。

「好みって……神もいろいろいるのね」

仮面がはがれつつあるリティーヌだが、それも当然だ。一気に疲れが増した気がして、アルヴィスは深く息を吐いた。

そうしてお茶会が終わり二人は部屋へ戻る時間となった。そっと立ち上がったグレイズがそっとアルヴィスへ耳打ちをしてくる。

「スーベニア女王のこと、お聞き及びと存じますが」

「えぇ」

「かの国はアルヴィス殿下とテルミナとの婚姻をご所望です。ただ、我が帝国としてはそれを望みません」

アルヴィスは眉を寄せた。帝国が望まないにしても、グレイズが話してきたということは、スーベニア聖国より打診をされたということだ。ルベリアへも要求してくることは明白だった。

「ルベリアはどうお考えですか？」

「スーベニアから正式に話が来たわけではありませんので、お答えしかねます」

これは本当だ。恐らくはそうだろうと憶測だけで話はしているが、実際にスーベニアから打診があったわけではない。帝国へ先に打診したのは、両国が望んでいるものだとルベリアへ伝えるためだろう。しかし、帝国はそれを望まないとしている。

グレイズも予想は出来ていたのか、特に不満があるような様子を見せない。だが、アルヴィスの耳元から離れると硬い表情で尋ねてくる。

「ではアルヴィス殿ご自身はどうお考えです？」

「私、ですか？」

「アルヴィス殿には婚約者がおられます。側妃としてテルミナをと言われた場合、どうされるおつもりで？」

「直球ですね……」

「回り道は嫌いなのですよ」

苦笑するアルヴィスに、グレイズは肩を竦める。リティーヌとテルミナが何を話しているのかと、少し離れた場所でアルヴィスたちを見ていた。テルミナと目が合えば、彼女は頬を染めたように笑う。確かに可愛《かわい》らしいと称される外見をしているとは思う。だが、彼女を望むかと問われれば答えは決まっている。

「私自身が望むことはありません。今は彼女だけで十分ですから」

政略的に結びついた関係だが、アルヴィスはエリナと向き合うと決めた。彼女との関係を前向きに考えている。そこに他の誰かを入れる余裕はない。国の思惑は置いておくとしても、アルヴィスはテルミナを望まない。

「ありがとうございます。今はそれで十分です」

「いえ、こちらこそ情報感謝します」

帝国が望まない。それはルベリア側にとっても有益な情報だ。

アルヴィスはグレイズと握手を交わした。

建国祭当日

いよいよ建国祭の日となった。今日の衣装はというと、青を基調とした正装だ。金糸が所々に刺《し》繍《しゅう》されており豪華な見た目をしている。それだけでなく、見た目以上にこの衣装は重量があった。最後に装飾が施された白いマントを身に着けて準備は完了だ。侍女らがアルヴィスから離れる。

「やはりこのような衣装は、アルヴィス様にとても良く似合いますね」

「はい、良く似合っております」

満足そうに眺めるナリスに、ティレアも同意する。公爵令息としても、それなりに華美な服装を着たことはあった。成人してからは、随分と機会も減ったとは言え、アルヴィスも着慣れない格好ではない。ナリスらの言葉も毎度のことだ。今更照れるアルヴィスでもなかった。支度が終わったならばと、アルヴィスはソファへ座り来賓予定の目録に目を通していた。

今日の予定はというと、まずは建国祭の開催宣言が国王により行われる。発言をするわけではないものの、アルヴィスも隣に立っていなければならなかった。その後は、来賓らの出迎えだ。

この日の王都は、厳重な警備が敷かれる。一部の道は封鎖され、騎士団がそこかしこに配置されていた。騎士団らが警護する道を進むのが、各国の来賓らが乗り込む馬車である。年に一度しか来ない他国の要人たちを、王都の住人たちは家や道の端から隠れて見るのが恒例となっていた。中には、馬車から手を振るサービス精神旺盛な来賓もいる。それに手を振り返す猛者も中にはいた。賑《にぎ》やかな催しは明日以降に行われるため、この日の王都はひたすら馬車を出迎える日となる。

既に近くの関所等より報告は受けておりと到着時刻も迫ってきているので、アルヴィスにそれほど余裕があるわけではなかった。王都を見下ろせるバルコニーに向かう。朝早くにはなるが、バルコニーを見ることが出来る広場には多くの人が集まっているようだ。ざわざわと声が届いている。

外と中を仕切っているカーテンの傍《そば》には、既に国王が待っていた。

「来たか、アルヴィス」

「お待たせしてしまいましたか」

「いや、早く来てしまっただけだ。時間よりは早い」

そう話す国王は、どこか顔色が良くなかった。調子でも悪いのかと、アルヴィスは首を傾《かし》げる。

朝食で顔を合わせた時は、特に感じなかったことだ。

「伯父上、大丈夫ですか?」

「……うむ。何でもないのだ。少し、あれと話をしただけでな」

国王が示す人物は一人しかいない。娘であるリティーヌだ。

「リティ、ですか?」

「……」

無言は肯定だろう。

「そうですか」

リティーヌが国王に何か話をした。親娘であっても、リティーヌは国王と接する機会は多くない。

先日、グレイズとテルミナの歓迎をする夕食会が久しぶりの顔合わせだったと聞いている。どちらかというと、国王とキアラの方が良く会っているだろう。その一番の理由は、リティーヌが国王を嫌っているからだ。しかし、リティーヌが何を言おうとも聞く耳を持たないのが、国王の——父としての態度だったはずである。少なくとも、アルヴィスが知っている二人の関係はそうだった。顔色を変えることなど今まで見せなかったのだが、一体何があったのだろうか。

「あれは誰に似たのだろうな」

「え？」

「余にも、恐らく母親に似たわけでもない。あれが男児であったのなら良かったと、今更ながらに思ってしまう」

小さな声ではあったが、隣にいたアルヴィスには届いていた。

リティーヌが男児であったならば。それはジラルドが生まれる前も、生まれてからも幾度となく周囲が感じたことだ。国王は今更と言ったが、本当に今更過ぎる話である。だから、アルヴィスはそれを受け入れるわけにはいかない。

「リティが男だったなら、今のリティではなかった。俺はそう思います。今の状況が、リティを形作った。それを否定なさるのは、如何《いか》に伯父上だとしても許しがたい発言です」

「アルヴィス……」

リティーヌとて理不尽な想《おも》いを沢山してきた。望んでいないにも拘《かか》わらずジラルドと比較され、そのジラルドには疎まれることとなった。リティーヌが男だったらというのは、恐らく本人が一番感じていたことだろう。だがそれをリティーヌの父である国王が言ってはいけない。何故《なぜ》なら、リティーヌをその状況に押しやった当人なのだから。

「リティの前では決してそのような話を伝えないようにお願いします。リティに対する、そして伯母上らへの侮辱とも受け取れます」

アルヴィスの言葉に、国王はそうだな、とだけ呟《つぶや》いた。ジラルドの件があってから、随分と覇気が弱くなったように思うのは、アルヴィスの気の所為《せい》ではないのだろう。責任を感じているのは当然だとしても、リトアード公爵からの圧力に加えてアルヴィスの父であるベルフィアス公爵からも色々と言われているらしい。更には、直接的な言葉としては言われてはいないものの、退位を促すような声もあるとアルヴィスは聞いていた。

アルヴィスから言わせてもらえば、王族として仕事をこなすようになってまだ一年も経《た》っていない。本格的な公務についてはまだまだこれからと言っていいだろう。そのため、暫《しばら》くはそのままでいてもらいたいというのが本音だ。しかし、臣下がいてこその王であり、王としての責務を果たすためには、彼らの協力が不可欠だ。故に、それが求められているというのならば、応えることも役割だと理解している。そのためにアルヴィスが出来ることは、一日でも早く多くの公務を一人で捌《さば》けるようになることだけだ。

数分後、カーテンが開かれる。国王が前に出ると、倣うようにアルヴィスも一歩踏み出した。国民の前に公式に出るのは、これが二度目となるアルヴィス。一度目は立太子後に顔見せをした時だ。それほど時間が経ったわけではないのに、随分と昔のことのように感じてしまう。

国王の横に立ち、アルヴィスは胸元に手を当てて一礼をする。すると、わーっと国民から声が上がった。

「アルヴィス様～～」

「おぉ！」

貴族であればアルヴィスの顔など見知ったもの。しかし、広場に集まったのは貴族階級にある者たちではないのが殆《ほとん》どだ。中には、近衛《このえ》隊としてのアルヴィスを知っている者もいるだろうが、少数に過ぎない。

国王が建国祭の始まりを宣言するのを聞きながらも、脳裏に浮かぶのはこれからのこと。それでも、国民の前にいることを意識し、笑みを崩さないように努めるアルヴィスだった。

バルコニーから中へと戻ると、アルヴィスは足早にその場を去る。式典のための衣装から、出迎えるための装いに替えなければならないのだ。正装では流石《さすが》に、出迎えをするにしては豪華過ぎる。自室へと駆け込むと、既に侍女らが控えていた。手を借りてマントや上着を脱ぐと、用意されていた濃紺の衣装へと着替える。

着替えが終わったところでコンコンと扉が叩《たた》かれた。ティレアに目線だけで指示を出すと、扉が開けられる。そこに立っていたのはレックスだった。

「どうした？」

アルヴィスが声を掛ければ、レックスはピシっと胸元に手を当てて腰を折り騎士礼を取る。

「あと一時間程度で、到着すると連絡がありました」

「予定通りだな。わかった。直《す》ぐに向かう」

「はっ」

支度の最後に右手へ白手袋を嵌《は》めると、アルヴィスは部屋を出た。部屋の外にはレックスだけではなく、ディンの姿もある。アルヴィスの専属なのだから当然だろう。二人を従えるようにアルヴィスが前を歩いていった。

王城の門へと到着すれば、そこには数台の馬車が丁度たどり着いた所だった。馬車に印《しる》された紋章は、マラーナ王国のもの。事前の報告では、国王代理として王太子と王女の二人が来ることになっている。

まず馬車から降りてきたのは、長い濃紫色の髪を後ろで束ねている男性。銀を散りばめた礼服を纏《まと》ったその姿には、見覚えがある。マラーナ王国の王太子、ガリバース・ギルティ・マラーナだ。彼は馬車から降りると振り返り、馬車の中へと手を差し出した。手を引かれて現れた同じ色の髪を持った女性、ガリバースの妹であるカリアンヌ・ギルティ・マラーナが地に降り立つ。

二人がこちらに視線を向けたのに合わせて、アルヴィスは前に出た。

「ご無沙汰しています、ガリバース殿。ようこそルベリアへ」

「随分と久しい顔合わせだ、アルヴィス殿。7年ぶりか？」

ガリバースとアルヴィスは、幼少期に何度か会っている。主に相手をしていたのは兄であるマグリアだったため、アルヴィス自身はそれほど親しいという間柄ではないものの、顔見知り程度には知っている相手だった。

「はい、そうですね」

アルヴィスと相対するようにガリバースが立つと、アルヴィスへと右手を差し出す。アルヴィスも笑みを浮かべながら、握手に応じた。白い歯を見せながら笑う表情は、ガリバースの年齢からするとどこか子どもっぽく映る。ガリバースはアルヴィスの兄と同じ年齢だ。しかし、見た目だけで言えばアルヴィスの兄よりも大分若く見えることだろう。

そんなガリバースの隣にいたカリアンヌは、ドレスの裾を持ち上げると僅かに腰を落として頭を下げた。挨拶の所作は、とても優雅なものだった。

「お初にお目にかかります、アルヴィス王太子殿下。マラーナ王国第一王女、カリアンヌでございます」

「ルベリア王国王太子、アルヴィス・ルベリア・ベルフィアスです。歓迎します、カリアンヌ王女」

「光栄ですわ、アルヴィス殿下」

簡単な挨拶を終えたところで、控えている侍女に指示をだし客室へ案内させる。このようなやり取りはまだまだ続いた。

どれくらいの時間が経ったのか。漸《よう》く《や》最後の来賓が到着する。アルヴィスはこれまで以上に、気を張った。最後の来賓は、スーベニア聖国から。その女王たる人物なのだ。

目の前で馬車が止まると、後方にいた別の馬車より降りてきた女性騎士が扉を開ける。馬車の中に手を差し出し、中にいる人物が騎士によって引かれるように出てきた。

「ご苦労様」

「お気を付けください、陛下」

足を地につけると手は離される。顔を上げた女王は、そのままアルヴィスを見た。

「貴方《あなた》がアルヴィス殿下、ですね」

名を呼ばれた瞬間、寒気がアルヴィスを襲った。だが、目の前にいるのは一国の女王。不敬な真《ま》似《ね》は出来ない。表情を変えないようにと気を張りながら、アルヴィスは声をだした。

「……アルヴィス・ルベリア・ベルフィアスです。本日は良くおいでくださいました、スーベニア聖国女王陛下」

手を胸に当てて騎士の礼を取るアルヴィス。軽く頭を下げると、女王はゆっくりと歩を進める。そして、アルヴィスの手前で止まった。

何をするのかとアルヴィスが顔を上げると、女王はアルヴィスの胸元にある右手をその手に取る。

「っ！」

突然のことにアルヴィスは目を見開いた。だがアルヴィスの様子を気にすることもなく、女王の視線はアルヴィスの手に向けられていた。

「ここに、あるのですね……」

「へ、陛下!?」

慌てふためくスーベニア聖国の騎士たちの声にも、女王は動じない。アルヴィスも手を振り払うことは出来なかった。相手は他国の王である。無礼を働くことは出来ない。もっと言えば相手は女性だ。貴族として、女性相手に暴力を振るうような行為はしないようにと、アルヴィスは母からきつく言われて育った。だから、アルヴィスに出来るのは事態を見守ることだけだ。

「女神ルシオラ……強いマナを感じます。現世において契約した者へ、歓迎の意を私から与えます」

「何を――」

右手を引っ張られたかと思うと、アルヴィスの頬に柔らかい感触が襲った。一瞬だけだ。直ぐ様離れると、呆然《ぼうぜん》とするアルヴィスに女王は微笑《ほほえ》む。

「スーベニア聖国の女王をしています、シスレティア・ルタ・コルフレッドです。数日間、宜《よろ》しくお願いします、アルヴィス殿」

「……はい」

同じように侍女に案内をさせて女王ら一行が去っていった。その後ろ姿を見送りながら、アルヴィスはため息をつく。

「はぁ」

一筋縄ではいかない相手だとはわかっていたものの、その行動全てが予想外過ぎた。ドッと疲れが押し寄せてきたように思うのは、気のせいではないだろう。

そこへ足音を立てて、レックスが駆け寄ってくる。

「大丈夫ですか、アルヴィス殿下？」

「あぁ、大丈夫だ。少し驚いただけで」

「……疲れたならちゃんと言えよ。そのための俺たちだ」

そっとアルヴィスの横に立ち肩を支えてきたレックスからは、丁寧語が消えていた。どうやらレックスたちにも、アルヴィスがよほど疲れたように映ったらしい。それは間違いではないが、悟られるほど取り繕えない状態というのはまずい。やはり休んだ方がいいということだろう。

人を出迎えるだけの公務だったのだが、一人一人と相対しなければならなかったところに神経を使ったのかもしれない。ここにはアルヴィスしかいないため、全てアルヴィスが対応しなければならなかったということもある。この程度、当たり前に出来なくてはならないのだが、まだまだ未熟なのだということを想い知る。対応を間違わなかったことだけは、よく出来た方だろう。事前に来賓の情報は頭に入れていたが、この日ばかりは己の記憶力に感謝したい気分だった。

「アルヴィス、少し休んでから戻るか？」

「いや、このまま部屋に戻る」

これで出迎えという公的な仕事は終わりだ。公務が終わったからか、レックスの口調は戻らない。これは仕事中以外の時だけは、いつもの口調でとアルヴィスがレックスへ頼んでいるからである。無論、これについては共に控えているディンも知っていることだ。それでも、仕事人であるディンは眉を寄せていた。アルヴィスが認めている以上、それを言葉にすることはないが。

「今からなら少し休める時間はあるんだろ？」

「あぁ。夕方までは」

夕方には、来賓らを招いてのパーティーがある。そこにはルベリア国内の高位貴族も呼ばれていた。呼ばれているのは伯爵位以上だ。無論、公爵家であるベルフィアス公爵家からはアルヴィスの父と兄が参加する。リトアード公爵家も同じように、エリナの父と兄の参加だ。パートナー同伴も求められているが、エリナはアルヴィスのパートナーとしての参加だった。予定では既に城に来ているはずだろう。

「少し休んだら、エリナの所に顔を出す」

「わかった」

「承知しました」

先程の感じた頰の感触を忘れるように手で拭うと、アルヴィスもこの場を離れるべく歩きだした。

隣国の兄妹

用意された客室に来ると、ガリバースはソファへと腰を下ろす。案内をするためにとルベリアから指示されている侍女には、一旦戻るようにと伝えていた。部屋の護衛にと残されている騎士らを戻すことは出来ないが、侍女らはそうでないらしい。それはガリバースにとっても好都合だった。ルベリア王国側の人間が側《そば》にいない方が、話はしやすい。今後のことを想像するだけで、口元がにやけてしまうのをガリバースは止められなかった。

「お兄様、表情が崩れていますわよ？　そんな風では、かの令嬢にも引かれてしまいます」

「私は今日を楽しみにしていたんだから、そのくらいは許してくれないか、我が妹よ。お前とて楽しみにしていたのだろう？」

浮かれているのは自分だけではないと、ガリバースは言いたげだ。カリアンヌとて、この計画には乗り気だったのだからと。

「否定はしませんけれど……あくまで、利を考慮した故の選択です。お兄様とは違いますわよ」

呆《あき》れたようにため息をつくカリアンヌ。その表情は疲労を滲《にじ》ませていた。無理もないだろう。マラーナ王国からルベリア王国までは、たとえ隣国だったとしても距離がある。途中で宿泊もしてきたものの、やはり自国の慣れ親しんだ部屋ではないというだけで、身体《からだ》は疲れていくものだ。

ただし、まだルベリア王国へと到着しただけ。カリアンヌにとっての本番はこれからだった。

「宰相からの依頼は、私にとっても僥倖《ぎようこう》なもの。必ず果たして見せよう」

「お兄様の初恋が実ることを私も祈っております」

「私に請われて断ることなどあり得ない。むしろ、泣いて喜ぶ顔が目に浮かぶようだ」

その自信はどこからくるのか。いつものことではあるものの、他国にきてまで自国と同じだと考えているようで、お花畑のような思考には呆れを通り越して尊敬さえ抱く。これがマラーナの王太子なのだと、侮られやしないかと不安になるほどだ。それでも、この兄を制御出来なければ使命を果たすことは出来ない。カリアンヌは言葉を選びながら、ガリバースへと釘《くぎ》を刺す。

「……お兄様、あくまで来賓として来ているのです。礼儀をお忘れなきようにお願いします」

マラーナ王国の代表としてこの場に来ている。ルベリア王国だけでなく、他国の重鎮たちも顔を見せる場だ。王族として礼を失することなどあってはならない。加えて、今回はあのスーベニア聖国の女王が参加している。心象を悪くするようなことは出来ない。そういう意味で、カリアンヌに課せられた使命は非常に困難なものだった。一歩間違えればスーベニア聖国を敵に回しかねない。

「わかっている。お前はアルヴィス殿の相手を頼む。まぁ、マグリア殿と違ってアルヴィス殿は素直そうだがな」

「アルヴィス殿下の兄君ですか？」

「そうだ。あの男の見た目に騙《だま》されてはいけない。あの腹黒さは、流石《さすが》だと言えよう」

「……それはお兄様が単純なだけだと思いますけれど……」

ガリバースは幼少期に何度かルベリア王国を訪れている。その時に相手をしてくれたのが、ベル

文庫注目作
面倒な家事も、
些細なイベントも、
女子大生と女子高生が
一緒だと
ちょっと楽しい。
駅徒歩7分1DK。JD、JK付き。1
著：書店ゾンビ　イラスト：ユズハ

ベルス
注目作
売られた先で
大歓迎&大活躍!!
完璧すぎて
可愛げがないと
婚約破棄された聖女は
隣国に売られる1
著：冬月光輝　イラスト：昌未

オーバーラップ メディアミックス NEW
ありふれた職業で世界最強
ARIFURETA SHOKUGYOU DE SEKAISAIKYOU
2nd season
TVアニメ2期!!
STAFF
原作：白米良（オーバーラップ文庫刊）
キャラクター原案：たかやKi
監督：岩永彰
シリーズ構成・脚本：佐藤勝一
キャラクターデザイン・総作画監督：小島智加
アニメーション制作：asread. × studio MOTHER
CAST
南雲ハジメ：深町寿成
ユエ：桑原由気
シア・ハウリア：高橋ミナミ
ティオ・クラルス：日笠陽子
白崎香織：大西沙織
八重樫雫：花守ゆみり
2022年1月
放送開始
公式HP：https://arifureta.com/
Twitter：@ARIFURETA_info
©白米良・オーバーラップ／ありふれた製作委
ドドンと4作品のアニメ情報一挙公開

TVアニメ化決定!!
死者の街で生きた少年は
聖騎士《パラディン》への道を
歩み出す
最果てのパラディン
FF
:柳野かなた(オーバーラップ文庫刊)　キャラクター原案:輪くすさが
:信田ユウ　シリーズ構成:髙橋龍也　キャラクターデザイン:羽田浩二
メーション制作:Children's Playground Entertainment
T
ィル:河瀬茉希　ブラッド:小西克幸
リー:堀江由衣　ガス:飛田展男　メネル:村瀬 歩
021年10月放送開始予定!
HP▸https://farawaypaladin.com/
tter▸@faraway_paladin
©柳野かなた・オーバーラップ/最果てのパラディン製作委員会

骸骨騎士様、
只今異世界へお出掛け中
Skeleton Knight in Another World
TVアニメ化決定!!
異世界は
本日も旅日和。
〈公式HP〉
https://
skeleton-knight.co
〈Twitter〉
@gaikotsukishi
©秤猿鬼・オーバーラップ／
骸骨騎士様製作委員会
STAFF 原作:秤 猿鬼(オーバーラップ文庫刊) キャラクター原案:KeG 原作コミック:サワノアキラ(「コミックガルド」
監督:小野勝巳 シリーズ構成:菊池たけし キャラクターデザイン:今西 亨 音楽:eba、伊藤 翼
アニメーション制作:スタジオKAI×HORNETS
CAST アーク:前野智昭 アリアン:ファイルーズあい ポンタ:稗田寧々

「才あらば用いる」
現実主義勇者の
HOW A REALIST HERO REBUILT THE KINGDOM
王国再建記
STAFF
原作：どぜう丸（オーバーラップ文庫刊）　キャラクター原案：冬ゆき　監督：渡部高志
本：雑破 業／大野木寛　キャラクターデザイン：大塚 舞　音楽：立山秋航　プロデュース：WOWMAX　アニメーション制作：J.C.STAFF
CAST
ソーマ・カズヤ：小林裕介　リーシア・エルフリーデン：水瀬いのり　アイーシャ・ウドガルド：長谷川育美　ジュナ・ドーマ：上田麗奈
ハクヤ・クオンミン：興津和幸　トモエ・イヌイ：岸本萌佳　ポンチョ・パナコッタ：水中雅章
P ▸ https://genkoku-anime.com/　Twitter ▸ @genkoku_info　©どぜう丸・オーバーラップ／現国製作委員会
２０２１年７月放送開始予定！

フィアス公爵家だったのだ。特に、ガリバースとアルヴィスの兄であるマグリアは同じ年齢ということもあって、来る度に顔を合わせていた。

カリアンヌがルベリア王国に来たのはこれが初めてなので、マグリアの人となりは知らない。だが、事あるごとにガリバースが話題に上げてくるため、一方的ではあるが認識はしている。曰《いわ》く、性格が悪いと。良くも悪くも、ガリバースは隠し事が出来ず思い込みが激しいので、本当にマグリアがそう言った人物なのかは、カリアンヌには判断出来ない。ただ一つ確かなのは、ガリバースが苦手としている人物ということだった。

恐らくは本日のパーティーで顔を合わせることになるだろう。ともなればマグリアとも挨拶をしなければならない。どのような人物かは、それで見極めればいいことだ。しかし忘れてはならないのは、あくまでカリアンヌの目的はアルヴィスであるということ。先ほど挨拶をしたアルヴィスは、温和そうな人物に見えた。だが、王太子としての手腕は短い期間にも拘《かか》わらず評価することが出来ると、マラーナの宰相は話していた。あの宰相が評価する人物。見た目で判断してはいけないのかもしれない。

自分の世界に入り込んでしまったガリバースを無視し、カリアンヌは用意されたカップへと手を伸ばす。そこに映る己の顔をじっと見つめた。

マラーナ王国では、美人だと称されるカリアンヌの顔。小柄ではあり、男性受けする容姿だとカリアンヌも自負している。今回は、これを武器にして挑まなければならない。

「果たして、あのお方はなびいてくれるのでしょうかね。私の手に落ちてきてくださいね、アルヴィス様」

◆◆◆

自室に戻り仮眠を取った後で、ディンを伴いアルヴィスはとある部屋へと向かっていた。

コンコン。

扉を叩《たた》けば、返事と共に扉が開かれる。姿を見せたのは、もう見慣れた顔。リトアード公爵家使用人のサラだ。サラはアルヴィスの顔を見ると微笑《ほほえ》み、頭を下げた。

「おまちしておりました、アルヴィス殿下」

「少し遅れた。待たせて申し訳ない」

ここに来る前に先触れは出しておいた。相手の家を訪問する場合等には、訪問しても問題ないかを確認するのが礼儀だ。相手の了承を得た上でいつ頃向かうのかを知らせるのである。友人同士であっても、そうするのが普通だ。それは同じ王城にいたとしても変わらない。婚約者であったとしても。逆に婚約者だからこそ、必要なことと言えるだろう。

尤《もっと》も、今回は伝えていた時間よりも少しだけずれ込んでしまったのだが、その程度で機嫌を悪くするようなエリナではないことはわかっていた。しかし相手が気にしていようといまいと、形として謝罪は必要だとアルヴィスは思っている。

謝罪の言葉に、サラは困ったように眉を下げた。何かおかしいことでもあったかと、アルヴィスは怪訝《けげん》そうな顔をサラに向ける。すると、後ろにいたディンから深いため息が聞こえてきた。

「侍女殿、言いたいことがあるならば話して構わない」

「ディン？」

呆れたようにアルヴィスを見ていたディンが許可をすると、サラは意を決したように口を開いた。

「アルヴィス殿下、そのようなお考えは殿下の美点であると思っておりますけれど、私共のような使用人に使うのはお止《や》めくださいませ」

「頭は下げてないが」

「下げられたなら、私はここにはいられません。ご容赦くださいませ」

アルヴィスとしては、人として当然の行為だという考えがある。公の場においてはアルヴィスからの言葉が与える影響は理解している。王太子という立場にある以上、謝罪の言葉を口にすることはないだろう。あくまで、私的な場だからこそ出た言葉だ。

しかし、それも職務に忠実なリトアード公爵家の使用人には受け入れ難いらしい。サラを困らせることはアルヴィスとて本意ではない。アルヴィスは困ったように笑いながら頷《うなず》いた。

「わかった。以後、控えるよ」

「ありがとうございます。……差し出がましい真似《まね》をいたしましたこと、お許しくださいませ。騎士様も」

「あぁ」

サラが今のようにアルヴィスに苦言を呈することも本来はやってはいけないことだ。困ってはいても黙っているしかないが、今回はディンが助け舟を出した。確かにサラのような一介の使用人が、アルヴィスから謝罪されれば困るのは当然だろう。

「お嬢様がお待ちです。中へとお入りください」

「わかった」

サラの案内で室内へと足を踏み入れる。今回、エリナに用意された部屋は以前の部屋とは別の部屋だった。多少狭くなっているとはいえ、休むには十分な広さだ。

多くの来賓に部屋を提供するため、用意出来るのは控室程度。更に言えば、この部屋はエリナへということではなく、リトアード公爵家へ用意されたものだった。だが現在、リトアード公爵自身そして次期当主のエリナの兄も不在である。共に登城しているはずだが、どこに行ったのか。

「サラ、リトアード公爵とライアットはどこに？」

「旦那様と若様は、ベルフィアス公爵閣下の元へ向かわれると聞いております」

「父上の……？」

アルヴィスのところへもラクウェルが登城したと報告は来ていた。それに、エリナの父とアルヴィスの父が会うことは別におかしなことではない。ただ、そう話すサラはどこか楽しそうだった。

「サラ？」

「あ、申し訳ありません。実は、殿下がこちらに来られるということで、ならばベルフィアス公爵閣下のところへ顔を出してくると仰《おっしゃ》られて」

「公爵がいても構わなかったのだが……」

むしろそのつもりでいた。しかし、公爵らは恐らく気を利かして部屋を空けたのだろう。エリナと会うのは、例の庭園に行った時以来となる。手紙のやり取りのみで、顔を見るのは久しぶりだ。今は、その気遣いに乗せられておこう。

アルヴィスがエリナの待つ部屋へと向かうと、エリナは何やら真剣な眼差《まなざ》しで何かを凝視していた。アルヴィスが入ってきたことにも気が付いていないらしい。

「あれは？」

「先日届きました殿下からの贈り物なのですが……どれにするか迷われているようなのです。申し訳ありません」

サラの言葉にアルヴィスは納得する。アルヴィスがエリナへと贈ったものは、ドレスと装飾品だ。既に贈ったドレスを着ているエリナは、今のアルヴィスが身に着けているものと同じような色のもの。今のアルヴィスの服装は、紫を基調とした正装だった。あとはこれにマントを身に着けるだけの状態である。

エリナのドレスのデザインの候補は見ていたが、実際に仕上がったものを見るのはこれが初めてとなる。母たちの目はやはり確かで、エリナによく似合っていた。

今まさにエリナが悩んでいるネックレスとイヤリングも、今日のパーティーで身に着けられるようにと選んだものだ。お世辞にも女性への贈り物に慣れているわけではないアルヴィス。どれが当日のドレスに合うのかなどわかるわけもなく、結局その選択をリトアード公爵家の侍女らに任せるべく複数のモノを贈ったのだった。

真剣に侍女らと装飾品を選ぶエリナの元へ足を向けて、広げられている品を覗《のぞ》き込む。どれもエリナに似合うだろうと贈った品だ。アルヴィスはその中の一つを指差した。

「今の君ならこれがいい」

「ふぇ？　え……っ!?」

エリナが勢い良く頭を上げて振り返った。目を大きく見開いたままアルヴィスを見る。すると、次にはバッと立ち上がり勢い良く頭を深々と下げた。共に見ていた侍女たちも慌てて、エリナに追従する。

「も、申し訳ございませんっ！　来てくださっていたとは露知らず、夢中になってしまいまして」

「構わない。女性にとっては大切なことだろう」

身嗜《みだしな》みを整えるということは、パーティーにおいて重要な割合を占める。女性ならば尚《なお》のこと。アルヴィスは首を横に振って問題ないと手を上げる。

良くアルヴィスの母、オクヴィアスが言っていたことをアルヴィスは思い出していた。女性にとって、パーティーの場は戦場なのだと。戦場に向かうための鎧《よろい》が、女性のドレスや装飾品なのだ。それを理解しているアルヴィスなので、こちらに気が付いていなくとも気にしていなかった。逆に、それほど真剣に悩んでくれていることを嬉《うれ》しく思う。

「いえ、アルヴィス様が来てくださっているのです。それ以上に大事なことなどありませんっ！」

アルヴィスの考えなど知らないエリナは、顔色を悪くして声を上げていた。令嬢としては、当然の行動なのだろう。口から出てくる言葉には、アルヴィスも苦笑するしかない。

「大袈裟《おおげさ》だ。頭を上げてくれ」

「は、はい！」

「それで、どうする？」

放っておけば更なる詫《わ》びの言葉が出てきそうなので先を促した。装飾品選びの続きだ。

先程アルヴィスが指していたのは、緑と青のグラデーションが入ったネックレスとイヤリングのセットだ。何となく、今のエリナを目の前にしてこれがいいと感じた。ドレスの色はアルヴィスも事前に聞いているので、色合いに問題もない。

「アルヴィス様が選んでくださったのです。こちらにします」

「随分と悩んでいたようだが、本当にいいのか？」

「はい！」

口を出しておいて今更だが、念のため確認をする。しかし、エリナは満面の笑みで是と答えた。

「どれも素敵なもので選べなかったのです。アルヴィス様が選んでくださったのなら、それが一番ですから」

「そうか。ならいい」

直感だけで選んだもので、アルヴィスもセンスには自信がない。それでもエリナが満足しているのなら、良かったのだろう。

テーブルが片付けられると、お茶菓子と紅茶が用意された。この部屋にソファは一つしかないので、必然的にアルヴィスはエリナの隣に座ることになる。ややアルヴィスの方へと身体を向けつつ、エリナはカップを手に取った。

「アルヴィス様は、まだお忙しいのではないのですか？　ここにいても大丈夫なのですか？」

「あぁ。この後で近衛《このえ》に顔を出すが、その後は控室に向かう程度だ。近衛にはエリナのところへ行くことは知らせているから問題ない。明日からは時間を取ることは出来ないだろうし……」

各国の来賓たちとの面会も含めて、予定は埋まっている。その中には、例のスーベニア聖国の女王も含まれていた。気を遣うことになるのは間違いないだろう。この後にあるパーティー以降は、気が抜けない状況が暫《しばら》く続く。

国家として、スーベニア聖国はルベリア王国やザーナ帝国、マラーナ王国と同等の立場ではある。だが、宗教国家であるため立ち位置が多少異なっていた。スーベニア聖国は各国の教会とも繋《つな》がりがあり、下手に刺激するような真似は出来ないのだ。そういう意味でも厄介な相手であることに変わりはない。冷静に対応しなければならないが、下手に出るつもりもなかった。

ふと、アルヴィスの脳裏に先ほどの女王とのやり取りが思い浮かんだ。去り際に触れたその頬の感触。アルヴィスは己の頬に触れながら眉を寄せる。

「アルヴィス様？」

「っ」

言葉を途中で止めて黙り込んでしまったからか、エリナが不安そうな表情でアルヴィスを見ていた。スーベニア聖国については、今はまだエリナに関係ない話だ。余計な不安を与える必要もないだろう。アルヴィスはエリナへ笑みを返す。

「すまない、何でもないんだ。少し考え事をしていただけで」

「お疲れなのではありませんか？　少しお休みになられた方が」

アルヴィスを案じるその声には焦りも含まれていた。それが懐かしくも感じる。怪我《けが》で臥《ふ》せっていた時に、よく聞いていた声だ。エリナはじっとアルヴィスを見ている。まるで本当かどうか確かめているように。あの一件は、そういう意味でエリナにとって忘れぬ出来事として刻まれてしまっているのかもしれない。

アルヴィスはエリナの頬にそっと手を添える。

「ここに来る前に仮眠を取ってきた。だから気にしなくていい」

「そう、ですか」

「そこまで心配しなくてもいい。それに無理をしようものなら、エド辺りに強制的にでも休まされているはずだ」

エドワルドはそういったところで容赦はしない。間違いなく、実行する。それがエドワルドだ。そんな話をすると、エリナはクスクスと笑った。

「アルヴィス様とハスワーク卿《きょう》は、とても仲が宜《よろ》しいのですね」

「エドとは幼い頃からの長い付き合いだからな」

幼馴染《おさななじみ》。兄代わり。侍従。エドワルドとアルヴィスの関係を表す単語だ。それがエリナの言う仲が良いことなのかはさておき、良き理解者であることは間違いないだろう。

「幼い頃のアルヴィス様……私も会ってみたかったです」

「いや、俺は子どもの頃はあまり褒められた行動をしてこなかったから、知らなくて良かったと思う」

「アルヴィス様が、ですか？」

エリナがどのような想像をしているかはわからないが、アルヴィスは決して品行方正ではなかった。貴族らしからぬ行動もしていたし、屋敷の雰囲気もあって勉強や作法なども放り出していたこともある。

幼い頃から王太子妃となるべく教育を受けてきたエリナにはあまり聞かせたくない話だ。エリナが努力していた時に、アルヴィスはその責務から逃げていたのだから。エドワルドやリティーヌらが傍《そば》にいなければ、アルヴィスはどうなっていたのだろうか。全てを諦めて、無気力に生きていたかもしれない。

「少々というか、まぁ荒れていた時期があったというだけで」

「今のアルヴィス様からは想像出来ません」

「かもしれないな」

荒れるという言葉は確かに、今のアルヴィスとは縁遠いものだろう。いや、あの頃があったからこそ今のようになったというべきか。

「エリナはどうだった？」

「私は……そうですね。我儘《わがまま》ばかりを言って両親や兄たちを困らせていました。私も、アルヴィス様に言えるような子ども時代ではなかったかもしれません」

「我儘程度であれば可愛《かわい》いものだろう?」

我儘を言えるのは、子どもの特権だ。子どもの頃というのは、屋敷内が世界の全てだった。エリナは公爵家の一人娘。大層可愛がられただろうということは、想像するに難くない。

「それが、度を過ぎたものでして……今思えば恥ずかしいことばかりです。兄たちもよく私に付き合ってくれたものだと思います」

「兄ならば妹を想《おも》うのは当然のことだ。ライアットも気にしてはいないだろうな」

アルヴィスとてラナリスや、異母妹のミリアリア、従妹《いとこ》のリティーヌ、キアラが可愛いと思う。求められれば、出来る限り力になりたいと思うほどには。多少の我儘ならば、聞いてしまうだろう。

「そうだといいのですが」

ふと、アルヴィスは記憶の隅から子どもだけで開かれたパーティーに参加した時のことを思い出す。アルヴィスもマグリアと共に参加していたが、貴族令嬢たちに囲まれて笑みを貼り付けているのがやっとだった。そこで一際目立っていたのが、確かエリナだったはずだ。

「そういえば、あの時の君は令嬢たちをしかりつけていたか」

「え? そ、それはいつのことですか!?」

慌てふためくエリナに、アルヴィスは苦笑しながら告げた。

「ジラルドのお披露目の時に、貴族の子どもたちだけでパーティーがあっただろ?」

「は、い。その、アルヴィス様もそこにおられたのですか?」

「俺も公爵子息だったからな。従弟《いとこ》の祝いにと兄上と来ていた」

サァーっとエリナの顔が青ざめて行く。知られたくないことだったのだろうが、その場にいたことは事実だ。それに悪い印象だったわけではない。

『王子殿下への祝いの言葉を述べるのは、私が最初ですのよ。身分を弁《わきま》えなさい。ぞろぞろと行ってはご迷惑です』

聞き方によっては傲慢にも聞こえる言葉だが、事実あの場では爵位が最も高いのはリトアード公爵家令嬢であるエリナだった。その言葉は間違ってはいない。エリナの言葉に、ジラルドへ一斉に向かおうとした令嬢たちは不満顔をしながらも、順に並びはじめたことにも驚いた。

「わ、忘れてください！　あの時はその、何とかしなければと」

「しっかりした令嬢だと兄上と話していたよ」

その時、アルヴィスとエリナは会話をしていない。尤もエリナは、アルヴィスがいたことも覚えていなかったようだが。

その相手と今こうして婚約者同士でいるというのは、なんとも不思議なものだ。あのお披露目はジラルドの婚約者探しの場であったが、貴族子息たちにとっても似たような意味を持っていた。そこでジラルドの相手として認められたのがエリナ。アルヴィスは相手を探すこともなく、兄と共に帰ったというのに。

チラリとエリナへと視線を向ければ、両手で顔を覆っている。恥ずかしくてたまらないといった風に。思わずアルヴィスは声を出して笑ってしまった。それを聞いたエリナは、泣き顔に似た表情になる。

「酷《ひど》いです、アルヴィス様」

「悪い」

エリナにとっては思い出したくない出来事なのだろうが、凛《りん》とした令嬢の姿のエリナとは違う一面を見ることが出来たことを嬉しく思う。と同時に、こんな風に女性との時間を過ごすことが出来ている自分にも驚いていた。


少し落ち着いたところで、カップを手にしたアルヴィスは紅茶を一口飲む。

「エリナが学園に戻るのは明後日《あさって》か？」

「はい。その予定です」

「そうか。屋敷にいる間にでも、城下を共に歩ければ良かったんだが、今回は見送るしかないな……」

建国祭の城下は、いつも以上の賑《にぎ》わいを見せる。公爵令嬢であるエリナは恐らく見たこともないだろう。学園在籍時も騎士となってからも比較的自由だったアルヴィスは、何度も足を運んでいた。そのため城下を案内することも可能なのだが、残念ながら今のアルヴィスには自由な時間が殆《ほとん》どなかった。明後日に学園に戻るというのなら、エリナとゆっくり出来るのは今この時間しかない。

「すまない」

建国祭ともなれば、婚約者同士や恋人同士で逢瀬《おうせ》を交わすのはよくあること。立場的に難しいとはいえ、楽しませてあげられないことを申し訳なく思う。

「いいえ、そのお気持ちだけで十分です。それに、こうして顔を合わせてお話し出来るだけで私は満足していますから」

アルヴィスは彼女ならそう言うだろうとはわかっていた。どんな時でも相手を立てるようにしてきたのだから、アルヴィスが困るようなことをエリナが言うわけがない。だが、本当にそれがエリナの本心なのかはわからないところだ。物分かりがいいとは、その中で沢山のことを我慢してきたともいうこと。それではいつしか耐えられなくなる。アルヴィスにも身に覚えがあることだ。

「それは」

「?」

「……いや何でもない」

ここでアルヴィスが本音はどうなのか聞いたところで、エリナの答えは変わらないだろう。逆に行きたいと言われても、アルヴィスには現実的な時間がないのも確か。ならば、聞いても聞かなくても結果は同じ。期待をさせた分、エリナを悲しませるだけだ。

アルヴィスは気にしなくてよいと、いつものように笑みを見せた。

「エリナらしいなと思っただけだ。そんな君に甘えているようなものだろう、俺は」

アルヴィスが臥せっていた時を除けば、顔を合わせたのは片手で足りるほど。婚約してから半年近くになるというのにだ。手紙のやり取りは頻繁にしているといっても、婚約者としての義務を果たしていないと文句を言われても当然だ。だが、そんなアルヴィスにエリナは首を横に振る。

「いいえ、私も沢山のものをアルヴィス様から頂いております」

「俺が贈ったものなど――」

「私はとても楽しみにしていました。アルヴィス様からお手紙を頂くことを」

「手紙？」

アルヴィスが贈ったプレゼントは必要に応じてのものが多い。当然のこととしかしていないというつもりが、エリナから思いもしなかったことを伝えられた。アルヴィスからの手紙をエリナは全て大事に取ってあるという。

「いや、手紙など別にいくらでも」

「あの方は全て代筆でした。いつも同じ言葉で、定型文のみの手紙だったのです」

「……あの馬鹿は何を考えて」

アルヴィスは頭が痛くなるのを感じていた。まさか手紙を代筆で送っているとまでは誰も思わない。エリナの口振りからすると、本人が送ろうとしたわけではない可能性も高い。ジラルドの侍従であるヴィクター辺りが行ったことだろう。まさか、ジラルドに代わって考えるわけにもいかず、定型文を使ったのだろうが、エリナ側からしてみれば失礼以外の何物でもない。

「ですが、アルヴィス様はお忙しいのに返事をくださいます。私はそれがとても嬉しくて」

「エリナ……」

両手を胸の上で握りしめるように話すエリナ。それは、心からそう思っているようだ。エリナの手紙に対し、必ず返事が出来ているわけではない。可能な限り返事は書くようにと心掛けてはいたが、中々時間が取れず出せないこともあった。それでもエリナは待ってくれていたのだろう。アルヴィスからの手紙を。

「ですから、私は十二分にアルヴィス様にしていただいております」

「君がそう言うならそれでいいのだろうが」

どこまでも控えめなエリナだが、アルヴィスにはどこか耐えているようにも映る。チラリとエリナの後ろに控えているサラへ視線を向ければ、困ったように首を横に振っていた。アルヴィスには言えないということなのかと、眉を寄せればサラは暫く考える素振りを見せると、声を出さずに何かを訴えてきた。

『お嬢様は怖いのです』

サラの口の動きから読み取れたのは、それだけだ。怖いというのは、何を指しているのか。アルヴィスに対して、エリナは謙虚過ぎる。他の貴族令嬢を知っている身から言わせてもらえれば、真逆と言ってもいいほどだ。

彼女たちとエリナの違いは、その身が置かれている状況だ。身分とも言える。アルヴィスの周りにいたのは、何とかしてアルヴィスの気を引こうと必死になっていた令嬢たちだ。親に指示されて行動していた令嬢も少なくなかっただろう。王弟の息子を射止めたというだけで、社交界では噂《うわさ》の的となり、公爵家や王家とも繋がりが出来るのだから必死にもなる。その時のことを思い出すだけでアルヴィスは疲れを感じてしまうほどに。

しかしエリナは、必死になる必要がない。望まなくとも与えられる環境にいたというのも勿論《もちろん》あるだろうが、その理由の大半はエリナの性格に由来するものだとも考えられる。いずれにせよ、そこまで謙虚になる必要はないはずだ。

「殿下、そろそろ」

そこへディンから催促が入る。内ポケットに入れていた懐中時計を見れば、予定の時間を過ぎている。この後は、アルヴィスは近衛隊へと顔を出す予定だ。エリナのところへ寄る旨は伝えているので、遅れることは構わないと言われているが、これ以上は彼らの仕事に支障を与えてしまう。

「すまない、時間切れだな」

「わかりました。ありがとうございます、アルヴィス様」

「パーティー前には控室に向かうから、そこでまた会おう」

前回、エリナをエスコートしたのは兄であるライアットだった。しかし今回、エスコートするのはアルヴィスだ。

「はい、お待ちしています」

そう言って微笑むエリナ。アルヴィスはエリナの手を取って、その甲へと唇を寄せた。

「……」

「ではまた後で」

茫然《ぼうぜん》としているエリナをそのままに、立ちあがるとアルヴィスはスタスタと部屋を後にする。

「……殿下がおやりになると様になりますね」

「嫌みか？」

「いえ」

あまり口数が多くないディンから冗談が出てくるとは思えないが、アルヴィスからすればからかっているようにしか聞こえない。己の容姿くらい自覚はしているが、改めて言われるとあまり嬉しくない言葉だ。

「ですが、騎士として立っているよりもそうしている方が似合っています。ここが、貴方《あなた》の場所だったのだと思わざるを得ないほどに」

「……」

ここが、王族として立っていることがあるべき姿。アルヴィスはディンの言葉に足を止める。それはつまり……。

「失言でした。お忘れください」

「わかった」

この先は考えても仕方のないこと。アルヴィスは頭を横に振ると、深く息を吐いた。

「近衛詰所に向かう」

「はっ」

侍女と近衛騎士

アルヴィスとエリナの前に紅茶とお菓子を用意すると、サラは壁際へと下がった。辛うじて会話が聞きとれるかどうかという距離になる。如何《いか》に婚約者同士とはいえ、二人きりにさせることは出来ないからだ。そうして下がったサラの隣には、アルヴィス専属護衛である近衛《このえ》隊所属のディンが控えている。

サラはディンの方へと向き直り、頭を下げた。

「レオイアドゥール卿《きょう》、先ほどはありがとうございました」

「別に大したことではない。殿下はああいうお方だからな」

彼はいつものように仏頂面のままで、まっすぐアルヴィスを見ていた。ディン・フォン・レオイアドゥール卿。代々優秀な騎士を輩出している伯爵家出身。既婚者で三男ではあるものの、本人も騎士爵を得て独立を果たしている優秀な近衛騎士だ。しかしディンはあまり表情が動かない。それゆえに、侍女たちの中には怖がっている者もいた。無論、サラにとってもそれは同じだ。しかしサラはルベリア王国の筆頭公爵家であるリトアード公爵家の侍女。無礼を働くわけにはいかないし、何よりもディンは仕えているエリナの婚約者の護衛騎士である。今後のことを考えても良好な関係を築いておくことにこしたことはない。

サラは慎重に言葉を選びながら、声を掛けた。

「そうでございますね。常に周りを気遣いながら立ちまわっておられます。それが王太子殿下のお人柄なのでしょう」

「気を遣うという点においては、リトアード公爵令嬢とて同じこと」

「え？」

　ディンからエリナの話が出てくるとは思わず、サラは驚いた。思わず声に出してしまったことに気づき、サラは口元を手で押さえた。しかし既に発せられた声はディンに届いていた。ディンは眉を寄せてサラの方をちらりと見る。サラは慌てて頭を下げた。

「申し訳ありません」

「ここにいる私は殿下の護衛。逐一謝罪する必要はない」

　悪い人ではないのだろうが、その言葉一つ一つが堅い。同じ専属護衛のレックスとは正反対だ。びくりと肩が震えるサラに、ディンは深く息を吐く。

「……我々近衛隊も、殿下とリトアード公爵令嬢が良好な関係であることを願っている。しかし、リトアード公爵令嬢が先の婚約破棄のことを引き摺《ず》っていることも理解しているつもりだ」

「それは――」

「と同時に、リトアード公爵令嬢が殿下を好いていることも無論理解している。今の殿下に同じような感情がないことも」

　随分と直接的な物言いをしてくる人だ。エリナがアルヴィスを慕っていることはともかくとして、アルヴィスがエリナをそういう意味で見ていないことを伝える必要はないと思う。正直というべきか、真面目というべきか。サラが肩を落としていると、少しだけ声を小さくしたディンの声が届く。

「しかし……私自身は殿下がリトアード公爵令嬢に惹《ひ》かれていると見ている」

「王太子殿下が、ですか？」

「王女殿下ら以外で、殿下が令嬢相手に微笑《ほほえ》むところを見たことはない」

これにはサラも何を言っているのかわからなかった。サラが知るアルヴィスという人は、常に穏やかな笑みを浮かべている人だ。社交界での評価でもそうだったと侍女仲間から聞いている。

「王太子殿下はいつも微笑んでいると思いますが」

「あれは仮面を貼り付けているだけだ。殿下は公子時代からそうだった」

再びディンの視線はアルヴィスへと向けられる。サラも釣られるようにアルヴィスを見た。エリナと話をしているアルヴィスは笑っている。からかわれでもしたのか、エリナは顔を赤くしていた。ディンとの会話で、エリナたちの会話を聞けなかったことが悔やまれる。

「レオイアドゥール卿は殿下のことをよくご存じなのですね」

「よく知っているというわけではない。ただ、王女殿下らと過ごす殿下を知っている。それだけだ」

そう話すディンだが、アルヴィスを見るその瞳はとても優しいものだ。ディンがアルヴィスを案じているのはそれだけでもよくわかる。少しだけディンへの苦手意識がなくなったサラは、ディンと共にエリナとアルヴィスの二人を見守るのだった。

◆◆◆

エリナの部屋を後にしたアルヴィスは、その足で近衛隊の詰所へと向かった。

建国祭の近衛隊は、とにかく多忙だ。本来は王族を守るのが仕事であるが、この時ばかりは他国の来賓たちにも目を配らなければならない。特に、隊長のルークと副隊長のハーヴィは毎年忙しくしている。

アルヴィスが顔を出せば、ハーヴィが数人の近衛隊士を前に指示出しをしているところだった。

「公国の方は、未《いま》だ報告がありません。至急上げるように催促をお願いします。あと、騎士団との連携についてですが」

ハーヴィの指示に素早く対応する近衛隊士。一通りの指示を終えたところで、ハーヴィに声をかける。

「副隊長」

「お待たせして申し訳ありませんでした、殿下。それにディン殿もご苦労様です」

「はっ」

アルヴィスの前に出ると、ハーヴィは手を胸元に当てながら腰を折った。顔を上げて、ずれた眼鏡を直す。その表情からは疲労が目に見えて現れていた。その様子に、アルヴィスは昨年のハーヴィの姿を思い出す。近衛隊で一番多忙なのは間違いなくハーヴィだろう。

「いえ、優先すべきはそちらですから。それに予定より遅れてしまいました」

「この程度、問題ありませんのでお気になさらず。どうぞお座りください」

席を勧められてアルヴィスが座ると、ハーヴィはその前に立った。

「では、此方《こちら》が現状での報告状況になります」

手渡された書類に、アルヴィスはサッと目を通していく。書類に記載されているのは、来賓らが連れてきた護衛兵や侍女の数をはじめとする情報だ。事前に報告を受けたものとズレがないことや、持ち込んだ荷物に不審な点はないかなどを確認する。最終的な確認をするのは、アルヴィスの役割だった。

「私が見たところでは、現時点では不審物はありませんでした」

「そうですか」

まだ空白となっている箇所があるということは、未報告のものが残っているということ。先ほど指示をしていたのもその一つだろう。ハーヴィの話を聞きつつアルヴィスは書類を確認していく。

「次に人数についてなのですが……少々事前報告との差異がみられました」

差異がある。書類の中身の数字の羅列を眺めていると、該当箇所が目に入った。アルヴィスは書類から顔を上げてハーヴィと視線を合わせる。

「マラーナ、ですか？」

「……はい。当初より、護衛の数が少なくなっています。報告によると、国境の関所に到着前は確かに報告通りの人数がいたとのことですが」

何かをしたわけではない。しかし、普通に考えれば不思議に思うことだった。

現在マラーナ王国からは王太子と王女が訪国している。護衛の人数も多少なりとも多くて当然だろう。だが、現時点で連れてきている人数はルベリア国内に入った人数と差異を見せている。これが意味するところは何か。

マラーナとルベリアの関係は対等だ。国力も大きな差があるわけではない。しかし、先の事件のこともある。アルヴィスが襲撃された事件。この件の糸を引いていたのはマラーナの貴族だった。このことがマラーナに対する不信感につながっている。少なくともこの件を知っているアルヴィスや国王らはそうだ。

「マラーナの来賓は王太子殿下と王女殿下のお二人です。ルベリアが友好国であることで信用しているのだとしても、万が一のことがないとは限りません」

それを見越してということならば、逆に襲ってほしいというようにも取れる。やはり、例の事件の裏にもマラーナ宰相が関わっているということなのだろうか。確信はないが、用心するに越したことはない。

「カリアンヌ王女は知りませんが、ガリバース殿に戦う力はありません。それでも身辺の心配をしている様子は見られませんでした。ということは、宰相殿が何か考えを巡らせていると取るのが妥当ですね」

アルヴィスの言葉にハーヴィは頷《うなず》いて同意する。

「少し、マラーナ側に護衛を割きますか？」

ルベリア国内で彼らに何かあれば、困るのはルベリアの方だ。ガリバースは王太子ではあるが、唯一の男児ではない。弟王子も複数いるのだから。

　故に用心に越したことはないだろう。取り越し苦労に終わるならばそれでもいい。ただでさえ面倒事が起きているのだ。これ以上頭痛の種を増やしたくはない。

「気づかれないようにお願いします」

「わかりました」

　その後、パーティーの警備体制について打ち合わせていると、既にいい時間になっていた。そろそろアルヴィス自身も最後の準備をしなければならない。

「俺は行きます。後はお願いします、副隊長」

「承知しました。あと、殿下」

　立ち上がり詰所を出ようとしたところで、ハーヴィに呼び止められた。

「何ですか？」

「隊長にも言いましたが、もう私は貴方《あなた》の上司ではありません。ハーヴィとお呼びください。言葉遣いも丁寧でなくて結構です」

　こんな風に言われるのは何度目だろうか。公務に出ている時は、自然と王太子と近衛隊士という線引きが出来ている。だが、こうして話をしていると元に戻ってしまっていた。それは、未だにアルヴィスが近衛隊時代を引き摺っているからだ。

「副隊長――」

「ハーヴィ、です」

ニッコリとするハーヴィだが、ハーヴィがこの顔をしている時は大抵が怒っている時だった。有無を言わせない迫力が、その笑みにはある。冷や汗が流れるのを感じた。アルヴィスは観念するしか選択肢は与えられていない。根負けだという風に、アルヴィスは片手を上げた。

「ハーヴィ……すまない。以後、気を付ける」

「はい。それでこれからもお願いします。それも殿下のお仕事です。騎士団長もそろそろ雷を落としてきますよ」

「……わかった。少し、癖になっているみたいだ」

特に年長者に対しては、身分関係なくアルヴィスは丁寧語を使用してきた。その根底にあるのは、いずれ貴族としてではなく、騎士になるつもりだったというものだ。

「仕方ありません。貴族家の次男というのは、そういう立場ですから」

何度も指摘されている言葉遣い。本音を言えばこちらの言葉の方が話しやすい。年齢が上ならば、特に。しかし、それを良く思わない人たちも無論いる。王太子がへりくだった態度を取っていれば、付け入る隙を与えるのだと。それを否定することは出来ない。

国王からも直すように言われていた。それでも何となく許されていたのは、国王にはアルヴィスに対する負い目があるからだ。今でもアルヴィスに対して、強く何かを求めてくることはしない。だから、周囲がアルヴィスに指摘をするのだ。

「それじゃあ、後は任せる」

「お任せください」

今度こそ詰所を出ようと扉を開いたアルヴィス。そんなアルヴィスの背中へとハーヴィが声を掛ける。

「殿下、くれぐれもパーティーでは気を抜かぬようお願いします」

顔だけを向ければ、ハーヴィの厳しい視線がアルヴィスへ刺さった。今回はザーナ帝国の皇太子、マラーナ王国の王太子と王女、そしてスーベニア聖国の女王など、来賓たちも豪華だ。パーティーでどのように振舞うのか。それは、まだ王太子となって一年にも満たないアルヴィスの国外への評価にも繋《つな》がる。

「あぁ、わかっている」

「では、ご武運を」

ハーヴィに見送られて、アルヴィスは詰所を後にした。

足早に戻ってきたのは、アルヴィスの自室だ。中では、ティレアらが準備を整えて待っていた。衣装は既に身に着けているため、マントや装飾品を付け加えるのだ。それほど時間はかからない。

手早くマントを羽織るとボタンを留める。あとは装飾品のみ。鏡を見ることなく、アルヴィスは自分で耳飾りを着けた。片側のみのもので、これには王家の紋章が入っている。本来は立太子の儀式でも身に着けなければならなかったものだが、突然のことで用意が間に合わなかったらしい。故に、アルヴィスが身に着けるのはこれが初めてだ。慣れない作業で多少手間取ったものの、これで準備は完了である。

「アルヴィス様、少し座ってください」

「座る？」

終わりだと動こうとしたアルヴィスをナリスが引き留めた。これ以上何かをする必要はなく、時間も迫ってきている。ナリスの意図が読めず、アルヴィスは怪訝《けげん》そうに彼女を見た。

「お髪《ぐし》を整えます」

「いや別にこのままで――」

「アルヴィス様」

有無を言わせないという圧力がナリスから伝わってくる。己の乳母だったということもありナリスに強く出られると、アルヴィスにはこれを拒否することは難しい。更に、同意するようにティレアもナリスの隣で頷いていた。

特段髪など気にするところではないとアルヴィスは思うのだが、ナリスやティレアらの考えは違うらしい。アルヴィスの髪質は固定することが難しい。乱れるような動きはしていなくとも、サラサラとしているので前髪が下りてきてしまうのだ。

このままでもアルヴィスは何とも思わないが、折角なので出来るだけ前髪を上げた方がいいというのが女性陣の総意だった。そうした方が耳飾りも映える、と。チラリと近くに控えていたエドワルドやレックスに助けを求める視線を向けても、逸《そ》らされるだけだった。助けは期待出来ない。即《すなわ》ち、身を委ねるしかないということだ。

「手短に頼む」

「それほどお時間は頂きません。お任せください」

「わかった……」

ソファへ腰を下ろし、アルヴィスは背を預ける。アルヴィスがするのは、黙っていること。ナリスたちの手が動くのに、ただ耐えるだけだ。

「終わりましたよ」

「あぁ」

言葉通り、然程《さほど》時間がかからず終わったようで、アルヴィスは安堵《あんど》の息をつく。ティレアが鏡を持ってきたので、一応整えられた髪型を確認した。

本当に少しいじっただけのようだ。それほど変わり映えはしないのだが、耳飾りが見えるようにされていた。己の姿を確認し終えると、ティレアへ鏡を返す。

「夜は軽食を用意しておきますので」

「……助かる。遅くなった場合は、ナリスとティレア以外は帰していい」

「承知しました」

予定通りに部屋に戻れるとは限らない。明日もあるのだ。全員で待つ必要はなかった。皆が頷くのを確認して、アルヴィスは立ち上がるとそのまま部屋を出る。

追従するのは、護衛のレックスとディン、そしてエドワルドの三人だ。向かう先は、パーティーが開かれる会場に隣接している控室。ここは、国内参加者である一部の高位貴族らの控室になっていた。

　ノックをしてから扉を開ければ、準備万端で待っているベルフィアス公爵家とリトアード公爵家が談笑しているところだった。扉が開いたことに気づいた面々が、一斉に顔を向ける。

「遅くなりました」

「いや、それほど遅れてはいない。忙しいのだから仕方がないことだ」

「ありがとうございます、父上」

　ここにいる全員の中で、身分が上なのはアルヴィスだ。言葉では謝罪をしても、頭は下げない。それが父であったとしても。満足気に目元の皺《しわ》を増やしている父を見て、アルヴィスは心の中で安堵した。

　アルヴィスがまず向かったのは、ラクウェルとリトアード公爵らの元だ。

「お久しぶりです、父上。リトアード公爵にライアットも」

「お前も息災のようで何よりだ」

「ご無沙汰をしております、アルヴィス殿下」

　アルヴィスが挨拶をするとラクウェルは目礼をし、リトアード公爵とライアットは軽く腰を折る。すると、ラクウェルがアルヴィスの横に立った。

「それも、よく似合っている」

　そう言いながらラクウェルは、アルヴィスの耳飾りに触れた。これは王族のみが身に着けることの出来るもので、当然のことながらラクウェルも以前は付けていたものだ。ラクウェルにとっては特別な想《おも》いがあるのかもしれない。

「こうして紋章を身に着けていると、実感するな。お前の立場を」

「父上」

「……いや、何でもない。今更だな」

首を横に振るラクウェルに、アルヴィスは何も言えなかった。今更と言われればそれまで。ラクウェルも話を続けるつもりはないようで、アルヴィスの横から離れた。アルヴィスは雰囲気を切り替えるため笑みを浮かべると、リトアード公爵へと向き直る。

「リトアード公爵、先ほどは気を遣っていただいたようで、ありがとうございます」

「いいえ、殿下。お忙しいところ、娘のために時間を作っていただいたこと。私たちの方こそ感謝しております。娘も大層喜んでおりました」

先ほどというのはエリナを訪ねた時のことだ。婚約者同士の逢瀬《おうせ》を邪魔しないようにと、わざわざ部屋を離れた。二人だけの時間が少ないアルヴィスらを気遣ってくれたことに礼を伝えると、逆に礼を言われてしまった。

「今は仕事を優先していますので、中々会う時間を作れぬこと、エリナ嬢には申し訳なく思っております」

「娘もそう申しておりました。無理をしてまで作る必要はないと」

「似た者同士、とも言えるが……だがアルヴィス、言葉には甘えぬ方がいいぞ」

何やら実感の籠った言葉でラクウェルがアルヴィスへと告げる。その横でリトアード公爵も頷いているのが見えた。

「言葉ではそう言っているが、実際は会いたいと思っているのが女性というものだからな」

「同感ですよ、ラクウェル様」

経験者からのアドバイスといったところだろうか。アルヴィスはライアットと顔を見合わせた。

「まぁ、肝に銘じておいた方が良さそうですね」

「そうだな」

ライアットもリトアード公爵家の嫡男。決して他人事《ひとごと》ではない。そんな風に笑い合っていると、ライアットの後方にエリナの姿が見えた。エリナはリトアード公爵夫人とアルヴィスの母であるオクヴィアスと共にいる。どうやら女性は女性同士で話に花を咲かせていたらしい。アルヴィスと目が合うと、エリナははにかんだ笑みを浮かべて頭を下げた。それに応えるようにアルヴィスは片手を上げる。

「殿下は妹と懇意にしてくださっているようで、兄として本当に嬉《うれ》しい限りです」

「当然だと言いたいところだが」

「えぇ、その当然が以前はありませんでしたので。物分かりが良すぎるのも考えものです」

それはエリナに対しての言葉だが、アルヴィスにも突き刺さるものがある。無理をせずに、仕事を優先して構わない。自分のことは気にしないでくれと。もしかするとそれは、ジラルドとの婚約関係の中で培われたものなのかもしれない。すると、サラが言っていたエリナが怖がっているということはつまり、ジラルドと同じように裏切られることを恐れているということなのだろうか。

「ライアット、一つだけ聞きたいんだが」

「何でしょうか?」

「エリナはもしかして知っているのか。帝国からの来賓のことを」

アルヴィスは話していない。ザーナ帝国からアルヴィスと同じ状況にある少女が来ていることを。そして、彼女との婚姻を望んでいるスーベニア女王が来ていることを。この問いに、ライアットはため息をついた。

「私からは何も言っておりません。ただ、エリナの友人には情報に敏《さと》い者がいるようです」

「情報に敏い令嬢というと……」

腕を組みながらエリナの友人という令嬢の名を思い出す。よく聞くのが、ランセル侯爵令嬢だ。その兄とは付き合いがあるアルヴィスだが、妹である令嬢のことはよく知らない。しかし、情報に敏いというのなら、ある程度爵位を持った令嬢であると考えるべきだ。

「ランセル卿の妹だな」

「はい。ハーバラ嬢です」

ハーバラ・フォン・ランセル嬢。エリナが婚約を破棄された件で彼女の婚約者も関わっており、エリナと同様に婚約を白紙にした令嬢の一人だ。以後、新たな婚約者は出来ていないが、エリナとは親しくしているらしい。

「ランセル卿のことは殿下もご存じかと思いますが」

「あぁ。だが、ランセル侯爵令嬢のことはあまり聞いたことがない」

アルヴィスがランセル卿と呼ぶのは、ハーバラの兄でランセル侯爵家嫡男のシオディラン・フォン・ランセルのことだ。学園時代からの付き合い。友人と言ってもいい程度には付き合ってきたが、彼からハーバラの名が出たことはない。少なくともアルヴィスと話をしている中では。

「妹から聞いていると、かなり親しい友人のようです。知っている可能性はあるかと」

「そうか。わかった」

アルヴィスはため息をついた。どうやらエリナは知っているらしい。アルヴィスの周囲が騒がしいことに。政略的に結びついた婚約者であるエリナだが、彼女はアルヴィスを慕ってくれている。不安を感じても無理はない。知っているからこそエリナはあれほど謙虚になっていた。そしてアルヴィスがジラルドと同じように、それを受け入れる可能性をどこかで考えているのだろう。エリナとしてではなく、貴族令嬢として。

「物分かりが良い、か。国として判断したことには従うということだな」

「その辺りは殿下も同様かと思いますが、恐らくは受け入れるでしょう。ですが……」

ライアットはアルヴィスを鋭いまなざしで射抜く。思わず身体《からだ》を引きそうになるのを、アルヴィスは抑えた。

「これ以上妹が国に振り回されるのは、勘弁願いたいと思っております」

「……」

これはアルヴィスへの牽制《けんせい》なのだろう。国の為《ため》と言えば聞こえはいいが、結局は同じこと。貴族として国に尽くすことに異論はなくとも、兄としては認められない。これがラナリスであれば、アルヴィスも同じことを想うだろう。

「覚えておく」

「お願いします」

アルヴィスにはそう答えるのが精いっぱいだった。


その場を去りアルヴィスが次に向かったのは、兄のマグリアの元である。今日はパートナーとして妻であるミントを連れてきていた。

「兄上、それに義姉上《あねうえ》もお久しぶりです。体調は大丈夫なのですか？」

ミントは数ヶ月前まで妊婦だった。既に出産を終え、外出することも問題ないと医師からお墨付きを頂き参加することとなったのである。だがこれが出産後初の社交界復帰だ。子育ては乳母と共に行っているものの、疲れていないはずがない。それ故の心配だったのだが、当のミントは微笑んでいた。

「ありがとうございます、アルヴィス様。ご心配おかけして申し訳ありません。ですがこの通り、問題ありませんから大丈夫です」

微笑むミントからは、我慢をしている様子も見られない。どうやら本当に問題はないようだ。アルヴィスはそっと胸をなでおろす。

「ミントが辛《つら》いようなら不参加にするつもりだった。今日は体調も良いからな」

「マグリア様、何度も言っておりますが大丈夫ですよ。それに私もベルフィアス公爵家の嫁として、マグリア様の妻としての責任を果たしたいと思っておりますから」

少しでも不調そうな様子があれば、マグリアは公式行事とはいえパートナーを伴わずに参加をしていたことだろう。仲の良い兄夫婦の様子に、アルヴィスも口元が緩む。

「わかりました。ですが、無理はしないようにお願いします」

「はい。承知しております」

実は、マグリアの結婚はアルヴィスの学園入学時期と被《かぶ》ったこともあり、マグリアとミント夫妻とは共に暮らしたことがなかった。帰省をする回数も少なかったアルヴィスが、この二人の様子を見たのは数回程度。兄夫婦は政略結婚だ。それでも、ミントを見る限りは幸せそうに見える。無論、マグリアもだ。

「アルヴィスも一度くらい顔を見に来い。可愛《かわい》いぞ、子どもは」

「そうですね、こちらが落ち着いたら」

マグリアの息子は、アルヴィスにとっては甥《おい》っ子《こ》だ。そして、ベルフィアス公爵家の将来を担う跡継ぎでもある。ベルフィアス公爵家にはまだ学園にも通っていないアルヴィスの異母弟妹がいるので、長兄の息子とはいっても実際には末っ子みたいなものだろう。そんな甥っ子に会える日はいつになるのか。曖昧な返答しか出来ないことに、申し訳なさを感じていた。

無論、マグリアとてそれが社交辞令的な言葉だということはわかっていただろう。それでも何も言わないのは、アルヴィスを気遣ってなのかもしれない。

アルヴィスはマグリアの元を離れると、その足で一歩引いた場所にいたエリナの元へ向かう。先ほどまで話をしていた母たちと離れ、エリナはソファで一人休んでいるところだったようだ。

「エリナ、やはりよく似合っているな」

アルヴィスが声を掛ければ、弾《はじ》けたようにエリナは顔を上げた。

「アルヴィス様!?」

「これも着けてくれてありがとう」

「いえ、アルヴィス様にそう言っていただけるなら、私の方が嬉しいです」

最後に装飾品を選んだのはアルヴィスだが、そのドレスは半分ほど母たちやリトアード公爵家の侍女らのセンスが入っている。それでも彼女たちの目は確かで、エリナを十分に輝かせていた。

「母上たちと話をしていたみたいだな」

「はい、色々とお話をさせていただきました」

「そうか」

笑みを浮かべるエリナの様子から、会話を楽しんでいたことが伺える。アルヴィスはエリナの隣へと座った。すると、エリナから視線を感じる。どうしたのかと訝《いぶか》しげに顔を向けると、恐る恐るといった風にエリナが口を開いた。

「その……お耳に着けているもの、先ほどはありませんでしたので」

「あぁ、これか」

エリナは耳飾りが気になったようだ。確かに、男性で耳飾りを身に着けている人はそうそういない。アルヴィス自身も身に着けるのは初めてだった。違和感がないわけではないが、これが本来のルベリア王族の正装であるのでそうも言っていられないだろう。

「俺も初めて着けたんだが、変だろうか？」

「いえ、とてもお似合いです。お髪《ぐし》もいつもと違いますけれど、素敵だと思います」

「ありがとう」

女性目線から褒められれば悪い気はしない。特に今回は他国の者が多い場。まず見られるのは外見だ。ルベリアの王太子として、やり切らなければならない。この耳飾りは責任の証《あかし》でもあるのだ。

パーティー開始の時間となり、リトアード公爵やラクウェルらが会場へと向かっていった。最後に入場するアルヴィスとエリナは、会場の扉近くで待機だ。

壁に寄りかかりながらアルヴィスは目を閉じてゆっくりと息を吐く。これから向かう場所は、ある意味で戦場とも言えるだろうが、正直に言えば遠征などで魔物と対峙《たいじ》する方が楽だ。人間相手の方がより厄介だろう。加えて、アルヴィスにとっては初の外交とも言える。緊張しない方が無理というものだ。

「大丈夫ですか、アルヴィス様？」

「っ……あぁ、すまない」

エリナに声を掛けられて、アルヴィスはハッとする。隣に立ち、不安げな表情でアルヴィスを見つめるエリナに、首を横に振って笑いかけた。

「大丈夫だ。エリナの方こそ、体調は問題ないか？」

「私も平気です。少し不安はしていますけれど」

不安。エリナの言葉に一瞬、アルヴィスの脳裏にスーベニア女王が過《よぎ》った。だが、直《す》ぐにそれを振り払う。そして先ほどのライアットとの会話を思い出した。ライアットにも言われたのだ。国の都合でエリナを振り回すなと。エリナを関わらせたくないという兄心だ。

一方で、公爵令嬢であり王太子の婚約者である以上、関わらざるを得ないこともわかっているのだろう。わかっていても言いたくなるほどに、信用がないということか。それが王家に向けてなのか、アルヴィスに向けてなのかはともかくとして。

アルヴィスは心を落ち着かせると、エリナへと切り出す。

「今、俺の周囲が騒がしいことはエリナも気が付いているのだろう？」

「……はい」

「俺の都合や国の都合で、君をこれ以上振り回したくはないが、俺との関係がある限りそれは避けることが出来ないだろう。特に聖国の女王は何を企《たくら》んでいるかわからない。出来れば君にはあの女王と関わってほしくはないが……」

そこまで言ってアルヴィスは口を噤《つぐ》む。アルヴィスにとってエリナは最早《もはや》ただの婚約者だけではない。大切な相手だ。だからこそ巻き込みたくはない。かつての彼女のように。

「っ」

「アルヴィス様？」

そこまで考えたアルヴィスの脳裏に一瞬女性の影が映った。すかさずアルヴィスは頭を横に振る。

その影を振り払うように。すると、エリナが両手でアルヴィスの左手を取った。そして胸の上でギュッと握りしめる。

「……アルヴィス様、一つだけ我儘を言っても宜《よろ》しいでしょうか？」

「え？」

「私はそこまで弱い女でありたくありません。アルヴィス様が悩む先に私の存在があるというのでしたら、私はアルヴィス様と共に関わりたい。そう思います」

「……」

目を見開いて驚くアルヴィスに、エリナは頬を赤く染めながら告げる。

「私は、アルヴィス様をお慕いしておりますから」

真っ直ぐと射抜かれた視線に囚《とら》われたように、アルヴィスはエリナから目を離すことが出来なかった。

エリナから好意を向けられていることは知っている。これまでも令嬢たちに好意を向けられ、好きだと告白されることも少なくなかった。しかし、そのどれともエリナの告白は違うもののよう感じられる。

「エリナ、君は——」

「私はリトアード公爵家の長女です。どのようなことでも、アルヴィス様の為に……国の為になるのならばそれに従います」

「……」

アルヴィスは言葉を失った。そしてエリナに握られていない右手で顔を覆う。エリナはアルヴィスにその選択を委ねている。だが全ては、アルヴィスを信じてくれているからに他ならない。

「俺は……」

そう続けようとしたところで、会場へと続く回廊の扉が開いた。アルヴィスは慌ててエリナに握られていた手を離す。

「アルヴィス殿下、リトアード公爵令嬢様そろそろお時間でございますが……」

護衛を担っている近衛隊士が声をかけてきた。話をし過ぎて、時間を忘れていたようだ。これはアルヴィスの失態だろう。ため息をつきつつも、時間が迫っている以上会場へ向かわなければならない。

「エリナ、手を」

「は、はい」

アルヴィスの差し出された手をエリナが取ると、そのまま腕に絡めさせた。

「さっきの言葉……嬉しく思う」

「え?」

「ちゃんと覚えておく。君の言葉も」

真っ直ぐ回廊を見てアルヴィスは告げた。そしてエリナの返事を待たずに、足を会場へと動かしたのだった。

エリナを伴ってアルヴィスも会場内へと足を踏み入れれば、周囲からの視線を痛いほどに感じた。その中の一つ。ひと際熱い視線があることに気づく。チラリと目だけを動かして確認をすると、それはスーベニアの女王シスレティアだった。

グラスを片手に笑みを浮かべている彼女と視線が合うと、僅かに口を開かれる。何事か言葉を発しているようだ。その言葉の意味を知り、思わずアルヴィスは眉を寄せる。

「信仰者はそれしか見ないのか……」

「アルヴィス様？」

「悪い。何でもない。気にしないでくれ」

「……わかりました」

エリナが知る必要はないことだ。シスレティアの視線からエリナを隠すように、腕を引く。身体を密着させるように寄せた。アルヴィスの身体が盾となり、シスレティアからはエリナの様子が見えなくなる。そのままパーティーの開始の音頭を取る国王へと顔を向けた。

簡単な挨拶が終われば、後は懇談会のようなものだ。一昨年と昨年にはアルヴィスも警護の立場で参加していた。周囲を見ていれば良かった昨年とは違い、今回は来賓らと積極的に関わらなければならない。

「挨拶に向かおうか」

「はい、私も来賓の方々のことは頭に入れております。お任せくださいませ」

「頼もしいよ」

心強い言葉にアルヴィスからも笑みがこぼれる。王太子妃として、他国の言葉さえマスターしている彼女だ。ここではアルヴィス以上に頼りになるかもしれない。

エリナを伴って来賓らの元へ足を運ぶ。ルベリアの王太子としての顔見せも兼ねているので、これは立派な仕事の一つだ。社交用の笑みを張り付けて、言葉を交わす。

今回の建国祭に当たって、他国の情報などを知る作業がアルヴィスにとっては、一番の難問だった。当たり障りない程度にしか知らぬ知識では意味がないからだ。それを政治レベルで話すことが出来なければならないのだから。

「アルヴィス様は、語学も堪能だったのですね」

「万が一、他国に向かわされることも考えていたからな。だが、エリナには敵《かな》わないだろう」

「私も実際にお話ししたのは初めてでしたから、少し緊張してしまいました」

緊張していたと話すエリナだが、あちらの夫人との会話は随分と弾んでいたように見えた。母国語を話してくれるということは、相手を尊重している証となる。それも王太子と未来の王太子妃だ。喜ばない人はいないだろう。

そうして何人かと話をした後にマラーナ王国の二人の元へと向かった。

「楽しんでおられますか、ガリバース殿」

「おぉ、これはこれはアルヴィス殿。先ほど振りだ。お蔭《かげ》様で楽しませてもらっている」

「それは何よりです。カリアンヌ王女も」

グラスを片手に挨拶をするガリバース。そして、その隣には扇を片手に微笑んでいるカリアンヌがいた。

「えぇ。お気遣いありがとうございます、アルヴィス殿下」

挨拶を交わすと、アルヴィスはエリナを紹介する。エリナが建国祭のパーティーに参加するのは、実はこれが初めてであった。成人前ということで、他国との公式行事は不参加だったのだ。ジラルド自身は王太子として参加をしていたが。すなわち、エリナを正式にルベリア王太子の婚約者として他国へ紹介するのは、今回のパーティーが初めてとなる。

何度目かの挨拶にも嫌な顔一つせずに、エリナは対応してくれた。アルヴィスの横に立ち、ドレスの裾を持ちながら少しだけ腰を折る。

「エリナ・フォン・リトアードでございます。お見知りおきくださいませ」

「マラーナ王国第一王女、カリアンヌ・ギルティ・マラーナです。宜しくお願いしますわ。今後とも……」

カリアンヌの言葉に、アルヴィスは目を細める。マラーナも何か含むところがあるということか。ただでさえ、スーベニア女王の対応で手一杯だというのに。ここが会場内でなければ、ため息をついているところだ。

「？　はい、勿論《もちろん》でございます」

だが、カリアンヌの言葉の裏にあるものに気づくことなくエリナはにっこりと微笑む。すると、横からガリバースがカリアンヌの前に出てきた。

「私はガリバースだ。マラーナの王太子でもあるので、アルヴィス殿とは同じ立場になる。どうかガリバースと呼んでくれ、エリナ」

カリアンヌよりも前に出たガリバースが胸元に手を当てて挨拶をする。だが、ガリバースはエリナを名前で呼んだ。しかも呼び捨てだ。初対面の令嬢相手にしては、いささかマナー違反と言わざるを得ない行為。アルヴィスはエリナの身体を引こうとしたが、当のエリナによってそれは遮られる。エリナは笑みを深めて、ガリバースから一歩下がった。

「宜しくお願いいたします。ですが、一言申し上げたく存じます」

「ん？　何だ？」

「私の名を呼ぶのは控えていただけないでしょうか？　名を呼んでもらうのは、アルヴィス様と家族のみと決めているのです。お願い出来ますか、王太子殿下」

名を呼んでもいいとガリバースが許可したのにも拘《かか》わらず、エリナは名を呼ばなかった。それが何よりもガリバースの行為に対して、エリナが不本意だと考えていることがわかる。それはアルヴィスも同様だった。

「あ、いやしかしだな」

ガリバースが何かを言い繕おうとしたところで、アルヴィスはエリナの腰を抱えて傍《そば》に寄せる。わかりやすくガリバースが反応するので、彼が何の意図を持っているのかも容易に想像出来た。マラーナ王国が何を考えているのかも。

「ガリバース殿、親しくもない相手の名を呼ぶことは失礼に当たる行為。知らぬことはないと思いますが？」

「それはそう、だな」

目が泳いでいるガリバースに、後ろにいたカリアンヌからはため息が漏れていた。どうやら、ガリバースの行為はカリアンヌにとって想定外のようだ。誰が見てもエリナに対して、そしてアルヴィスに対して礼を失する行為なのは明らか。カリアンヌは分が悪いと見たのか、ガリバースの肩を叩《たた》くと扇を広げて、傍によると己とガリバースの口元を隠す。恐らく、何か助言をしているのだろう。

カリアンヌの扇が閉じられると、ガリバースは咳払《せきばら》いをした。芝居じみた格好にはなったが、ここは祝いの席である。事を荒立てることもしたくない。アルヴィスは乗ることにした。

「その……アルヴィス殿、この後のダンスだが是非妹とも踊ってもらえないか？」

「勿論、構いません。宜しくお願いします、カリアンヌ王女」

「こちらこそ、宜しくお願いしますわ」

招待している側として、来賓側の女性たちとは全員とまでいかなくともある程度の人数とアルヴィスは踊るつもりだった。この申し出を断る理由はない。ダンスをしている間に、カリアンヌがアルヴィスへ話したいことがあるということだろう。

「代わりといってはなんですが、エリナ様もお兄様と踊られては如何《いかが》ですか？」

「私が、ですか？」

カリアンヌの提案事態におかしなところはない。エリナはルベリア王国王太子の婚約者という立場。国同士の交流を深めるという意味でも、ガリバースと踊ることは意味がある。

「ええ。どうでしょう、お兄様？」

「勿論、異論はない。可憐《かれん》な令嬢と踊れるならば光栄だ。如何かな？」

ガリバースはアルヴィスに問いかける。婚約者の了承を取るというポーズだ。意気揚々とした表情を見せるガリバースからは、断られるということは考えていないように見える。だが、相手は王太子の立場にある。先ほど失礼があったとはいえ、安易に断ることも出来ない。全てわかった上での誘いなのだろう。

「エリナ、頼めるか？」

「はい、アルヴィス様がそう仰《おつしや》るならば」

エリナが了承したのではなく、アルヴィスから頼まれたという形だ。マラーナ王国については、例の事件でも無関係ではないこともあって、あまり気乗りはしないがこれも公務の一環だ。

「宜しく頼むよ、エリナ……嬢」

「お手柔らかにお願いいたします、王太子殿下」

再び名前を呼びそうになったガリバースだが、辛うじて呼び捨てだけは避けた。しかし、エリナは王太子殿下と堅苦しい呼び方を返す。エリナからすれば、許可されたとしても初対面の他国の王子の名を呼ぶなどあり得ないことだ。特別親しいわけでもないのだから。

「マラーナ王国の王太子殿は、礼を知らぬようですのね。それとも、マラーナでは許されることなのでしょうか？」

そこへ口を挟んできたのは、スーベニア女王のシスレティアだ。気配が近くにあることには気が付いていたが、まさか割り込んでくるとは思わなかった。アルヴィスも僅かに目を見開く。だが、それ以上の反応を示したのはガリバースだ。その表情には、不満がありありと見て取れた。

「スーベニアの女王……」

「如何ですか、マラーナ王女？」

シスレティアが視線だけを向けた先には、カリアンヌだ。ガリバースでは相手にならないと判断したような態度だった。だが、向けられた当のカリアンヌはにっこりと微笑む。

「申し訳ありません。エリナ様がお美しいから兄もつい口が滑ったようです。非礼をお詫《わ》びしますわ、エリナ様。それに、アルヴィス殿下」

「謝罪は受け取ります」

頭を下げるカリアンヌに、アルヴィスは困ったように微笑みを返す。おかしいことではないが、カリアンヌの為《な》すことが、逐一芝居がかっていることが気になる。ガリバースの様子を見るに想定外だとも取れるが、カリアンヌにとってはそうではないということか。

エリナも言葉を発しようとしたが、それをアルヴィスが止める。シスレティアはちらりとそれを横目で確認すると、手元の扇を開きカリアンヌへと突っかかった。

「王太子ともあろう者が、口を滑らすとは嘆かわしいことです。かの国は宰相殿が優秀だとか。なれば、多少の頭の弱さも可愛いのかもしれませんね」

誰が聞いてもガリバースを貶《けな》している言葉だ。スーベニア聖国は代々女性が宗主となる国。シスレティアの逆鱗《げきりん》にでも触れたのかもしれない。対するカリアンヌは笑みを崩すことなく応対する。

「ええ、宰相のお蔭で国も良い方向に進んでおりますから。スーベニアの女王様にまで優秀だと称されれば、宰相も喜ぶことと思います」

笑顔で舌戦を繰り広げている女性二人。カリアンヌの隣にいるガリバースを見れば、口元を少しひきつらせているのが見えた。それは当然だろう。シスレティアはガリバースを馬鹿にしているのだから。そして、カリアンヌも否定していない。これで何も感じないならば、真の愚か者だ。

この場の収拾をどうするか。アルヴィスは頭を抱えた。


先にこの状況に耐えられなくなったのは、ガリバースの方だった。カリアンヌをシスレティアから離そうと半ば無理矢理腕を引っ張り、場所を移動する。それはあまりにも不自然過ぎるやり方だった。

「全く、大した王太子殿ですわね。アルヴィス殿も、婚約者殿もご不快だったことでしょう」

「……そうですね」

「これだから思い上がった殿方というのは始末に悪いのです。女性を蔑《ないがし》ろにするとは、王族として以前の問題だというのに嘆かわしいことですわ」

シスレティアの現れ方も不自然なものだった。わざわざあそこで割り込む必要などない。それをしたのは、ガリバースが気に入らなかったからだったようだ。

「婚約者殿も突然声をおかけしてごめんなさい。ご存じかと思いますが、スーベニア聖国の女王をしておりますシスレティア・ルタ・コルフレッドです」

シスレティアがエリナへと名乗る。既に相手が誰かはわかっているが、エリナは貴族令嬢。紹介をされない限り、身分が上の相手に対し自分から名乗ることは許されない。アルヴィスはエリナの手を引き、シスレティアの前へと促した。

「私の婚約者であるエリナ・フォン・リトアードです。エリナ」

「はい」

アルヴィスからの紹介を受けて、エリナは両手でドレスを持つと腰を折った。王族に対する挨拶だ。

「ご紹介にあずかりました。エリナ・フォン・リトアードでございます。どうぞ、よろしくお願いいたしますスーベニア女王陛下」

「お顔を上げてください。こちらこそ、よろしくお願いします。エリナさん、とお呼びしても宜しいですか？」

「はい」

シスレティアからの許可を得て、エリナは姿勢を正す。じっくりとシスレティアが見定めるような視線をエリナに送っていた。アルヴィスはそんな視線からエリナを庇《かば》うように、エリナの前へと出る。

「女王陛下、彼女に何か？」

「いえ、そうではありません。ですが、先ほどの堂々とした振舞い。流石《さすが》アルヴィス殿の婚約者となられるお人だと感心していたのです」

感心していたようには映らなかったが、シスレティアがそう言うのならばアルヴィスからは何も言えない。

「それに、ちょうどよかったと思うのですよ。これ程の器量をお持ちなのです。エリナさんならば、他にも良い殿方がいらっしゃるでしょうから」

「……何を、仰っておられるのですか？」

アルヴィスは己の声が低くなっていることに気づく。一国の女王に対する態度ではないのは理解しているが、シスレティアの言葉はアルヴィスを怒らせるのには十分なものだ。それでもシスレティアにとってはどうでもよいのか、笑みを崩すことはない。

「ですのでアルヴィス殿、こちらからの提案を聞き届けていただけませんか？」

「何を――」

シスレティアはぐいっとアルヴィスへと身体を寄せてくる。エリナがここにいるというのにだ。離れようとすると、その腕をシスレティアにとられる。振り払うのは簡単だが、相手は女王だ。無理に振り払うことは出来ない。全てわかった上でやっているのだろう。シスレティアは妖艶な笑みを浮かべると、周囲には聞こえない程度の声でアルヴィスへと囁《ささや》く。

「アルヴィス殿が次期殿でなければ、我が国へお招きしたのですが……致し方ありません。ですが、神の子は神の子同士で結ばれることこそ、神が望まれていることだと思いませんか？」

つまりは、アルヴィスとテルミナとで婚姻を結ぶべきということを言いたいらしい。国王ではなく、当事者であるアルヴィスに直接伝えてくるあたり面倒だとは思うが、これは予想出来ていたことだ。まさかこの場で伝えてくるとまでは想像していなかったが。

「それは女王、貴女方《あなたがた》の都合でしかありません」

「え」

思わぬことを言われたのか、シスレティアが驚く。その隙に、アルヴィスはシスレティアの手をほどいた。

「国主としてのお話というのならば、我が国の陛下を通してお伝えください。私の一存では応えかねます」

「……国王が判断したことに従うということですか？」

「私は王太子です。陛下が国として是だと判断したのならば、それに従うことが私の義務でもありますので」

そうでなければ、アルヴィスはこの地位にはいない。個人の意志よりも優先されるものがある。それが王族というものだ。時には己を犠牲にすることもあるだろう。それでも構わない。

「エリナさんも同じお考えということですか？」

「彼女は私の婚約者である前に、我が国の筆頭公爵家のご令嬢です。貴族としての責任から逃れることはしません」

アルヴィスの声はエリナにも届いたようだ。アルヴィスの腕に己の手を添えて、エリナも頷いていた。

「……なるほど、予想していた以上にお二人の絆《きずな》が深いということですか」

シスレティアには寄り添うアルヴィスとエリナの様子が想定以上のものだったようだ。手に持っていた扇を閉じ、息を吐く。

「仕方ありません。妾《わらわ》に分が悪いようです。同じ女性として、恋人同士を引き裂く外道のような行いはしたくありませんから」

「……」

アルヴィスの腕に添えられていたエリナの手に力が入る。

「ですが、考えておいてください。神と誓いを交わしたその意味を」

そう言い残してスタスタと背中を見せて去っていくシスレティア。アルヴィスは深く息を吐いた。

「アルヴィス様、大丈夫ですか？」

「あぁ。すまない、不快な想いをさせた」

ガリバースらへの挨拶から始まって怒濤《どとう》のような時間だった。特にシスレティアに対しては神経を使う。下手な言動は、良いように捉えられてしまう可能性もある。関わらせないといった傍から当人が登場してきてしまったことにも、アルヴィスは頭が痛くなりそうだった。

「先ほどのお話ですが」

「……正式に国へ来たものではない以上、今は考えなくてもいい」

そもそもシスレティアが言っているのはスーベニア聖国が口を出せることではない。ルベリア王国とザーナ帝国との間で交されるべきもの。下手をすれば内政干渉にとられかねない事案である。いずれにせよ、シスレティアが口を出すのが婚約についてのみであれば、対応は可能だ。これで済むことを祈るだけである。

「災難だったようですね、アルヴィス殿」

「グレイズ殿」

そこへ声をかけてきたのは、ザーナ帝国の皇太子であるグレイズだった。勿論、隣にはテルミナを伴っている。

「昨日はありがとうございました」

「こちらこそ、楽しませていただきました。リティーヌ王女へは先にご挨拶させていただいたので、アルヴィス殿を捜していたところです」

どうやらガリバースやシスレティアとのやり取りも見ていたようだ。アルヴィスは困ったように笑うしかなかった。

「そうでしたか。挨拶が遅れて申し訳ありません」

「いえいえ。お立場ですから仕方のないことでしょう。そちらのご令嬢が、アルヴィス殿の？」

「はい。私の婚約者であるエリナ・フォン・リトアードです。エリナ、こちらは、ザーナ帝国の皇太子グレイズ・リィン・ザイフォード殿だ」

エリナをグレイズへ紹介すると同時に、エリナへもグレイズを紹介する。アルヴィスとの会話から予想はしていたのだろう。エリナは動揺することもなく、挨拶のために腰を折る。

「エリナ、でございます。見知りおきくださいませ、皇太子殿下」

「グレイズ・リィン・ザイフォードです。宜しくお願いします、エリナ殿。私の方もご紹介しますね」

グレイズは己の後ろに下がっていたテルミナの腰を支えるようにして、前に立たせた。

「テルミナ・フォン・ミンフォッグ子爵令嬢です。今回の私のパートナーとして同行しております」

「テルミナ様、宜しくお願いいたします」

「は、はい。テルミナです。宜しく、お願いします」

エリナがテルミナへと微笑むと、テルミナは頬を真っ赤に染める。どうかしたのかと、アルヴィスがグレイズを見ると、呆《あき》れたように額に手を当てていた。

「もう、病気ですね」

「エリナ様っ！」

じっとエリナを見ていたかと思うと突然、テルミナがエリナへと顔を近づける。すかさず、アルヴィスがサッとエリナを自分の傍に引き寄せた。テルミナがエリナを害するとは考えたくないが、ゼロとは言い切れない。

顔を近づけた途端にエリナが離れたことで、テルミナは呆気《あっけ》にとられたように口を開ける。そんなテルミナへグレイズは頭をゴンと殴りつけた。令嬢にする態度ではないことに、驚いたのはアルヴィスとエリナだ。

「馬鹿ですか、貴女は」

「あ……」

「警戒されて当然です。あれだけ言ったというのに、国際問題を起こさないでください」

「え、だって……エリナ様、とても綺麗《きれい》だったから」

もっと近くで顔を見たかった、というのがテルミナの意図だったらしい。アルヴィスは、肩の力を抜いた。エリナを害する目的ではないとわかれば、警戒する必要はない。エリナもクスクスと笑っている。

「ありがとうございます、テルミナ様」

「アルヴィス殿下と並んでいるととってもお似合いです！　眼福です」

貴族社会に疎いとは聞いていたが、テルミナは直情というか素直な性格をしているらしい。お似合いだと称されたアルヴィスとエリナは、顔を見合わせて苦笑する。ここまで直接的に言ってくる人はいなかった。

「お褒めいただき光栄ですよ」

「とても嬉しいお言葉です。テルミナ様はお可愛らしい方ですのね」

エリナの笑みはアルヴィスと二人でいる時に見せるような笑みだった。どうやらテルミナによって、雰囲気も和らいだことでエリナも緊張を解いたのだろう。

「アルヴィス殿、この後のダンスなのですが……このテルミナとも踊ってもらえませんか？　足を引っ張るかとは思うのですが」

グレイズ曰《いわ》く、テルミナはダンスのセンスがないそうだ。それでも、帝国を代表としてルベリアの祭事に参加している以上、踊らないわけにはいかない。アルヴィスとて、それは理解している。断る理由はなかった。

「勿論、構いません」

「ありがとうございます」

「グレイズ様は、エリナ様と踊らないのですか？」

グレイズは帝国の皇太子。テルミナの疑問は尤《もっと》もだ。だが、グレイズは首を横に振った。

「貴女と踊った後でダンスを踊れるほど、私には体力がありませんからね。それに、踊るのならば先にリティーヌ王女とお願いすべきでしょうし」

公爵令嬢であるエリナではなく王族であるリティーヌと踊る。何もおかしいことはないのだが、先のガリバースがエリナを名指ししたため、テルミナはグレイズもエリナと踊ると考えていたらしい。無論、グレイズが望むのならエリナも相手を務めるつもりだっただろう。ダンスのパートナーを努めることは、公務の一環でもあるのだから。

「では、リティーヌには私からお願いしておきます」

「リティーヌ王女がお手隙であるならばお願いしたいとお伝えください。私はダンスがあまり得意ではありませんので」

そう言って笑うグレイズに、アルヴィスも釣られるように微笑んだ。

◆◆◆

一方その頃、シスレティアは再び扇で口元を隠し、バルコニー近くへと移動していた。視線は、帝国の皇太子と話すアルヴィスへと向けられている。シスレティアの側《そば》にはエスコート役として来ていた騎士が控えていた。

「陛下、どうかされたのでございますか？」

「予想よりも、かの王太子殿は相手のご令嬢を想っているようです」

政略的に結びついた相手。それも一年も経《た》っていないということから、今ならば付け入る隙があるとシスレティアは考えていた。更に言えば、エリナという令嬢は前王太子の婚約者でもあったのだ。幼き頃から約束された王太子妃という立場に、胡坐《あぐら》をかいているのではないかと思っていたが、想像以上の令嬢だった。

「いえ、違いますね。彼が意図的に隠したようにも見えました。妾にはよほど見せたくないということなのか。それとも……」

「陛下？」

「やり方を変えましょう。マラーナ側も何かある様子。それを見てからでも、遅くはありません」

「はっ」

「さて、お手並みを拝見させてもらいますよ」

◆◆◆

グレイズらとの会話を終えたアルヴィスとエリナは、一旦国王の元へ向かった。体調が悪いという王妃の相手をエリナに頼むとアルヴィスは国王の隣へと座る。

「早速接触があったようだが、どうだ？」

「想定通りです。ただ、エリナの前で話をするとは思いませんでしたが」

「そうか」

国王も会場入りをする前にシスレティアとは挨拶を交わしていたが、何も告げられていないという。であるならば、あれはアルヴィスへの探りを入れに来たと考えた方が良さそうだ。アルヴィスがどのような反応をするかを見るために。

「いずれにしても、余は何も聞いておらん。聞いていない以上、もしもの話はないということだな」

「そうですね」

国王も内心ではホッとしているようだ。スーベニア聖国の女王が来ているというだけでも、結構な心労なのだろう。

国王にシスレティアとの会話を報告していると、王妃の元へ行っていたエリナが戻ってくる。どうやら王妃自身が奥に下がってしまったらしい。

「少し休ませてほしいと、今宵《こよい》はもう下がりますと仰せでした」

「わかった。すまぬな、エリナ嬢。あれも、随分と弱くなったものだ」

「いいえ。お気持ちは、わかりますから」

「感謝する」

本来ならば王妃は国王の隣に座っていなければならない。しかし、王妃の体調不良については事前に各国へ通達済みである。王妃がいなくとも、成人済みの王女リティーヌがいる。王妃の代わりを担うには十分だった。

その当人であるリティーヌだが、アルヴィスが会場内を見渡すとちょうどラクウェルと談笑しているのが見えた。父である国王は嫌っているリティーヌだが、叔父のラクウェルはそうではないらしい。

そうこうしていると、音楽が奏でられ始めた。ダンスの時間となったようだ。

「では伯父上、行って参ります」

「うむ、楽しんでくるがよい」

隣にいるエリナへ手を差し出せば、そっと手を重ねてくる。

「では行こうか」

「はい、アルヴィス様」

重ねられた手を優しく握り返し、アルヴィスはエリナの手を引く形で歩き出す。中央へ向かう前に、アルヴィスはリティーヌとラクウェルの下へと向かった。

「リティ」

「アルヴィス兄様、エリナも。てっきりそのまま踊りに行くのかと思ったのだけれど」

話に夢中になっているようで、リティーヌはきちんと周囲にも気を配っていたのだろう。近づいてこなかったのは、傍に国王がいたからか。

「少しリティの耳に入れておきたいことがあったから先にな」

「私に？」

首を傾《かし》げるリティーヌに、アルヴィスは
「グレイズ殿と踊ってほしいんだが、お願い出来るか？」

「なるほど、そういうことね。わかったわ。叔父様と踊った後で向かうわね」

「あぁ、頼む。では、父上も宜しくお願いします」

リティーヌもラクウェルと共に踊りに行くところだったらしい。アルヴィスがラクウェルへと顔を向けると、ポンと肩に手を置かれた。

「わかったよ。それとお前も、あまり思いつめて考えぬようにな」

「……はい。では俺たちは行きます」

「公爵様、リティーヌ様も御前を失礼いたします」

去り際にエリナが二人へと頭を下げる。

「あぁ、エリナ嬢もどうか宜しく頼むよ」

「はい」

エリナの手を引き、ラクウェルとリティーヌから離れて中央へと足を向ける。既にダンスは始まっているため、邪魔にならぬように歩みを進める。王太子とその婚約者として、目立つ場所で踊るのが好ましいからだ。視線を向けられているのを感じながら目的の場所に立つ。

「では、踊ろうか」

「はい！」

腰を抱き寄せて、音楽に合わせ踊る。こうして踊るのは、生誕祭以来だ。

あの時は御披露目《おひろめ》を兼ねていたこともあり、エリナも緊張が見えていた。しかし、今のエリナは生誕祭の時よりも表情が柔らかくなっているように思える。少しでもエリナがこの時間を楽しんでくれているのならば、アルヴィスにとってもとても喜ばしいことだ。

「こうして踊るのも久しぶりだな」

「そうですね……」

すると、ハッとしたようにエリナの表情が曇った。少しだけ手が震えているのを感じて、アルヴィスはエリナを抱く腕に力を入れる。

「どうした？」

「いえ、少し思い出してしまって」

「思い出す？」

何を思い出したのか。アルヴィスが問うと、エリナが小さな声で漏らす。生誕祭で、アルヴィスが負傷した時のことを思い出したのだと。

「申し訳ありません。あのようなことが何度も起きるはずはございませんのに」

「謝る必要はない。俺の方こそ、思い出させて悪かった」

負傷した当人ではあるアルヴィスだが、怪我《けが》など騎士時代から良くしていたため、気にしていなかった。しかし、令嬢であるエリナはそうではない。目の前で怪我をしたことや、一歩間違えれば自分が射抜かれていたことを考えれば恐怖が蘇《よみがえ》っても不思議ではないのだ。

「同じようなヘマはしない。大丈夫だ」

アルヴィスの腰に剣はない。しかし、マントの中にあるため見えないが腰には小型の扇を隠していた。ここにいる以上、騎士以外には帯剣が許されない。そのため、剣の代わりになるようにとルークより持つことを勧められた。

「エリナ、君には笑っていてほしい。もうあのような思いはさせない」

アルヴィスが負傷して寝込んでいた時、正直言えば曖昧で思い出せない部分もある。だが、近衛隊を初めとして多くの人に心配をかけてしまったことは自覚していた。その筆頭にいるのがエリナだということも。

ダンスの曲が終わる。一度休ませるために戻ろうと足を動かしたアルヴィスだが、エリナは動かない。

「エリナ？」

「もう一曲、お傍にいてもいいですか？」

令嬢からダンスを誘うのは滅多にないことだ。恐らくエリナも初めてだったに違いない。意を決したという表情をしたエリナに、アルヴィスは微笑んだ。

「あぁ、もちろん」

続けて同じ相手と踊るのは、相手を独占したいという意味を持つ。婚約者同士や伴侶同士ではよくあることだった。無論、エリナとアルヴィスが踊ることに文句を言う者はいない。

笑みが戻ったエリナと二曲目を踊り終えたアルヴィスは、一旦国王の元へと下がる。そこには、既に踊り終えていたラクウェルやマグリアがいた。

「父上、兄上もこちらにいたのですか」

だが、二人の傍にはパートナーとして来ていたオクヴィアスとミントの姿がない。ラクウェルと踊ると言っていたリティーヌの姿もだ。

「母上たちやリティはどうしました？」

「あぁ。久しぶりのダンスに、あれも疲れたようでね。ミントと奥に下がらせた。リティーヌは、あちらで皇太子殿下と踊っている」

ラクウェルが示す先には、グレイズとリティーヌが踊っているのが見える。あまり得意ではないと言っていたが、流石は皇太子といったところか。リティーヌを上手《うま》くエスコートしているようだ。

「そうですか」

公爵夫人であるオクヴィアスは兎《と》も角《かく》、ミントは久しぶりの公式行事だ。疲れるのも無理はない。

「では私は兄と共に少々話をしてくる。お前たちもしっかりな」

「はい」

「わかりました」

そうして国王とラクウェルはその場を移動した。マグリアはというと、暫《しばら》くはここで休んでいるらしい。ならばちょうどいい。

「兄上がいるのでしたら、エリナをお願い出来ますか？」

「エリナ嬢を？　別に構わないが、アルヴィスはどうするんだ？」

「俺は、マラーナの王女と約束をしているので」

少々引っ掛かる相手ではあるが、約束は約束。その後は、テルミナとも踊ることになっている。その間、エリナを一人にしてはおけない。その分、マグリアならば安心して任せられる。

「マラーナ王女……というと、ガリバースの妹姫か。外交の場では仕方ないことだな。他の来賓とも踊るのだろう？」

マグリアの問いに、アルヴィスは頷いた。勿論、他にも声を掛けられれば踊るつもりだ。だがまずは、カリアンヌの相手が先。視線でカリアンヌを捜せば、ガリバースと共にいるのが見えた。まだダンスは踊っていないようだ。否、この場合はアルヴィスを待っていると取るべきなのだろう。

「すみませんが、俺は行ってきます。エリナをお願いします」

「わかった。行ってきなさい」

「じゃあ、エリナも」

「はい」

エリナの頬にそっと手を添えると、アルヴィスはその場を離れた。

弟の婚約者と

離れ行くアルヴィスの背を見送るエリナの背中を、マグリアがポンと軽く叩《たた》く。叩かれたエリナは、驚いてマグリアを見上げた。

「アルヴィスが心配ですか?」

「マグリア卿《きょう》……いえ、私は」

「そのように不安そうな顔をしていては、説得力はありませんよ」

「……申し訳ありません」

不安そうな表情でアルヴィスを見送るエリナからは、アルヴィスのことを想《おも》っているのがマグリアにも伝わってきた。先ほどのアルヴィスの様子から見ても、エリナを大切に想っていることがわかる。政略として繋《つな》いだ縁だが、二人にとっては良縁だったということなのだろう。

マグリアがエリナと会話をするのは、これが初めてのようなものだ。挨拶程度は交わすが、それ以上の関りは持ってこなかった。こうして弟の婚約者とならなければ、それほど気にもかけなかったに違いない。

リトアード公爵家の長女であるエリナについてマグリアが知っているのは、それほど多くない。幼い頃に従弟《いとこ》であるジラルドの婚約者となり、それに相応《ふさわ》しい成長を見せていること。成長するにつれて子ども特有の我儘《わがまま》や癇癪《かんしゃく》などは失《う》せていき、立派な淑女となった。リトアード公爵家の嫡男であるライアットは、その成長を寂しいと漏らしていたが。

同年代の令嬢たちの中では、エリナを慕う者も多いと聞く。まさに王太子妃として王家の思惑通りの成長を遂げたとも言えるだろう。

一方でアルヴィスは、典型的な公爵家の次男として過ごしてきた。王家には第一王子であるジラルドがいるため、王位継承権が回ってくるなど考えもしなかっただろう。この点はマグリアも同様だ。あくまでアルヴィスの立場は、マグリアに何かあった時のためのスペアだったのだから。

そのマグリアが結婚をしたのは、アルヴィスが学園に在籍していた時。これで男児さえ生まれれば、アルヴィスが公爵家を継ぐことはなくなり、スペアであるという役割からは解放されるはずだった。しかし、アルヴィスが貴族の身分を捨てることはなかっただろう。騎士になりたかったというアルヴィスには悪いが、将来は家に戻されて代官や別の爵位を与えるなどしていたはずだ。

そのような背景を持つ二人が合うとは考えもしなかったのだが、どうやら杞憂《きゆう》だったらしい。

これまでにも何度かアルヴィスの婚約話はベルフィアス公爵家へ寄せられていた。それも当然だろう。王弟の息子であり、公爵家の正妻から生まれた男児。アルヴィスの母はルベリア王国でも歴史があり、遡れば王家にも連なる伯爵家の出身だ。庶子であったマグリアとは比べるべくもない。

それでもラクウェルが首を縦に振らなかったのは、もしかすると今のような状況を想定していたのかもしれない。マグリアに何か起きた時の為《ため》にではなく、ジラルドの為だったとするならば。

「いや、考えすぎだな」

一度立太子した王子がその座を追われるなどということは、滅多にあることではない。王太子に据えた時点で、国王らは腹を括《くく》ったはず。これればかりはマグリアの考えすぎだろう。

「それで、エリナ嬢は何か気になることでもあるのですか？」

思考に耽《ふけ》っていた頭を戻し、エリナへ問いかける。

「それは……」

気になってはいるのだろうが、マグリアへ話すことに躊躇《ためら》いを感じているのだろう。マグリアとしても無理に聞き出すつもりはない。ただ、アルヴィスに関連することならば、兄として聞いておきたいとは思う。マグリアが黙ったまま待っていると、エリナは小さな声でぽつりと溢《こぼ》した。

「学園の友人が、話していたのです」

「友人？」

学園の友人ならば貴族令嬢だろう。何を話していたのか先を促すと、エリナは表情を曇らせた。

「……マラーナ王女は、アルヴィス様との婚姻を望んでいると」

「……なるほど」

まさかエリナがそのことについて知っていたとは思わなかった。マグリアは感心を通り越して呆《あき》れる。アルヴィスにはいずれ知られるとしても、エリナに伝える予定はなかったのだ。この話はマラーナの動きを監視していた時に得た情報であり、アルヴィスへも伝えていない。この分では、スーベニア聖国がアルヴィスに求めていることも知っていることだろう。

「穏やかではないですね……全く、誰だろうな。漏らした連中には少しお仕置きが必要だ」

「え……？」

「いえ、こちらの話ですから、お気になさらず」

エリナにはちゃんと聞こえていたのだが、マグリアは気にしないようにとにっこりと笑って首を横に振った。少しだけエリナが怯《おび》えていたような気がするのは、見間違いだ。

恐らくその友人もエリナの為を考えて教えたのだろう。エリナとアルヴィスが婚約をしてから、まだ一年も経《た》っていない。すなわち、エリナがジラルドより婚約破棄を叩きつけられてからも一年が経っていないということ。それなのに新たな婚約者に他国の王侯貴族から婚姻が求められていると聞けば、心中穏やかではいられないはずだ。

国内での貴族同士の婚姻よりも、他国の王侯貴族との婚姻の方が国として利があることが多い。友好国であるなら尚更《なおさら》だ。しかし、マラーナが求めてきた要求をルベリアが飲むことはない。恐らくは帝国の例の少女についても。アルヴィスとエリナの様子を見て、マグリアは確信していた。

それを教えてやりたいのはやまやまだがマグリアの出番ではない。仮にそのようなことはないと伝えても、エリナの不安はぬぐえない。その言葉はアルヴィスから伝えられてこそ意味がある。

「ただ……そうですね。私から言えるとしたら一つだけです」

黙ったままのエリナに対してどう答えるべきか。暫《しば》し考えたマグリアは一言だけ助言することにした。首を傾《かし》げているエリナに、真面目な表情で告げる。

「弟を、信じていてください」

マグリアのその言葉に、少しだけ驚いた様子を見せるエリナ。信じていてほしい。それはつまり、エリナが不安に思うようなことにはならないと告げたも同然だった。目を閉じ呼吸を整えたエリナは、まっすぐな視線でマグリアを見返す。

「ありがとうございます、マグリア卿」

◆◆◆

エリナをマグリアへ任せて一人カリアンヌの元へ向かったアルヴィス。そこには、アルヴィスの姿を認めて微笑《ほほえ》むカリアンヌと、不機嫌なガリバースがいた。

「お待たせしました、カリアンヌ王女」

「はい、お待ちしておりましたわ。ですが、エリナ様はご一緒ではありませんのね？」

共に来るものと思っていたのだろう。カリアンヌは、頬に手を添えて首を傾けた。それは予定が狂ったという意思を映しているようにも見える。当然だ。意図的にエリナを置いてきたのだから。

「すみません。疲れていたようなので、少し休ませています」

「そうでしたか」

仕方ないという風に言葉では話しているが、それは納得しているということではないようにアルヴィスには感じた。言葉に出すことはしないが。

苦笑しながらアルヴィスはカリアンヌへと手を差し出す。

「そろそろ次の曲が始まります。踊りますか？」

「うふふ。踊りませんか、ではありませんのね」

踊りに誘う場合の文句に決まりがあるわけではない。男性から誘うのが一般的というだけだ。だがアルヴィスの誘い方は、気乗りではないという風にも取れる言い方だった。もちろん進んで誘いたい相手ではないのは事実。直《す》ぐに反応してアルヴィスの様子を窺《うかが》ってくるあたり、油断のならない相手には違いない。

「……気に障ったのなら申し訳ありません」

「気にならないでください。社交辞令としてでも、アルヴィス様から手を差し出してもらえるだけで、私は嬉《うれ》しいですわ」

そう話すとカリアンヌはアルヴィスの手に重ねるのではなく、その腕へと絡み付いた。一瞬、身体《からだ》を退《ひ》きそうになるのをアルヴィスは耐える。カリアンヌは来賓であり、他国の王女だ。どのような理由があろうと無下には出来ない。カリアンヌもアルヴィスが払い除《の》けることが出来ないとわかっていてやっているのは明らかだ。

「カリアンヌ王女」

「さぁ、参りましょう。お兄様も、頑張ってくださいませ」

「ふん」

そっぽを向いて移動するガリバースを余所《よそ》に、カリアンヌはアルヴィスを引っ張る。然程《さほど》力があるわけではないものの、拒絶することも出来ずにされるがままアルヴィスも移動した。

立ち位置を中央に定めて、立ち止まる。さっきまでエリナと踊っていた位置だ。敢《あ》えてここに来たということは、アルヴィスにもわかった。

腕を離したカリアンヌは、アルヴィスの肩に手を添える。ダンスの体勢を取るようだ。少しばかり距離は近いものの、作法に違反しているわけではない。

「王女」

「何でしょうか？」

「少しばかり近付きすぎだとは思いませんか？　如何《いか》に婚約者がいない立場だとしても、変に誤解を与える行動は控えるべきです」

音楽が始まる。カリアンヌからの返事はないが留《とど》まっていることも出来ない。アルヴィスは、音楽に合わせて身体を動かした。周囲の目もある。笑みを張り付けて、踊りに集中するしかなかった。暫《しばら》くすると、カリアンヌは躍りながら少しだけ顔を近づけてくる。思わずアルヴィスは、眉を寄せてしまった。

「カリアンヌ王女」

「私を、妻にするつもりはありませんか？」

あまりに唐突に告げられた言葉に、ダンス中だというのに足を止めるところだった。それも一瞬のことで、カリアンヌには気づかれていない。アルヴィスは何でもないように足を動かす。

「何を仰《おつしや》っているのですか」

「聖国からの提案は、はね除けるおつもりなのでしょう？」

「かの国から提案をされてはいません」

スーベニア聖国が打診したのは帝国のみ。ルベリアへスーベニア聖国から何かを言われたという事実はない。あくまでアルヴィスが囁《ささや》かれただけで。だが、スーベニア聖国が考えていることは既に他国にも知れ渡っているということだ。恐らくは、他国を味方に付けて思うようにしたいというシスレティアの考えなのだろう。

友好国同士の王侯貴族の婚姻は珍しくない。ザーナ帝国とルベリア王国も長年友好国として付き合いがある。悪くない組み合わせだと吹聴《ふいちょう》しているようだ。

「誤魔化しても無意味ですわ。かの女王陛下がそうお考えなのは、誰もが知るところなのですから」

「女王の考えがそうだとしても、陛下にそれが伝えられたわけではありませんから」

屁理屈《へりくつ》なのはアルヴィスとて理解している。しかし、それが国というものだ。どのような思惑だとしても、国王へ話をしていない時点でルベリア側が考える余地はない。

「なるほど、一理ありますわね。では、言い方を変えましょう」

「……」

「エリナ様ではなく、私を妻にしてくださいませ」

妖艶に微笑むカリアンヌ。わずかに甘い香りがして、頭の奥がチクリとする。嫌な汗が伝い、反射的にアルヴィスはマナを練りこんで己の周囲の香りを払った。だが、頭の痛みは取れない。思わず片目を瞑《つぶ》ったアルヴィスの頬へとカリアンヌが手を伸ばしてくる。

「どうかされまして？　ご気分でも悪いのですか？」

「っ」

だが、カリアンヌが触れる瞬間、アルヴィスはその手を掴《つか》む。

「カリアンヌ王女、先ほどの話は聞かなかったことにします」

「……私ではご不満だと仰るの？」

「先ほども言いましたが、国としてルベリアへ正式に打診するというのならその後で返事をいたします。ここで返事をすれば、王女も不都合でしょうから」

婚約者がいる相手に結婚を申し込む。その行為自体あり得ないことだが、それを女性側がしていることに問題がある。更に、アルヴィスはルベリアの王太子だが、カリアンヌはマラーナ王国の一王女でしかないのだ。ルベリアと同じく女性に継承権がないマラーナでは、それほど権力を持っていないはず。実際に王女であるカリアンヌにどれだけの力があるのかはわからないが、現在のマラーナ王国の情勢を見る限りでは、彼女はただの駒である可能性が高い。

「お断りすると仰るのね。ですが、私を妻とすればアルヴィス殿下にとっても都合がよいと思いますわよ？」

「私にとって、とはどういう意味ですか？」

「私は子どもを一人授かれれば、それで良いのです。愛してくださる必要はありませんわ。側妃を何人召し抱えていただいても構いませんよ」

正妻の地位は譲れない。アルヴィスとの子どもは一人でいい。それ以外を求めるつもりはないと、カリアンヌは話す。典型的な王女としての考え方だ。本来、王族の婚姻はそういうもの。アルヴィスも理解出来る考え方だった。

「尤《もっと》も、愛してくださるならそれにこしたことはありませんが」

理解出来る考え方だとしても、それを受け入れるかどうかはまた別の話。アルヴィスは呆れたように息を吐く。これ以上は聞いても無駄だろう。そろそろ曲も終わる。

「王女のお話が私にとって都合がよいとは思えません。これ以上はお止《や》めください」

「意外と頑固なお人なのですね」

と、そこで曲が終わる。アルヴィスはカリアンヌから一歩離れ胸に手を当てる。

「お相手ありがとうございました。私はこれで失礼します」

頭が痛い。アルヴィスはカリアンヌへとそれだけを伝え、その場から立ち去った。

◆◆◆

その後ろ姿を見ていたカリアンヌは、己の扇をパッと開く。

「……あまり効果がないようですわね。もう少し多めに振りまくべきでしたわ」

残念そうに漏らすカリアンヌ。却《かえ》って警戒を与えてしまったかもしれない。次の手を考えなければいけないだろう。

「さて、お兄様の方はどうだったのでしょうね」

エリナを上手《うま》く誘えたかどうか。カリアンヌは会場を見渡して兄の姿を捜した。

知己との相対

　機嫌を降下させながらガリバースは、回りを見回しながらエリナの姿を捜していた。

「踊ることを了承したというのに、何故《なぜ》共に来ないのだ。全く、余計な手間を……」

　ぶつぶつと悪態をつきながら歩いていると、漸《ようや》くエリナの姿を見つけた。思わず口元が緩むが、その隣にいる人物が目に入ると目を見開く。

「マグリア……何故、奴《やつ》が……」

　足を止めそうになるガリバースだが、行かなければエリナと踊ることは出来ない。

「ふん、今の奴はアルヴィス殿の兄でしかない。私は王太子なのだ。ただ、エリナを誘うだけでマグリアと話をするわけではないのだから」

　ガリバースの方が立場は上。幼少期ならばともかく、決して対等ではないのだから怯《ひる》む必要はない。そう言い聞かせて、ガリバースは足を進めた。

　だが先にガリバースに気が付いたのは、残念ながらマグリアだった。

「ガリバース殿ではないですか」

「ひ、久しいなマグリア殿」

　紳士らしい笑みを浮かべて前に出るマグリアに、顔をひきつらせながらガリバースは答える。マグリアが出てしまいエリナの姿が隠れてしまった。舌打ちしたい気持ちを抑えながら、ガリバースは身体《からだ》をずらしてエリナを視界に入れる。

「エリナ」

「ガリバース殿、彼女は弟の婚約者なのですが、何故貴方《あなた》が名前を呼んでいるのですか？」

マグリアがエリナの動きを抑えるようにして、再びマグリアの陰に隠れてしまった。ガリバースはマグリアを睨《にら》む。

「俺はマラーナの王太子だ。貴殿とは立場が違う。軽々しく俺に指図をする権利はないだろう」

他国の王太子を何だと思っているのかと憤慨すると、マグリアは困ったような顔をする。それはそうだろう。ガリバースに意見出来るような立場ではない。たかが、次期公爵風情がしゃしゃり出てくるとは無礼だ。

「それは困りました。私は弟に彼女を頼まれていましてね。不用意な相手に引き渡すことは出来ません。ましてや常識を忘れたような王族には特に」

だが、マグリアはガリバースが王太子であることもお構いなしのようだ。それどころかガリバースを挑発しているようにも聞こえる。馬鹿にされたと思ったガリバースは苛立《いらだ》ちを露《あら》わにした。

「俺のどこか常識外れだ！」

「ちょうど似たような王族を知っていましてね。それに彼女は大層傷つけられたもので、同じような相手に任せるわけにはいかないのですよ」

「なっ」

マグリアの目がガリバースにはエリナを渡さないと言っているようで、ガリバースは反射的に身体を引いてしまう。

「ありがとうございます、マグリア卿《きょう》」

そこへ、マグリアの後ろにいたエリナが姿を現す。漸く出てきたことにガリバースもホッと安堵《あんど》の息を漏らした。

「私は大丈夫です。それに、アルヴィス様にもお願いをされましたから」

「弟にですか。それならば仕方ありませんね」

暗にアルヴィスに頼まれたから仕方なく相手をすると言われているようで、ガリバースは面白くなかった。確かに、ガリバースからみてもアルヴィスは整っている容姿ではあるが、どこか弱々しくも映る。それに元騎士という割には細腕だ。それよりも、ガリバースのような剛腕で男らしい方が女性受けはするはず。実際、マラーナでは多くの女性を相手にしてきたのだ。エリナとてアルヴィスよりもガリバースの方が頼もしく感じるだろう。

ガリバースはマグリアとエリナのやり取りが周囲へ向けてのパフォーマンスだと気づいていなかった。だが、見ている者は気が付いていたはずだ。エリナが婚約者であるアルヴィスの頼みで、ガリバースの相手をするということが。エリナが他意を持っていないことも伝わる。

「ゴホン、ではエリナ、ダンスをお願い出来るか？」

「……承知いたしました」

ダンスにエリナを誘う。約束をしていたのだから、受けてもらえるのは当然だ。少しばかり表情が硬いのは、ガリバースと踊ることへの緊張からなのだろうから気にすることはない。

「ガリバース殿、彼女も疲れていますので終わり次第解放してあげてください」

「何故、貴殿に言われなければならないのだ。どうするか決めるのは俺たちだろう」

意気投合してしまえば、エリナもガリバースと共にいたいと願うかもしれない。余計なお世話だ。

「ではエリナ嬢の意志も考慮してくださいね。くれぐれも無理に振り回さぬようお願いします」

「……随分と過保護なことを言うのだな。貴殿にとってエリナは何の関係もないだろう」

「関係ありますよ。エリナ嬢は、将来の義妹ですから。それと、軽々しく名を呼ぶのはそろそろ止《や》めていただきたいですね、ガリバース殿」

ワントーン低い声だがその顔は笑っている。これがガリバースの知るマグリアという男だ。その腹の中で何を考えているかわからない。ガリバースが最も苦手とする人種である。

「……まだそうなるかはわからないだろうが」

思わずガリバースは本音を口に出してしまう。まずい、と思ってからは遅かった。マグリアの瞳が細められ剣呑《けんのん》な雰囲気を醸し出していたのだ。

「己の発言には重々気を付けた方が宜《よろ》しいですよ、マラーナ王国王太子殿下」

「そ、そうだ。そろそろダンスに行こうか」

これ以上ここにいてはマグリアに不用意なことを言ってしまう。ガリバースとて今の発言が悪いという自覚があった。失態を見せる前にダンスに行こうと、エリナの手を引いてその場をさった。

「あ、あの」

「相変わらず嫌みな奴め」

令嬢へのダンスの誘い方としては最悪な形だ。だが、マグリアの前から逃げることの方がガリバースには重要だった。エリナへの挽回《ばんかい》はこの後のダンスで行えばいい。困惑したままのエリナを引っ張ってガリバースはダンスの輪へと入っていった。

一方、見送ったマグリアは重い息を吐く。あとは、無事にエリナが戻るのを見届けるだけだ。

「相変わらず、扱いやすい男だね。だが女性への扱いは貴族としても最低だ。とはいえあれほどの積極性……アルヴィスは少し見習うべきかな」

そうして視線を向けるのは、カリアンヌと踊っているアルヴィスだ。そつなくこなすその様子に、おかしなところは見受けられない。しかし、エリナと踊っている時にはあった自然な表情が出ていない。カリアンヌとのダンスは、アルヴィスにとって楽しいものではないようだ。

逆に言えば、それだけエリナとの距離は近づいているのだろう。好ましい変化だと思うが、当の本人が意識していない。原因は、アルヴィスの性格にもある。否、アルヴィスの考え方と言った方が正しいかもしれない。

弟の様子に、マグリアは肩を落とす。

「しかし、あの様子だとマラーナは他にも何か企《たくら》んでいるのかもしれないな……気を付けろよ、アルヴィス」

令嬢の決断

音楽が始まり、ガリバースが動き始めるのに合わせて、エリナも身体《からだ》を動かした。ガリバースはアルヴィスよりも身長が高い。必然的に見上げなければ顔を見ることは出来ない体勢だ。だが、エリナはガリバースの顔を見ていなかった。不自然にならない程度に首元へと視線を向けている。

そんなエリナの注意を引きたかったのか、ガリバースはわざとらしく咳払《せきばら》いをした。エリナも少しだけ顔を上げる。

「私は、ダンスは得意な方なのだが、エリナもダンスが上手《うま》いようだな。とても踊りやすい」

何度も指摘されたというのに、エリナを呼び捨てにするガリバース。最早《もはや》、エリナも内心で呆《あき》れていた。しかし、そのような想《おも》いを態度に出すことはない。エリナは王妃教育で養われた仮面を貼り付けてガリバースへと微笑《ほほえ》む。

「お褒めいただきありがとうございます」

貴族令嬢として、ダンスは最低限の嗜《たしな》みの一つ。踊れることは当然だ。更にエリナは他の令嬢の見本となるようにと求められて、必死に練習を積んできた。褒められて嫌な気分にはならないものの、誇れるようなものではないとエリナは思っている。

「我が国も、パーティーは頻繁に行われていてね。踊る機会は多い。その中でも、私は上手い方だろうな」

それからガリバースは、マラーナ王国ではどのようなことが行われているのかを自慢げに語り始めた。お茶会を始めとした催しもあれば、盛大なパーティーもあるという。月に数回は開催されるという行事の多さに、エリナは疑念を抱いた。

ガリバースはマラーナ王国の王太子である。ルベリアにおけるアルヴィスと同じ立場だ。エリナが知るかぎりでは、ジラルドもアルヴィスも公務という仕事を多く受け持っていた。時には王都から離れることもある。仕事の内容までは知らされていないが、パーティー一つ開くだけでも準備に少なくない資金が必要とされ、それだけ時間もかかる。その資金は国庫金で、国民の税で賄われている。何度も開けるようなものではない事くらい、エリナにも理解出来ることだ。

それを月に数回行うということはどういうことなのか。ガリバースは、エリナの目の前で誇らしげに華やかな面を語っている。両国の国力に然程《さほど》大きな差はない。エリナはそう学んできた。ならば、何故《なぜ》マラーナではそこまで頻繁に行事が行われているのだろうか。

エリナは少しだけ尋ねてみることにした。

「それほどまでに行事をされている上で、国政も担っているというのは、王太子殿下も大変でございますね」

「ん？　あぁそうかもしれないが……我が国には優秀な宰相がいるからね。大抵のことは、宰相に任せればいい」

「え……？」

ガリバースの回答は、エリナの斜め上をいっていた。聞き間違いでなければ、ガリバースは宰相に全てを任せているると言っているのだ。それはガリバースが公務という仕事をこなしていないと発言しているも同義である。

「難しいことは得意ではない。適材適所という奴《やつ》だな。そういうことは、カリアンヌが得意としているのもあるから、私は見守っていることが多いな」

エリナの聞き間違いではなかった。間違いなく、ガリバースは公務を行っていない。否携わる必要さえないと思っている。これがマラーナの王太子なのか。華やかなパーティーに明け暮れ、それに必要なものが何かさえ理解していない。エリナは言葉を失った。

仮にそれが本当だとしても、王太子という地位にいながら、他国の令嬢であるエリナに話すべきことではない。ましてや、エリナはルベリアの王太子の婚約者だ。エリナからアルヴィスへと伝えられることもあり得るというのに。ここまでの全ての発言がガリバースの評価を落としている。そして一番問題なのは、ガリバースがそれに気づいていないことだろう。

「だから、エリナ。君もマラーナに嫁いでこないかい？」

「……」

「ルベリアの前王太子から酷《ひど》い仕打ちをされたことは聞いている。最早、ルベリア王族に従う必要はない。それよりも、そんなことは忘れて私の所に来るといい。不自由はさせないし、毎日お茶会をして暮らせばいいのだから」

このとき、エリナはそれでも踊り続けている己に感謝した。思考が止まりそうになっても、身体は動いてくれていたのだ。

反応を示さないエリナに気づかずに、ガリバースは話を続ける。

「覚えていないか？　私たちは昔に出会っている。確か、ジラルド殿下の誕生日だったな」

「……」

話している内容は、エリナがまだジラルドの婚約者となる前のことのようだった。マラーナから招かれたガリバースは、ジラルドの誕生日の祝いにと訪れていたエリナを見初めたのだという。その後、ジラルドの婚約者として定められたため、仕方なく身を引いたのだそうだ。

「もっと早く私が行動していれば、悲しませずに済んだというのに……すまなかったエリナ。迎えに来るのが遅くなって」

ガリバースの話振りでは、結ばれなかった恋人を迎えに来た相手のようだ。あまりにも一方的な話に、流石《さすが》のエリナも引いてしまう。ちょうど音楽も終わった。義務は果たしたはずだと、エリナはガリバースから逃げようとする。しかし、身を離しても腕を摑《つか》まれてしまう。エリナの力では、男性であるガリバースを振り切ることは出来ない。

「放してください」

「なら、私の国へ来てくれるか？」

「お断りいたします」

「婚約のことなら問題ない。エリナが求めれば、ルベリア王家は受け入れるしかないだろう？　一度、君を傷つけているのだから。安心するといい」

ガリバースの中に、断るという選択肢はない。否、ガリバースの中ではエリナがガリバースを好いていることになっているようだ。仕方なくアルヴィスと婚約しているのだと。エリナは笑みを消して、ガリバースを見据えた。

「私は、アルヴィス様をお慕いしています。たとえ政略だとしても、私が望んでここにいるのです」

「っ！」

社交辞令を消し去ったエリナの態度には、流石のガリバースも息を飲んだ。これまで令嬢らしく聞き役に回っていたのが、突然噛《か》みついてきたように見えただろう。他国の王太子相手に、やってはいけない態度だとエリナもわかっている。しかし、そのまま捨て置くことは出来なかった。

「私自身が他の殿方を望むことはありません」

「私より、彼がいいというのか？　何故だ？　彼は君を愛してなどいないだろう。だが私はエリナを愛する。それが幸せのはずだ」

女性は愛された方が幸せになれる。エリナも同じ考えをもっていた。慎《つつ》ましい女性の方が愛される。行動的な女性よりも、大人しく黙って付いてきてくれる女性を男性は好むと。

だからエリナは耐えてきた。たとえジラルドに愛されなくとも、好ましい女性であろうと。どのようなことも受け入れる女性であるべきだと。その結果が、あの婚約破棄騒動である。

彼は積極的で行動的な女性を選んだ。ただ黙って待っているだけだったエリナではなかったのだ。

「そのお考えは否定いたしません。ですが、私は待つのは止《や》めたのです。ただ待っていて後悔するのならば、悔いのないように行動をしたいと思います」

ジラルドから婚約を破棄され、エリナは自信を喪失した。これまでの自分がやっていたことが意味のないことだと言われたようで。だが、いつまでも後悔ばかりはしていられない。変わらず、エリナを王太子妃として望んでくれる王妃や国王の期待に応えるためにも。そして、騎士を捨て王族として責務を果たそうと頑張っているアルヴィスの隣にいるためにも。

「ですから、お断りいたします」

これまでの様子からみて、ガリバースは思い込みが激しい人だというのがエリナの認識であった。はっきりと言わなければ伝わらない。オブラートに包むようなやり方ではダメだと。

エリナに断られたガリバースは、見るからに焦っている様子だった。まるで断られることなど考えていなかったように。

「だ、だが……アルヴィス殿が私の所に嫁ぐように言ったなら、どうするのだ？」

この問いにエリナは、目を伏せて考えた。

ガリバースの求めるものに、アルヴィスは何と言うだろうか。アルヴィスはいつだって、自分の想いよりも相手の想いを尊重する人だ。そして、この件についても国の為《ため》にどうするべきかを考えるだろう。ルベリアとマラーナの関係を考慮して、エリナが嫁ぐ意味があるのかを。ルベリアに利がなければ、エリナが嫁ぐ意味はない。

そして、マグリアは言っていた。アルヴィスを信じろと。エリナはアルヴィスを信じている。彼がエリナのことを大切にしてくれていることも知っている。今回、アルヴィスの周囲が騒がしいことで、エリナに迷惑がかからないようにと悩んでいることも。彼が悩んだ上で出した結論があるというのなら、エリナはそれに従うだろう。

目を開けてガリバースを映し、エリナは出てきた答えを告げる。

「アルヴィス様が王太子として下された決断ならば、私はそれに従います。私は、ルベリアの貴族ですから」

「ならば、私と――」

「そこまでにしてもらえますか」

エリナを掴んでいた腕に更に力を入れようとしたガリバースの手が、横から払い除《の》けられた。

◆◆◆

カリアンヌとのダンスを終えた後、アルヴィスはテルミナとダンスを踊っていた。テルミナのテンポは少々独特で、グレイズが言っていた意味が何となくわかるような気がしていた。テルミナとのダンスは別の意味で疲れるのだと。

「あ、あれはエリナ様とどなたですか？」

そろそろダンスが終わりに近づくというところで、テルミナが指したのはエリナと共に踊っているガリバースだった。テルミナもガリバースの顔は見ているはずなのだが、脳裏からは忘れ去られているらしい。

「マラーナの王太子です」

「そういえば、あの失礼な人ですね」

テルミナは本当に直情的に話す女性だ。貴族令嬢としては珍しいタイプである。だが、ガリバースに対しては同様の感想を抱いているので、アルヴィスは苦笑するだけにとどめた。言葉に出すことは出来ないからだ。

「彼は王太子ですから、テルミナ嬢もあまり直接的な表現は控えた方がいいですよ」

「……グレイズ様には内緒にしておいてください。あの人説教が長いんです。変人だし」

王太子と子爵令嬢という関係よりは、お目付け役といった方がよさそうな関係だ。ダンスを踊っている最中、テルミナが話していたのはグレイズのことばかりだった。研究者という面をアルヴィスは噂《うわさ》程度でしか知らないが、テルミナは実際に傍《そば》にいて面倒な目にあっているらしい。

「一日中ずっとマナを放出していろと言われた時は鬼かと思いました」

「それは、厳しいですね」

一日中と言われれば、アルヴィスでも相当疲労する。それを令嬢に強要するとは苦笑いしか出ない。ルークの言う通り、研究者として対することがあれば注意した方がよさそうだ。今のところ、グレイズは皇太子という姿勢を崩していないので、問題ないのだが。

曲が終わった。テルミナをグレイズの元へと送り届けなければと、アルヴィスがその場を動いた時だった。ちょうど近い距離にいたようで、ガリバースの声が聞こえる。

「だ、だが……アルヴィス殿が私の所に嫁ぐように言ったなら、どうするのだ？」

どういう話をしているのか。その会話だけで理解する。どうやら、カリアンヌがアルヴィスにしていたようなことを、今度はガリバースがエリナに告げているらしい。

それ以上に気になったのは、ガリバースがエリナの腕を掴んでいることだ。ダンス終わりで人が動いている場とはいえ、人の目がある場所。良い状況ではない。アルヴィスは動いた。

「テルミナ嬢、少し失礼します」

「は、はい」

令嬢を一人にするのは心もとないが、エリナの状況を放っても置けない。

「アルヴィス様が王太子として下された決断ならば、私はそれに従います。私は、ルベリアの貴族ですから」

「ならば、私と――」

「そこまでにしてもらえますか」

ガリバースの腕を掴むと、エリナから引き剝がす。そうしてアルヴィスはエリナの前に立った。

「ガリバース殿、マラーナではどうか知りませんが……ここはルベリアです。安易に女性へ触れることは止めてください」

「それは……いや、だが」

突然のアルヴィスの登場に驚き、動揺を隠せないガリバース。アルヴィスの様子から、こちらが怒っていることは伝わったようだ。これ以上、エリナをガリバースの傍には置いておけない。

「失礼します。行こう」

「はい、アルヴィス様」

「おい、ちょっ――」

まだ何か言い募ろうとしているガリバースを無視して、アルヴィスはエリナの手を引く。そうすると、エリナはアルヴィスの後を付いてきた。

エリナを連れてテルミナの元へと戻ると、そのままグレイズのところへ送り届けた。二人になったところで、共に控室へと一旦下がる。そのままエリナをソファへと座らせた。

「あの、アルヴィス様?」

「掴まれていたところを見せてほしい」

エリナの前にアルヴィスが膝を突《つ》くと、恐る恐るといった風にエリナが腕を差し出す。その腕は少しだけ赤くなっていた。アルヴィスが止めなければ、更に力を込めていたことだろう。令嬢に対して何をしているのか。

「すまない」

「謝らないでください。これは、不可抗力ですし……私もここまでされるとは思いませんでしたから」

一国の王太子ともあろう人が他国の令嬢、しかも王太子の婚約者に対してする行いではなかった。その点はアルヴィスも予想していなかったことだ。先ほどのアルヴィスへの話といい、マラーナは何を考えているというのか。

「ガリバースは他に何か言っていたか?」

エリナに問いかけると、ガリバースが話していた内容を教えてくれた。

曰《いわ》く、ガリバースはエリナに懸想していたらしい。ジラルドの誕生日でマラーナの王族を招いたのは、一度だけだ。その時にエリナを見かけたのだろう。エリナ自身に覚えはないらしいので、一方的な思い込みのようだが。

「なるほど。それでか」

ガリバースがやけにエリナを気にしていると思ったが、彼は国の思惑などではなく自身の望みで動いていたということだ。彼の行動に納得していると、エリナが恐る恐るといった風に聞いてきた。

「アルヴィス様も、その……王女殿下に」

「あぁ」

カリアンヌからの申し出を遠回しに断った。しかし、あの時のことで気にかかっていることがある。それはカリアンヌが近づいてきた時に感じた頭痛だ。しかもあれほど痛みを感じていたものが、カリアンヌから離れテルミナと踊っている時には治っていた。今日は特に体調が悪いわけではない。ならば、あの時に起きた不調は何だったのだろうか。

一つだけ心当たりがあるとすれば、リリアンだろう。彼女が拘束された時に保持していたという瓶。あれには特殊な香が入っていたとルークから聞いている。そのリリアンが持っていた瓶にある香と同じものをカリアンヌが使っていたとするならば、ロックバード伯爵の裏にはマラーナ王国の宰相が付いている可能性もあるということになる。

切れ者と噂のマラーナ王国宰相。果たしてそのような人物が、足が付くような真似《まね》をするだろうか。リリアンは他国の令嬢だったが、カリアンヌは自国の王女だ。事が露見すれば、廃嫡程度では済まない。

考え込んでいると、そっとアルヴィスの頬に手が添えられていることに気づく。ハッとして前を見れば、不安そうな顔でエリナがアルヴィスを見ていた。

「エリナ？」

「何とお答えしたのか、お聞きしても宜《よろ》しいでしょうか？」

「答え？」

「マラーナ王女殿下からのお言葉に対して、アルヴィス様が何とおっしゃったのかと」

目を瞬いて何を言っているのかとアルヴィスは驚いていたが、言われてみれば頭の中で考えていただけでエリナに伝えていなかったことに気づく。エリナがガリバースに言われたのと同じことをカリアンヌから言われたとまで言っておきながら、その答えを告げていなかった。

「……聞かなかったことにする、と伝えた。王女にどの程度効き目があるかはわからないが、少なくとも受け入れるつもりはない」

「良かった……」

心の底からほっとしたように、エリナは安堵《あんど》の息を漏らす。そんなエリナを見て、アルヴィスは己の頬に添えられていた手を握るとそのまま身体を抱き寄せる。

「あ」

「不安にさせて悪かった」

返事の代わりとでもいうように、エリナはアルヴィスの背に手をまわした。

己の存在意義

パーティーが終わると、アルヴィスの姿は王の執務室にあった。無論、国王も一緒だ。今回のパーティーでの報告をするため、休む間もなくここに来たのだ。

黙ったまま話を聞いていた国王。一通り話が終わると座っていた椅子から立ち上がり、そのまま窓際へ立つと、アルヴィスへ背を向ける。

「帝国についてはお前の判断に任せる。して、スーベニア聖国とマラーナ王国だが」

「伯父上はその後女王から何か聞いてはいませんか?」

エリナを控室に置いてアルヴィスが会場へ戻ってきた頃には、既にシスレティアの姿は会場にはなかった。近衛《このえ》隊士に聞けば、部屋に戻ったということ。アルヴィスが席を外していた間に、何かしら動きがあってもいい。だが、国王は首を横に振った。

「来ておらぬな」

「そうですか」

静観をするつもりなのか。はたまた、別の行動を起こすつもりなのかはわからない。しかし、シスレティアがこのまま引き下がるとも思えなかった。滞在期間はまだある。その間に、アルヴィスへアクションを取ることは間違いないだろう。

「マラーナ王国がお前とエリナ嬢に話した内容については、余も許可はしない。二人の婚約は余が決めたこと。今更これにマラーナが横やりを入れるなどと、話にならん」

ルベリア王国の国主たる王が定めた婚約。これが覆ることなど通常ではあり得ない。ましてや他国の一王族がこれに異を唱えるなどと、前代未聞の話だ。ルベリア国王を非難しているにも等しい行為。恐らく、彼らはその意味を理解してはいないのだろうが。特にガリバースは。

「承知しました」

「あとは……お前が頭痛を感じたということだが、本当にマラーナ王女がやったことなのか？」

アルヴィスを襲った頭痛。その原因がカリアンヌにあるとアルヴィスは考えている。しかし、証拠はない。アルヴィス自身の体調が悪かったと相手に言われれば、それ以上の追及は出来ないだろう。しかし、あれは危険だ。アルヴィスの勘がそう言っている。

「カリアンヌ王女が扇を広げた瞬間、雲がかかったようになりました。痛みを感じて匂いを振り払ったので、確証はないのですが」

「お前のことだ。それは真実なのだろうが……今はどうすることも出来んな」

「……」

リリアンが持っていた瓶と同じものをカリアンヌが持っていたとすれば、放っておくことは出来ない。あれは一種の洗脳を引き起こすものだと聞いている。既にリリアンが持っていた瓶はこちらにあるため、同じ効能があるものを所持していることがわかれば一番手っ取り早い。そのためにはカリアンヌへと近づく必要がある。近づく必要があるならば、アルヴィスも覚悟をしなければならないということだ。腕を組むと、そっと目を閉じて考える。

「アルヴィスよ、何を考えている?」

「……まだ何も」

思考に耽《ふけ》っていた間に、国王はアルヴィスの方へと振り向いていた。その表情が険しいものとなっていることに気づき、アルヴィスは首を傾《かし》げる。

「伯父上?」

「お前は、自分の立場を理解しておるか?」

「それは、わかっています」

ルベリア王国の王太子であり、いずれは目の前の伯父の跡を継がなければならない。国を導くために尽くすことがアルヴィスに求められていること。何を当たり前のことを言っているのだろうか。だからこそ、あれを放置してはおけない。何かが起きてからでは遅いのだ。

「その様子ではわかっておらぬな」

「いえそんなことは」

突然、国王は何を言い出しているのだろうか。国王の言いたいことがわからず、アルヴィスは困惑するばかりだ。

「アルヴィス、王というのは自らが動くのではなく、人を動かすのが役目だ。ましてや罠《わな》に飛び込むような危険な真似《まね》をお前がする必要はないのだぞ」

すなわち、国王はわかっているということだ。今回の件で、アルヴィスが動こうとしていることが。それも、自らが動く形で。

「ですが伯父上、他の者が影響を受けてしまってからでは遅いはず。ならば、出来る者が行うべきではありませんか？」

「ならぬと言っておる」

それでも国王の答えは否だった。アルヴィスは納得がいかない。確かにアルヴィスの地位は王太子だ。だが、他の騎士らにカリアンヌの元へ行かせることは無謀だろう。防ぐ術《すべ》がない騎士もいるのだから。ならば、自衛の手段を持つアルヴィスが行くべきである。

「しかし――」

「アルヴィス・ルベリア・ベルフィアス」

「……っはい」

突然、国王に名前を呼ばれてアルヴィスは反射的に背筋を伸ばした。

「その名前の意味……軽んじることは許されない。お前が王太子なのは、確かに状況によるものが大きい。だが、都合が良い立場にいたからという理由だけで、お前を選んだわけではない。余も、それにラクウェルも……お前ならば任せられると判断したからだ。それを安易に考えるな」

「伯父上……」

「お前の代わりはいない。ルベリアの王太子はお前なのだから」

言い終えると国王は、そのまま執務室を出ていってしまった。アルヴィスの代わりはいない。そう国王は言った。そのようなこと言われたことがなかった。いつだってアルヴィスは誰かの代わりで、いざという時のスペアとして生きてきたのだから。

残されたアルヴィスは、拳を握りしめる。ふと、過去の記憶が甦《よみがえ》り、目を閉じた。

『それに貴方《あなた》がいなくなっても困る人はいないわよ』

ナイフを向けられながら叫ばれた言葉。この言葉をアルヴィスへ告げたのは、アルヴィスが初めて愛した女性だった。王弟の息子、公爵家の次男、それだけが己の価値だと。そしてそれを否定することは、この当時のアルヴィスには出来なかった。

『貴方がいなければ、私はこんな目に遭わなかったっ！　全部、貴方のせいよ！　貴方なんか——』

甲高い声で叫ばれたそれは今なお耳に残っている。彼女は、最期にアルヴィスがいなければよかったと言い残して、亡くなった。事実、彼女はアルヴィスの所為《せい》で巻き込まれた。アルヴィスがいなければ、彼女は今も生きていたかもしれない。

「俺の代わりはいない、か。それは違いますよ、伯父上」

アルヴィスは自嘲気味に笑う。事実そうではないと思うからだ。代わりはいる。万が一、何かあれば、ベルフィアス公爵家にいるもう一人の弟が代わりを務める。いなければいないでどうとでもなるはずだ。こんな風に考えてしまうこと自体を、国王は気にしているのかもしれないが。

「違わなくないわよ」

「っ……リティ」

突如声がしたかと思えば、いつの間にか来ていたのか後ろにリティーヌが立っていた。腰に手を当てている様子から、怒っているようだ。

「何故《なぜ》、ここにいる?」

ここは国王の執務室。父を嫌っているリティーヌが訪れるような場所ではない。偶然ということはないだろう。

案の定、リティーヌは目を泳がせた。誤魔化す理由を探しているのだろうが、もう遅い。アルヴィスはため息をついた。

「いつからだ?」

「た、立ち聞きするつもりはなかったのよ。気になっただけ」

国王の執務室の話を立ち聞きするなど、王女がすることではないだろう。いや、そもそも気配に気づかずに話をしていたアルヴィスらもアルヴィスらだが。

「そうか……それで、俺に何か用なんだろ?」

「……アルヴィス兄様」

話を聞いていた上で、わざわざ姿を見せたのだ。アルヴィスに用事がある以外にない。苦笑しながら待っていると、リティーヌはゆっくりと歩み寄ってきた。

「お兄様……失礼しますっ」

「ぐっ」

リティーヌが大きく手を振り上げたかとおもうと、そのままアルヴィスの頬を殴りつけた。平手打ちではなく、拳である。鍛練に加わったことのあるリティーヌの拳は普通の令嬢よりも硬い。踏ん張ったものの、アルヴィスは思わず膝を突《つ》いた。口の中には鉄の味が残っている。

「……」

「殴られた理由は、わかる？」

「いや」

苦笑しつつ、アルヴィスは首を横に振った。リティーヌを怒らせた理由が思い至らない。

「いつまでも馬鹿げたことを言っているからよ」

「馬鹿げたこと？」

眉を寄せるアルヴィスに、リティーヌは寂し気な表情をして俯《うつむ》いた。

「私は、少しだけアルヴィスお兄様の事情は知っているつもり。お兄様が自分を大事にしないのも、いつも周りを窺《うかが》って動いていることも」

「別に大事にしていないわけじゃない」

「してないわよ。さっきも言っていたじゃない！　代わりはいるって！」

確かに言った。だが、リティーヌも知っているはずだ。アルヴィスはそうやって生きてきたのだから。怒っているリティーヌは、アルヴィスを殴った拳を振るわせていた。

「俺は別に」

「アルヴィス兄様の代わりはいないのよ！　もうお兄様はマグリア兄様の代わりじゃない。ましてやあの馬鹿の代わりでもないの。だってそうでしょ？　近衛隊の人たちだって、侍女の皆だって……アルヴィス兄様だから力になりたいの」

顔を上げてそう訴えるリティーヌ。それは買い被《かぶ》りすぎだと思うが、アルヴィスは反論しなかった。すればリティーヌからそれ以上の言葉が返ってくる。だが、同意は出来ない。頭のどこかで、それは違うと拭いきれない考えがあるからだろう。従うのはアルヴィスが王弟の息子だからで、今は王太子となったからだと。

「その顔よ」

「え？」

「諦めたような、仕方がないというような顔。アルヴィス兄様はいつもそう。そうやって何もかも仕方がないで済ませて、自分なんかどうでもいいって顔をするの」

「そんなつもりは——」

「ないって言える？」

アルヴィスを睨《にら》みつけるリティーヌの瞳は、偽ることは許さないと言っていた。嘘《うそ》ではないが、違うと言い切れもしない。言葉に詰まるアルヴィスに、リティーヌはその場に座り込んだ。

「だから、もうそういうのは止《や》めてよ」

その場に座り込むリティーヌは、涙声になっていた。

「自分を蔑《ないがし》ろにするのはもう止めて。もっと自分を大事にしてよ！　代わりがいるだなんて言わないで！」

「……」

リティーヌの訴えに、アルヴィスは驚いていた。まさかここまでリティーヌが怒るとは思いもしなかったから。怒らせるほどひどいことを言っていたつもりもない。アルヴィスにとっては当たり前のことで、それがおかしいことだとも思っていない。それこそが、リティーヌが怒っている理由だということにアルヴィスは気が付いていなかった。

「リティ……悪かった。そこまで怒らせるつもりはなかったんだ」

「悪気がない方がもっとたちが悪いわよ！」

もう一回殴り掛かってきそうな勢いのリティーヌだ。その瞳には涙が溜《た》まっている。アルヴィスは立ち上がって彼女の傍《そば》へと行くと、目の前で膝を突いた。それを拭おうとして手を伸ばすが、すぐにその手を引っ込めた。泣かせたのは他ならぬ自分だ。これを拭う資格などない。

「すまない」

「謝ってほしいんじゃないわ。わかってほしいのよ。もう二度と、アルヴィス兄様の口から代わりなんて言葉は聞きたくないの」

嘆くリティーヌを見ながら、アルヴィスは眉を下げる。この従妹《いとこ》は変わらず、心からアルヴィスを案じてくれている。いつだってそうだった。特に幼少期は、両親よりも長い時間を共に過ごしていた幼馴染《おさなな じみ》だ。リティーヌが怒るのは、いつだって他人の為《ため》。その原因の大半がアルヴィスだった。

アルヴィスとて己を蔑ろにしているつもりはない。だが、大切だとも思っていないのもまた事実。もし、己と誰かを天秤《てんびん》にかけるならば、迷わずその誰かを選ぶ。誰かを傷つけて生きるのはもう嫌だった。誰かを傷つけるくらいならば、自分がそれを負う方がいい。ただそれだけだった。

そっとアルヴィスは己の耳飾りに触れる。これは王族の証《あかし》だ。ジラルドの代わりとなってアルヴィスはこの地位に立った。王太子という地位に。次期国王として、国を導く立場にアルヴィスは立っている。もし、アルヴィスがいなくなれば代わりにこの重荷を背負わせることになるのだ。他でもないアルヴィスの弟に。そのようなことをさせるわけにはいかない。

冷静になれば簡単なことだというのに、どうして見失っていたのだろうか。そこまで考えて、アルヴィスは苦笑する。

「本当だな……」

「？」

「馬鹿なのは俺だ。リティにも殴られて当然だろう」

何故己の責務を忘れていたのだろうか。過去に引っ張られ過ぎだ。今のアルヴィスはあの頃とは違う。もう何も出来ない子どもではない。己の価値が、その血筋だけにあるとは思わない。

「悪かった。もう誰かの代わりだなんて言わない」

「うん……」

リティーヌへと手を差し出すと、その手を摑《つか》んだリティーヌと共に立ち上がる。まだ少し瞳が赤くなっているリティーヌへとハンカチを差し出した。

「……アルヴィス兄様は、まだあの人が忘れられないの？」

「どう、かな」

両親やエドワルドでさえ知らないアルヴィスの過去を、リティーヌだけは知っていた。アルヴィスが公爵家の人間だからと近づき、利用しようとした彼女を。実際には、彼女自身も利用されていた。全てはアルヴィスを利用するために。その駒として使われたのだ。それを知った彼女は、アルヴィスを恨みながら亡くなった。

あの当時のことは、アルヴィスにとって忘れられない傷として残っている。己の立場を認識させられる事件でもあった。少し前までは、夢に出てくることも少なくなかった。今も目を閉じれば、彼女の言葉が聞こえてくるように感じる。しかし、その顔は見えない。

「言われた言葉は思い出せる。だが……もう夢に出てくることはない」

「それはエリナのお蔭《かげ》？」

「あぁ」

アルヴィスが夢で過去に囚《とら》われることが少なくなったのは、間違いなくエリナのお蔭だ。婚約者として顔を合わせてから然《さ》程《ほど》時間は経《た》っていない。だが、エリナは出会ってからずっと真《ま》っ直《す》ぐにアルヴィスを見ていてくれる。最初は、アルヴィスも政略だとして、それ以上の感情は持っていなかった。エリナの境遇に同情し、彼女を大切にしなければならないという義務に似たものだったように思う。それが無くなったのはいつからだったか。

生誕祭でアルヴィスが負傷した時、エリナはずっと傍にいた。単なる政略の相手ならば、わざわざそこまでしないだろう。エリナが好意を持ってくれていると気が付いたのは、その辺りだ。それでも気持ちを押し付けるような真似は一切してこない。たまに見せる令嬢としてではない表情や、令嬢らしい凛《りん》とした姿。どちらもアルヴィスにとっては新鮮に映った。

「アルヴィス兄様、もしかして……エリナのこと」

信じられないという表情でリティーヌはアルヴィスを見てくる。それはそうだろう。アルヴィスは避けてきたのだ。こういう感情も。女性という存在も。厄介な立場に立たされているからこそ、もう抱くことはないと思っていた。だが、アルヴィスは自覚せざるを得なかった。

ガリバースに腕を掴まれていたエリナを見て、アルヴィスは苛立《いらだ》った。触るなと、そう思ったのだ。これは独占欲だ。ガリバースから求婚されたことも気に入らなかった。嫉妬という感情を覚えることなどないと思っていたというのに。

「我ながら情けないな……今更」

「そんなことないわ。私は嬉《うれ》しい……アルヴィス兄様がそう想《おも》ってくれていることを」

過去のことを知っているリティーヌだからこその言葉なのだろう。

「どうかエリナを幸せにしてあげて。あの馬鹿が傷つけた分まで。アルヴィス兄様なら、それが出来るから。だって、エリナは本当にお兄様のことが好きなのよ」

「リティは本当にエリナのことを案じているんだな」

ジラルドの婚約者だった頃から、リティーヌとエリナは良好な関係を築いていた。だが、リティーヌはそれ以上に心配しているように見える。恐らくジラルドの姉として何も出来なかった自分を後悔しているからなのだろう。アルヴィスが言うと、当然だとリティーヌは胸を張った。

「それにね、私は思うの。一人の人を幸せに出来なければ、国という大きなものは到底出来ないって。だってそうでしょ？　人々がいてこそ国があるのだから」

「……そうだな」

リティーヌのいうことはまさしく真理だ。アルヴィスはリティーヌの言葉を強く胸に刻んだ。

その時王女は

建国祭でのリティーヌの役割は、ただただ来賓を楽しませるように会話を繋《つな》げることだった。母は側妃であるため参加せず、キアラは幼いので参加出来ない。ジラルドは廃嫡されているので論外だ。更に言うと、ジラルドの母である王妃は、既に気分が悪く下がってしまっている。そのため本来なら王妃が担う役割をするのは、リティーヌの仕事となっていた。

そんなリティーヌは、今イライラが頂点に達している。事の発端は、スーベニアの女王との会話だ。

スーベニアの女王シスレティアが、アルヴィスとエリナに絡んでいたのはリティーヌも見ていた。その時は、シスレティアの行動に不快感は抱かなかったのだ。しかし、実際に話をしてみると評価は一変した。

話題は、要約すると如何《いか》にスーベニアが崇拝している女神が凄《すご》いかである。

リティーヌは王女で継承権はない。だが、アルヴィスの従妹《いとこ》であることは周知の事実。ルベリア国内の貴族では、アルヴィスとリティーヌが親しいことは知れ渡っていることだ。どこからかシスレティアは、それを聞いたのだろう。

最終目的が、リティーヌの同意を得てアルヴィスへの説得に利用したいというのであることくらいは、馬鹿でもわかること。笑って頷《うなず》いているのは、ただの社交辞令だ。シスレティアの在位期間は短くはない。その程度は理解しているだろう。ならばリティーヌに話をすることで得るものは何か。思案するが、リティーヌには考え付かなかった。

長いシスレティアからの話が終わり、他の来賓たちへの挨拶を終えると皆各自でパーティーを楽しみ始めた。一通りの仕事は終わりと考えていいだろう。近くの近衛《このえ》に声を掛け、リティーヌは頼りになる叔父の元へと向かった。

「ラクウェル叔父様」

「リティーヌ、どうかしたのか？」

先ほどまで国王と共にいたラクウェルは、別の貴族と談笑をしているところだった。共にいた貴族へにっこりと微笑《ほほえ》むと、別のところへと移動してしまう。気を遣ってくれたらしい。リティーヌは心の中でお礼を言った。

「叔父様に少しご相談があるのですが」

「相談？」

眉を寄せるラクウェルに、リティーヌは周りを見て聞かれることのない程度の声の大きさに抑えて、シスレティアとのことを話した。すると、ラクウェルは深く息を吐く。それはまるで呆《あき》れているようだった。

「叔父様？」

「……スーベニア女王が、その奥に何を抱えているのか見せることはないだろう。リティーヌが不快だと感じたのも、無論理解しているはずだ」

交渉の場になれている女王が、その程度のことに気が付かないわけがないという。言われてみれば当然のことだ。

「では何故《なぜ》……」

「さぁな。そこまでは私にもわからん。ただ……」

「ただ？」

話ながらラクウェルは、視線をリティーヌから外した。リティーヌは、その視線の先を追う。視線の先にいたのは、アルヴィスだ。

「スーベニアにとって、女神というのはかなり重要度が高いということだ。あいつを知るために、探りを入れているのかもしれん」

「探り、ですか……」

どのような手を使えばスーベニアにとって良い状況にもっていけるかを模索している。ラクウェルが話しているのは、そういうことだ。ならば、例の婚約話も断られたとしても、スーベニアにとっては問題視することではないということなのだろうか。

スーベニア聖国は、宗教国家。元々、宗教とは人々の拠《よ》り所《どころ》の一つでしかない。ルベリアをはじめとした国々は、儀式的な場合でしか聖堂を利用することはないのだ。意図的に政と絡めることを避けているからだろう。

しかし、スーベニアはその逆だ。宗教と密接に関わっている国。主君である女王よりも、神々を重視している。その宗教自体は、ルベリアも信仰している人々が多いので無視することは出来ない。

スーベニアへの対応は、慎重に成らざるを得なかった。

帝王学こそ学んでいないものの、リティーヌにもそれくらいは理解出来る。そして、アルヴィスが女神と契約したことを内心では良く思っていないことも、リティーヌは知っていた。周囲の国々が騒いでいる理由が、女神の力にあることで更に拍車をかけていることも。

「為政者としては、些《いささ》か背負いすぎる子だからな」

「……そうしたのは、叔父様たちじゃないですか」

予想以上に低い声が出てしまった。ラクウェルが頼りになるのは本当だ。リティーヌの実の父よりも。しかし、一つだけ納得していないことがあった。それがアルヴィスとのことだ。

ベルフィアス公爵の家庭事情は簡単ではない。特に、長兄のマグリアについては。その煽《あお》りを受けたのが、次男のアルヴィスだ。リティーヌでさえ、寂しいと感じた。当の本人はそれ以上だったことだろう。幼少期の経験は、そう簡単になくならないものだ。少なくとも、今のアルヴィスの考え方を形成したのは、ベルフィアス公爵家にある。他人事《ひとごと》のように仕方ないと話してほしい内容ではなかった。

そんなリティーヌの様子に、ラクウェルは口元を緩ませていた。

「リティーヌは、あの子のことを本当にわかっているな」

「少なくとも、小さい頃の過ごした時間は叔父様より多いですから」

年齢が近い従兄妹《いとこ》同士。長兄であるマグリアとはそれほど遊んだ記憶はないが、アルヴィスとは幼い頃は特に一緒にいる時間が多かったように思う。それが叔父の意図なのか、国王の意図なのかはわからないが。リティーヌ自身は感謝していた。アルヴィスがいたことで、リティーヌは一人じゃなかったのだから。だが、それとこれとは話が別だ。

「耳が痛いことだ。私も、それについては後悔している」

「当然です」

むしろ後悔してもらわなければ意味がない。アルヴィスにも謝ってほしいくらいだが、当人は気にもしていないだろう。いや、それが当然だと考えている節さえある。これはこれで厄介な問題だった。

「兄上も、後悔していると思う。リティーヌと向き合ってこなかったことを。ジラルドの件からね」

「今更です」

後悔されてもリティーヌが国王に求めることは何もない。せめて、キアラには父親らしいことをしてほしいと望むだけだ。

パーティーが終わり、リティーヌはスーベニアとのことが頭から抜けず、途中で見かけたアルヴィスの背を追った。父親の執務室に入るのを見て嫌悪感が過《よぎ》ったが、中に入る時のアルヴィスの表情が気になり、してはいけないことだと理解しつつ執務室の扉をそっと開けて中の様子を覗《のぞ》き見るのだった。

◆◆◆

翌日、アルヴィスの姿は己の執務室にあった。書類を見直していたのだ。その対象は、スーベニアとマラーナのものである。

「アルヴィス様、確認済みのものを今更見てどうするのですか？」

「ちょっと、な」

「アルヴィス様？」

目の前にあるものは、全て事前に確認したものばかり。知っていることばかりを確認して意味があるのかと、エドワルドは言っているのだろう。

そんなエドワルドに、アルヴィスは苦笑する。

「……俺には、本当の意味で背負う覚悟を知らなかった。足りなかったらしい」

「え？」

「たまたま都合の良いところにいたからここにいるのだと、心のどこかで考えていた。代わりなどいくらでもいると」

「そのようなことはありません！　代わりなどと仰《おっしゃ》るのはお止《や》めください！　アルヴィス様は決して誰かの代わりなどではございません」

リティーヌと同じく、エドワルドもこの言葉に反応をする。失言だったとは思ったが、既に遅い。どうやら、アルヴィスは無意識で言うほどに己を代わりだとしか思っていなかったようだ。

「悪い」

「いえ、私も声を張り上げて申し訳ありません。ですが――」

「わかっている。もうそんなことは言わない。リティと約束したからな」

昨日のリティーヌに殴られたことを伝えると、エドワルドは慌てて駆け寄りアルヴィスの頬を確認するように手を伸ばした。既に治癒はしたし、殴られた跡は残っていない。残っていたとしてもアルヴィスは構わなかったのだが、流石《さすが》に他国の来賓が滞在している中で顔に跡が残っているのはまずい。

「王女殿下がお怒りになるということは、アルヴィス様に非があるのでしょうが、くれぐれもお気を付けください」

「お前はいつもリティの味方だな」

「日頃の行いかと思います」

即答する侍従にアルヴィスは笑いを漏らすと、書類を机の上に置く。そしてアルヴィスは自分の掌《てのひら》に目を落とした。

「エド」

「何ですか？」

「俺に、出来ると思うか？」

何をとはいわなかった。だが、それでもエドワルドは理解したらしい。

「……常に周りを思ってきたアルヴィス様に、出来ないわけがありません。アルヴィス様ならば、この国を立派に導いてくださると信じております」

当たり前のことのように答えたエドワルドに、思わず顔を上げた。ただただ真剣な表情でアルヴィスを見返しているエドワルドには、少しの迷いも見受けられない。

「そうか」

「そうです」

「……お前に言われると、少し安心するよ」

エドワルドは侍従として、アルヴィスが学園を卒業するまで一番傍《そば》にいた人間だ。リティーヌを除いてではあるが、親よりも共に過ごした時間は長い。エドワルドにとってアルヴィスは主人だが、アルヴィスから見ればもう一人の幼馴染《おさなじみ》であり兄でもある人だった。

エドワルドはアルヴィスに偽りを告げない。昔、公爵家から言うべきでないと指示されたこともあったが、指示を受けたと正直にアルヴィスに話したくらいだ。

アルヴィスは立ち上がると、数枚の手紙をエドワルドへと渡す。

「これを渡してきてほしい。出来るだけ早く」

「こちらは帝国の皇太子殿下へですが、あとの方々は？」

エドワルドに渡した手紙はグレイズ宛のもの。それ以外は今回建国祭で招いた一部の来賓へのものだ。

「グレイズ殿と俺の考えは同じ。情報は共有しておいた方がいいだろう」

「アルヴィス様」

少しの戸惑いを持ったエドワルド。アルヴィスは真剣な表情で彼を見る。

「俺には足りないものが沢山ある」

覚悟だけではない。王弟の息子だったとはいえ、アルヴィスは元々公爵家の次男だった。国内もそうだが、国外にも人脈は少ない。王族に戻されて一年も経《た》っていない状況では仕方ない部分もある。だが、今ルベリアには来賓として招いた他国の重鎮たちが滞在している。今後のために縁を結んでおく良い機会でもあるのだ。これを逃す手はない。

「それに……関わりたいと言われたが、これ以上巻き込まずに済むならばそれに越したことはないだろうからな」

「それはリトアード公爵令嬢様のこと、ですか？」

「そうだ」

間髪いれずに答える。エドワルドは少しだけ目を見張る様子をみせたが、次には微笑んでいた。まるで良かったと告げるように。そして腰を折った。

「わかりました。早急に対応します」

「頼む」

「お任せください」

颯爽《さっそう》と出ていくエドワルドを見送り、アルヴィスは再び腰を下ろした。そうして服の中に仕舞っていた手紙を取り出す。宛先は、アルヴィスの名前。差出人は、カリアンヌの名が記されていた。

「さて、どうするか……」

今回のお茶会の誘いに乗れば、何かを仕掛けてくることは間違いない。アルヴィスを害するような真似《まね》はしないとは思うが、例の頭痛のこともある。カリアンヌの元へ向かうには不安要素が多い。かといって、これを断ることも簡単には出来ない。相手は来賓で、一国の王女。形式に乗っ取った形であれば、ルベリア王太子としては受けるべきだ。

「ウォズ」

『神子《みこ》、どうした？』

アルヴィスが名を呼ぶと、ウォズが小さい体軀《たいく》で現れた。そのままアルヴィスの肩の上に乗る。この大きさの時はここが定位置らしい。

「一つ頼みたいことがある」

ウォズの姿はアルヴィス以外には見えなくすることも可能だという。お茶会に護衛を連れてはいくが、万が一に備えてだ。現状、マラーナ陣営を信用することも出来ない。その点、姿が見えないウォズならば見られずにアルヴィスの傍にいることが出来る。

「頼めるか？」

『神子の守りというならば無論構わぬ』

「助かる」

国王も難色を示すだろうが、あちらからの招待ということならば許可せざるを得ない。カリアンヌも敢《あ》えて拒否出来ない状況を作って招待を出してきたのだから。

昼食を取った後、アルヴィスはディンを伴い客室のある一画へと向かった。来賓たちの滞在用として、いくつもの区画に分けられた場所。その中の一つ、マラーナ王族に用意されたところで事前に知らせを受けていた侍女が立っていた。この侍女はルベリアの者だ。アルヴィスの姿を見て、深々と頭を下げる。

「お待ちしておりました、アルヴィス殿下」

「あぁ。カリアンヌ王女は？」

「中で殿下を迎える準備をしておりますとのことです。マラーナなりのおもてなしをすると仰って、私たちは外にと」

カリアンヌ自身も侍女は連れてきている。ルベリア側の侍女は、橋渡しをするのが主な役割。実際の身の回りのことは、連れてきた侍女たちがする。故にいなくとも不都合はないのだが、わざわざ部屋から出す必要もない。しかし、相手は来賓だ。従うのが、侍女の仕事である。

「わかった。取り次ぎを頼めるか？」

「はい。ご案内いたします」

部屋の位置は知っているが、アルヴィスが扉を開けるわけにはいかない。侍女の後に付く形で部屋の前までくると、アルヴィスはディンに目配せをした。ディンも頷くことで、返事をする。

侍女がノックをして伺いを立てると、声はすぐに返ってきた。ガチャリと開けられた扉からは、女性が一人出てくる。見覚えがないので、ルベリアではなくマラーナの者だろう。似たような侍女の格好をしているので、カリアンヌの侍女かもしれない。彼女はその場で腰を折ると、丁寧に頭を下げてきた。

「マラーナの者か？」

「はい、王女殿下の侍女をしております、ナダラと申します」

声をかければ、頭を下げたまま答えが返ってくる。アルヴィスが頭を上げるように告げると、ゆっくりとナダラが顔を上げた。

「中へ、ご案内いたします」

「わかった」

ナダラの後に続こうとすると、困ったように足を止めた。アルヴィスがジッと見ていると、困惑したように視線をさ迷わせる。やがて俯《うつむ》くと、恐る恐るといった風に口を開いた。

「あの……一つだけ殿下から頂いているお願いがあるのですが……」

「何だ？」

「……王女殿下は、王太子殿下とお二人でお話をしたいと申しておりましてっ」

ナダラがそう言うと、ディンがナダラを睨《にら》み付ける。視線を受けたナダラは、肩を震わせた。

親密な関係でもない男女が、部屋で二人きりになることは常識的に考えてあり得ない。ましてや、マラーナに良い噂《うわさ》は聞かないのだ。そんな中、護衛を置くなというのは無礼にも程がある。ディンの鋭い視線が弱められることはなく、ナダラは段々と青ざめてきていた。

カリアンヌの希望を受け入れるか否か。アルヴィスは考えるように黙った。何か仕掛けてくるとは思ったが、護衛を招くことさえ拒否するとは。これでは何かあると言っているようなものだ。

周囲に沈黙が広がる中、アルヴィスは静かに口を開く。

「……わかった」

「アルヴィス殿下っ！」

アルヴィスが受諾したことで、ディンは声を荒げる。当然の反応だろう。

「今回だけだ。二度はない。それに、ここにいる」

ディンはウォズの姿を一度だけ見ている。肩を指させば、目を見開いた。

「ですが、だとしてもっ――」

「ディンはここに。変化があれば、多少の無粋は許可する」

「……」

無粋は許可する。ある程度の荒事、つまり武力行使をしても構わないとアルヴィスは言っているのだ。

「それに……彼女を責めても、考えは変わらなさそうだからな」

それでも納得していないディンに、アルヴィスは苦笑する。しかし、ここで頑《かたく》なに拒否していては王女一人を恐れている臆病者だ。己一人が悪く言われる程度は構わないが、アルヴィスの評価はそのまま国へと繋がる。ルベリアが馬鹿にされるわけにはいかない。

「ディン」

もう一度強く名前を呼ぶと、ディンは深く息を吐き出す。その表情には、不満だというのがありありと現れていた。少なくない時間を過ごした関係なので、ここでアルヴィスが退《ひ》くことはないということもディンはわかっているのだろう。

「……わかりました。ここは、従います」

「助かる」

渋々下がるディンの肩に軽く触れると、アルヴィスはナダラに頷く。

「これでいいか？」

「……寛大なお心に感謝いたします。ありがとうございます、アルヴィス王太子殿下」

本来ならば簡単に許可が下りるようなことではないこと、ナダラも理解しているのかもしれない。

案内してくれた侍女とディンを残し、アルヴィスは部屋の中へと入る。カリアンヌが待っているのは、奥にある部屋だ。ナダラが扉を開けると、仄《ほの》かに甘い匂いが鼻を擽《くすぐ》った。

「っ」

この匂い。やはりあの時の扇からしたものと同じだ。アルヴィスは表情を辛うじて保つと、笑みを貼り付ける。

「お待ちしておりましたわ、アルヴィス殿下」

「……招待ありがとうございます、カリアンヌ王女」

薄い桃色のドレスを纏《まと》ったカリアンヌは、裾を持ち上げて挨拶をしてくる。合わせて、胸元に手を当ててアルヴィスも挨拶を返した。

「カリアンヌ王女」

「はい」

「このようなことは、今回だけにしてください」

「このようなこととは何のことを仰っておられます？」

頬に手を当てて首を傾《かし》げるその様子は、見る人が見れば可愛《かわい》らしく映るだろう。だが、アルヴィスにはわざとらしい仕草にしか見えなかった。

カリアンヌは、己の容姿を理解している。全て計算した上で、行っていることだと考えるべきだ。

「私と二人でと、侍女に指示をしたことです」

「まぁ、そんなことお願いしていませんわ。ナダラ、貴女《あなた》が殿下にお願いしたの？」

「え……は、い。差し出がましいことをして、申し訳ありません」

案内してくれたナダラは、カリアンヌへ頭を下げる。チラリと視線を動かせば、お腹《なか》辺りにある両手は震えていた。カリアンヌは、ナダラが勝手にしたことだと言っている。ここで二人だけにしたのは侍女の所為《せい》だと。己に責任はないと言っているのだろう。

「全く仕方のない人ね。……申し訳ありません、アルヴィス殿下。ナダラは、私の想《おも》いを知っていたので良かれと気を利かせてくれたのでしょう。どうか、私に免じて許していただけませんか？」

「……ナダラ殿を責めるつもりはありません」

どこか芝居がかったようなカリアンヌ。これも全て彼女の指示なのだろう。元よりナダラに対しては、何も思うところはない。更にカリアンヌが王女として、侍女の不手際を謝罪している。アルヴィスがこれを受け入れることも無論想定済みに違いない。

「お噂通り、お優しい人なのですね。ありがとうございます。ナダラ、もういいわ。下がってい て」

「は、はい。失礼、いたします」

別の侍女に連れられて、ナダラは下がっていく。ここで、他の侍女たちも全員いなくなった。即《すなわ》ち、カリアンヌとアルヴィスだけが部屋に残されることになる。

「さぁ、せっかく来てくださったのです。まずは、お茶にしましょう。どうぞ、お座りください」

「……失礼します」

カリアンヌに促され、アルヴィスは用意された椅子へと座った。

手際よく用意される紅茶。手慣れている様子から、カリアンヌは日ごろから紅茶を嗜《たしな》んでいるのがよくわかる。アルヴィスの目の前にカップを置くと、向かい合う形でカリアンヌが座った。優雅にカップを手に取ると、そのまま口に含む。

その様子を見ていると、カリアンヌと視線が合う。にっこりと微笑むカリアンヌは、紅茶には何も含んでいないと示している様だった。

「我が国から持ってきた茶葉を使っているのですよ。どうぞ、召し上がってください」

「……」

しかし、アルヴィスはカップに手を触れることはなかった。じっと、カリアンヌを見ているだけだ。

「アルヴィス殿下?」

「ご招待にあずかりはしましたが、お茶を楽しむつもりはありません」

こうしている間にも、匂いは増してきている。鈍痛がするのを耐えながら、アルヴィスは意識をカリアンヌから逸《そ》らさない。でなければ、意識が持っていかれそうになるからだ。

「……何を、仰りたいのです？」

カップを持つ手が止まる。笑みを崩さないのは流石といえるだろう。

「昨日の今日です。……何か含みがあると取られても、仕方ないのでは、ありませんか？」

「そうでしょうか。もっとお互いを知れば、考えも変わりますわ。ここには私たちしかいませんしね」

笑みを消し、カリアンヌは視線をカップに落とした。その時、何か空気がピリッと変わるような気配を感じ、アルヴィスは反射的にマナで全身を覆う。

「出来ればアルヴィス殿下自身の意志で、私を求めてほしいのですよ。人の意志というは脆《もろ》いものですわ」

「痛っ」

部屋の中に入った時に感じた甘い匂いが更に増し、頭が激しく痛む。その中心はカリアンヌだ。口元に笑みを浮かべながらカリアンヌは立ち上がった。その足でアルヴィスの前に来ると、アルヴィスの右手を取る。

「塗り替えて差し上げます。その想いを」

「……」

「偽りの記憶の中で、私に焦がれてくださいな……きゃっ」

顔を近づけて来ようとするカリアンヌ。その瞬間、アルヴィスの肩からウォズがカリアンヌ目掛けてとびかかった。そのまま休軀を戻すと、カリアンヌに覆いかぶさる。

「な、何なの！　どこから魔物が」

『愚か者が……』

「ディンっ！」

アルヴィスは痛みを堪《こら》えて大声を出し、溜《た》めたマナを放って閉じられた扉を破壊した。それを合図に、剣を手にしたディンが部屋の中へと入ってくる。他にも数人の近衛隊士が集っていた。ディンがアルヴィスの元へ駆け寄ってくると、他の近衛隊士がカリアンヌを拘束する。近衛隊士が近づいた時点でウォズはその姿のままアルヴィスの元へと戻ってくる。

『神子、無事か』

「あ、あぁ……」

ウォズは表情こそ変わらないが、その声色はアルヴィスを案じているものだった。痛みを堪えながら、アルヴィスはウォズの頭を撫《な》でる。

すると、カリアンヌは声を荒げ抵抗した。

「無礼ですわよっ！　来賓である私の部屋に押し入るなど、ルベリアは無礼者の集りなのですかっ！」

近衛隊士に拘束されながらも抵抗を続けているカリアンヌに、アルヴィスは冷たい視線を送った。

「今、ここにいる貴女は来賓ではありません。少なくとも、あの薬を使った時点で」

「私は、マラーナの王女なのよ！」

尚《なお》も叫ぶカリアンヌ。それをアルヴィスは無視して、己の前に用意されたカップを視《み》た。中からは、紅茶にはあるはずのない成分が混ざっているのがわかる。カリアンヌのカップも念のため確認するが、そちらにはみられなかった。

「少し成分は違うが、リリアンが持っていたものと似ている。カリアンヌ王女、貴女はこれを一体どこで？」

「っ……な、んで」

何故わかるのか。驚きに満ちた表情は、毒を盛ったと認めているようなものだ。しかし、重要なのはどこからこれを入手したかである。心当たりは一つしかない。

「宰相殿、ですか？」

「し、知らないわっ」

先ほどまでのお淑《しと》やかな様相とは違う姿。これが本当のカリアンヌの姿ということなのだろう。宰相の名を出せば、その表情が変わったところを見るに、宰相が関わっていることは確実だ。

「偽りの記憶の中で、でしたか……これがどのようなものなのかも知っていたということですね」

「そんなこと言っておりませんわ！　私にこのようなことをして、ただで済むと思っておりますの？　マラーナを敵に回しますのよ！」

カリアンヌは、己の行ったことは認めないと叫ぶ。薬を使ったかどうかは調べれば直《す》ぐに解《わか》る。

アルヴィスでなくとも、成分程度調べることは騎士団にも出来ること。既に近衛隊士がカップを回収していった。カリアンヌが認めなくとも、その事実は明らかになる。この場合、責められるのはマラーナ王国であり、ルベリア王国ではない。

「確かに、マラーナは友好国。だが、万が一敵となったとしても、ルベリアには勝てない」

「そんなことありません！　マラーナを侮辱することは、いかにアルヴィス殿下と雖《いえど》も許しませんわよ！」

キッとアルヴィスを睨みつけてはいるが、カリアンヌに睨まれたところでアルヴィスは動じることはない。

「そうではありませんよ。……だからこそ、宰相殿は王女を私にけしかけたのでしょう？」

「何を、仰っておりますの……？」

ガリバースよりは有能だとは思うが、マラーナ王国の実情をカリアンヌは理解していないようだ。だが、敢えて教える必要もない。

「わからなくても構いませんよ。ですが、貴女の身柄は一時監視下に置かせてもらいます」

それだけを告げて、ディンに支えられながらアルヴィスは部屋を後にした。

他国の王族では、牢《ろう》に入れることも出来ない。目の届く場所にいてもらうのが、一番良い。そのままカリアンヌの部屋を移動させ、騎士団の女性団員が監視することにした。今は大人しくしていると、騎士団から報告を受けている。

そして、アルヴィス本人はというと執務室のソファの上で横になっていた。

「大丈夫ですか？」

「何とか、な」

ディンが、冷やしたタオルをアルヴィスの額の上に乗せる。

あの部屋に充満していた甘い匂い。それは、リリアンが持っていた薬を気化させたものだった。匂いを嗅ぐことで、判断力を鈍らせる代物だ。出来るだけ吸い込まないようにと、マナで幕を張っていたが、それでも影響はゼロではなかった。頭痛に加えて酔いが回ったかのような怠《だる》さが残ってしまったのだ。

念のため特師医に見てもらったところ、暫《しばら》くは横になって休むようにと言われた。あまりに酷《ひど》いようならば、薬を処方するとも。今日一日様子を見て、改善されなければそうするしかないだろう。まだ建国祭の最中だ。明日も予定がある以上、休んでいるわけにもいかない。

『神子』

「どうしたウォズ？」

『あれを始末せずとも良かったのか？』

あれとは、カリアンヌのことだろう。流石に、他国の王女を手にかけることは出来ない。と言っても、ウォズには理解出来ないだろうが。

「あぁ。それよりさっきは助かった」

『神子が待てと言ったから待ったが……よくわからぬ』

実はあの部屋に入り、アルヴィスが違和感を抱いた時からウォズは苛立《いらだ》っていた。契約者だからなのか、アルヴィスが不快に感じているのはウォズへも伝わっていたらしい。今にも飛び掛かりそうなウォズを抑えたのは、他ならぬアルヴィス自身だ。カリアンヌが関わっているという、確実な証拠が欲しかったためである。

「アルヴィス殿下、その彼は今そちらにいるのですか？」

「あぁ、ここにいる」

アルヴィスの頭の傍で鎮座しているのがウォズだ。だがウォズの声はアルヴィスにしか聞こえない。そして今は姿を消していた。そのためディンからすれば、アルヴィスが一人で話しているようにしか見えないということだ。

「そうですか……では、彼に近衛隊士を代表して感謝をお伝えしたいと思います」

『神子を守るのは、我の役目でもある。当然のこと』

ディンの声はウォズに届いている。この場合、アルヴィスがウォズの声を届けるべきなのだろうが、二人の話題はアルヴィスのことだ。中々に伝えにくい。相手がディンでなく、レックスであれば間違いなく通訳を頼まれただろう。この時は、今傍にいるのがディンで良かったと思った。

「王女の件については、既に隊長と陛下へはお伝えしております。今日は、もうお部屋でお休みなられるのが宜《よろ》しいかと思いますが」

執務室にいても休んでいるだけならば、ソファでなくちゃんとベッドで休めというのだろう。だが、今の状態では自室まで向かうのも辛《つら》いものがある。

「殿下お一人抱えるくらい、問題ありませんが」

「……」

ディンの体格ならば細身のアルヴィスなど簡単だろうが、抱えられて部屋に戻れば侍女たちに要らぬ心配をさせるだけだ。それだけは勘弁してもらいたい。

「少し休めば大丈夫だ。その後で部屋に戻る」

「では暫《しば》しお休みください。ここには、私が控えております」

「わかった。あとは頼む」

気を張っていたこともあり、目を閉じればすぐに睡魔が襲ってくる。身を任せるように、アルヴィスはそのまま意識を落としていった。

寝息が聞こえてきたことで、ディンはアルヴィスが寝入ったことを確認する。前髪を上げて額にあるタオルを再び冷たい水に浸し、絞ったあとで額へと乗せる。熱があるわけではないが、こうすると楽になると特師医が話していた。穏やかな表情で眠っていることから、意味はあるのだろう。

「アルヴィス殿下、今回のようなことはこれで最後にしてください」

その日の夕方。アルヴィスは執務室から私室へと向かうため回廊を歩いていた。すると、前方から向かってくる令嬢に気が付く。この時間帯に城内にいる女性といえば、侍女か騎士らに限られるし、後宮にいるリティーヌらは論外だ。故に、令嬢がいること自体がないのだが一体誰だろうか。

「こんな時間に……ん？」

よく見れば紅《あか》い髪をした令嬢だった。紅い髪を持つ令嬢など、アルヴィスは一人しか知らない。

「殿下、どうかされましたか？」

「あれはもしかして」

次第に近づいてくる姿がはっきりと見えてきた。その姿を見て、アルヴィスは驚く。

「やはりエリナ、か？」

「リトアード公爵令嬢ですか？」

「あぁ」

ディンは表情こそあまり変わっていないが、その声が驚きを示していた。アルヴィスも驚いていいる。エリナの予定では、今日は友人と建国祭を楽しんでいたはずだ。明日には学園に戻ると聞いている。休息に準備と、エリナもここに来れるような時間はない。少なくとも、アルヴィスはそう思っていた。

己の前にアルヴィスがいることに気が付いたのか、エリナが頭を下げるのが見えた。共にいるのは、公爵家の者と近衛隊だ。一人ではないことに安堵《あんど》しながら、歩調を少し速めてエリナへと近づく。

「アルヴィス様！」

「エリナ、何故君がここに？　友人と祭りを楽しんでいたんじゃなかったのか？」

「はい、楽しんできました。ですが……その」

「どうした？　何かあったのか？」

楽しんでいたと話す割には、表情が曇っていた。もしや、何かに巻き込まれたのかとアルヴィスに不安が過る。考えられるパターンを幾つか割り出す。見たところ怪我《けが》をしているようには見えない。であれば、誰かに嫌な思いでもさせられたのか。

そのことを想像してアルヴィスは眉を寄せた。

「いえ、あのそうではなくて……申し訳ありません。お忙しいことはわかっていたのですが、アルヴィス様にお渡ししたいものがありまして」

「……え」

エリナは恐る恐るといった風に、カバンから取り出す。そして、取り出した包みを両手で差し出してきた。エリナの両手よりも少し大きなそれは棒だ。

この場は回廊なので、アルヴィスはひとまずエリナを私室へと連れていった。誰かに見られて困るわけではないが、話をするのなら部屋の方がいい。

そうして私室に戻ってきたアルヴィスは、ティレアらにお茶の用意を頼むと、エリナと向かい合ってソファに座った。エリナへ話の続きを促せば、エリナは包みを目の前のテーブルへと置く。

「アルヴィス様、お話しされていたでしょう？　行きたい、と」

「……確かに、案内出来たらとは言ったが」

パーティーの前に話をした時、そんなことを話した記憶はある。行きたいとまでは言わなかったが。

「私も一緒に楽しみたかったですが、無理なのは理解していました。ですから、せめて何かお祭りの記念になるようなものをと思ったのです」

「記念？」

「はい」

差し出されたものは、アルヴィスへのお土産ということだろう。エリナの手より、包みを受け取る。棒のようなものの包みを開ければ、そこにあったのは黒いインクペンだった。更にペンには何かが彫られている。

「これは……今日の日付、か？」

「友人の知り合いのお店なのですが、建国祭の期間中のサービスということで刻印を彫ってもらえるんです」

通常は特別料を支払って行うサービスだが、今日だけは特別だったらしい。刻印を彫るなど、簡単に出来ることではない。その友人の知り合いだという職人は、よほどの技量を持っているのだろう。

何よりも、エリナの心が嬉《うれ》しいと思う。

「嬉しいよ。ありがとう。大事に使わせてもらう」

「はいっ」

微笑んでくれるエリナに、アルヴィスも笑みを返した。

令嬢と祭り

パーティーがあった翌日。エリナは、侯爵令嬢であるハーバラと共に侯爵家の馬車に乗っていた。

貴族令嬢が城下街を歩き回ることは、この人混みでは簡単には出来ない。護衛にも負担がかかるということで、こうして馬車の中から雰囲気を味わうのが常だった。

「こうしてエリナ様と回るのは初めてですわね」

「はい、そうですね」

学園内では親しくしているハーバラとだが、学園の外で共にいることはなく、これが初めてだ。こうして城下を見ることは、以前アルヴィスと二人で城下に降りた時以来でもある。

「祭りには、毎年参加なさっていらしたのですか？」

「回りを見るということは、していましたが……それだけでした」

家族と、ただ馬車の中から様子を見るだけ。それが、エリナが知る城下街。建国祭は、ただでさえ人が増える期間だ。王太子の婚約者という立場もあって、自らどこかに足を運んだことはない。そもそも友人とこうして街を回ること自体が、エリナは初めての経験だった。

「あの方ともですか？」

「そうですね。一度もありませんでした。昨年は、リリアンさんと来ていたそうですけれど」

公務があるからと、ジラルドはエリナを誘ってくれることはなかった。王太子なのだから万が一のこともある。エリナも特に誘われなかったことを気にすることもなかった。しかし去年、ジラルドは祭りに姿を見せていたらしい。リリアンを伴って。

リリアンの名前が出たところで、ハーバラがため息をついたのが見えた。

「あ……ごめんなさい、ハーバラ様」

「気になさらないでください。ただ、あの方への評価が更に下がっただけですから」

その言葉にエリナは困ったように笑うしか出来なかった。あの件以来、ハーバラを始めとする友人たちはジラルドの名前こそ出さないものの、非難することが増えた。いや、エリナの前では言わなかっただけで、以前からそうだったのかもしれない。エリナがジラルドを立てている姿をみて、遠慮していたということは多分にあるだろう。

「昨年は、彼も誘ってくださいませんでした。彼女と共に行くのだと……結局は、あの方にその座を取られてしまったので彼も彼女とは行けませんでしたのですが……そもそもエリナ様を一度も誘わないなど、あの方は婚約者として最低だったのだと改めて認識いたしました」

ハーバラは、毎年婚約者だった彼と祭りを楽しんでいたという。小さな頃は、平民とまではいかなくとも少し裕福な商家程度に見られるようにと身なりを代えて。成長してからは、堂々と回っていたと。護衛がいるのは当然なので、時間は限られてしまうし、歩き回るというよりは店の中などで楽しむことになる。それでも、ハーバラは十分楽しめたようだ。

話を聞いているだけで、エリナも顔が綻んでくる。それと同時に寂しくも思った。どれだけハーバラと彼が親しかったのか。それが、よく伝わってきたからだ。

そんな複雑そうな表情をするエリナに、ハーバラは首を横に振る。

「そのような顔をしないでくださいませ。今となっては少し寂しく思いますが、こうしてエリナ様とご一緒出来ることも、私にとっては嬉《うれ》しいのですから」

にっこりと笑うハーバラに、釣られるようにしてエリナも笑った。

「私も、とても嬉しいです。誘ってくださって、ありがとうございます」

「楽しみましょうね、エリナ様」

「はい」

今回はハーバラからの誘いということもあって、どこに向かうのかなどは全てハーバラに任せていた。元々、城下には詳しくないエリナ。だがそんなエリナとは違い、ハーバラは侯爵令嬢だというのに街にとても詳しかった。

立ち寄ったお店は、全て個室。案内された中には、エリナが知っているお店も含まれていた。リトアード公爵家の場合、店側から届けさせることが多いため、店の場所さえエリナは知らない。博識なハーバラの様子に、エリナは己の無知さを痛感していた。

有名な菓子店でお茶をしている中、エリナは思わず重く息を吐いてしまった。

「エリナ様?」

「……羨ましいです、ハーバラ様が」

「私が、ですか?」

「私は、この街に住んでいながらこの街のことをほとんど知りません。ですが、ハーバラ様は沢山のことを知っています」

学園では教えてもらえないこと。その一つが、今エリナが痛感していることだろう。王妃教育でも学ぶことはない。だが、同じ高位貴族令嬢であるハーバラはそれを知っている。城下町の様子もそうだが、こうして働いている人の姿を見ることとさえ、エリナはしてこなかった。

「私も……もっと知りたいと思っているのです。もっと沢山のお話が出来るように」

「それは……アルヴィス殿下と、ですか？」

「はい……」

今回の建国祭の間、公務があるアルヴィス。城下を訪れる時間はなく、エリナを案内することも出来ないと言っていた。近衛《このえ》隊が建国祭の期間中、警備として巡回を行っていることはエリナもハーバラも知っている。きっとアルヴィスも、昨年までは城下で祭りの雰囲気を感じながら、仕事をこなしていたに違いない。

しかし、今年は城下に降りることさえ出来ないのだ。だから祭りでの話をアルヴィスに伝えたい。そうは思うのだが、その土台がそもそもない。ハーバラならば、きっと昨年との違いなども含めて、お話が出来ただろう。もしかしたら、何か有意義な話も出来たかもしれない。

「今の私では、城下の様子をお伝えするには力不足で……」

「あの……エリナ様、そこまで深く考えなくてもいいと思いますわよ？」

「え」

ハーバラからの指摘に、エリナはキョトンとした表情を見せる。考えなくてもいい。では何を話せばよいのだろうか。

「考えすぎです。祭りは楽しむものですから、エリナ様が楽しかったことをそのままお伝えするのが一番ですわ」

「私が楽しかったことですか？」

ここまでで楽しかったこと。ハーバラとの食事や、お買い物。そしてお茶をしながら、お話し出来たことだ。友人と出掛ける事自体があまりなかったこともあり、どれも新鮮で楽しく感じられた。

「しかし、それではアルヴィス様は退屈ではありませんか？」

男性というのは、女性からの買い物などの話は嫌うもの。エリナの認識はそうだ。身近にいる両親を見ても、母からドレスを買ったことなどを話されても、父は相槌《あいづち》を打つだけ。楽しそうには見えなかった。

「それは私の両親も同じですわね……あ、では何か記念になるようなものをお渡ししてはどうですか？」

「それはいいかもしれませんね」

公務をこなしているアルヴィスへの贈り物。先日、アルヴィスからドレスや装飾品を贈ってもらったばかりだ。そのお礼としては遠く及ばないが、何か形になるものを贈りたい。

「私の友人に、器用な方がいるのです。確か、建国祭の間は記念にと特別なサービスを行っていたはずですわ」

手を合わせて名案だとばかりにハーバラは立ち上がった。ここからそれほど離れていないお店だという。少し興奮ぎみのハーバラに手を引かれて、エリナは少し駆け足でお店を出ることになった。そこで買ったのが、刻印入りのペン。そして、アルヴィスとお揃《そろ》いで、エリナの分も買っていたのだった。

◆◆◆

贈り物を買った経緯をエリナから聞いたアルヴィス。そのままエリナは友人と何をしてきたのかを話してくれた。アルヴィスは聞き役に徹しているが、楽しそうに話すエリナを見ているだけで十分だ。今年も城下での祭りは良い物だったらしい。昨年とは違い、この目で確認することは出来ないことだけは残念だが、こればかりはどうしようもないことだ。

アルヴィスはハッとして、窓の外を見た。少しだけのつもりが、予想より時間を越えてしまっていたようだ。既に日は沈みかけている。アルヴィスに釣られるようにエリナも窓を見上げた。

「もうこんな時間か」

「そうですね……」

時間が経《た》つのは早い。楽しいと思える時間なら尚更《なおさら》だ。

「引き留めてしまって悪かったな。屋敷まで送る」

「殿下、それは――」

傍《そば》に控えていたディンが口を挟もうとするのを、アルヴィスは目で制する。余計なことを言うなと。先ほどまでアルヴィスは執務室で眠っていた。漸《ようや》く起き上がれるようになり、部屋へと戻ってきたところだったのだ。ディンが止める理由もわかるが、エリナを一人で帰すわけにもいかない。

「いえっ、アルヴィス様はお疲れでしょうから休んでください！」

アルヴィスが立ち上がろうとするのを、エリナが言葉で制する。そしてサッと立ち上がると、エリナは頭を下げた。

「お時間を頂いてしまったのは私の方ですから。公爵家の護衛もおりますし、私ならば大丈夫です」

ここまでエリナが一人で来るわけもなく、護衛が共に同行しているのはアルヴィスとてわかっていることだ。それでも、このままエリナを帰すという選択肢はアルヴィスの中には存在していなかった。わざわざアルヴィスを訪ねてきたエリナを、婚約者として送らないわけにはいかないのだと。

アルヴィスは立ち上がって、傍にいたエドワルドやティレアらに指示を出す。

「リトアード公爵邸まで行ってくる。ディンを連れて行くから、エドは近衛に報告をしておいてくれ」

「承知しました」

指示を受けたエドワルドが颯爽《さっそう》と出て行く。

「あの、アルヴィス様？」

「ティレア、伯父上へ食後に部屋へ向かう、と伝言を頼む」

「かしこまりました」

困惑しているエリナを余所《よそ》に、アルヴィスは準備を進める。少しの時間だとしても、城の外に行くのだから報告をしないわけにはいかない。それなりに人へ知らせる必要があった。

一人で出掛けるわけでもなく、移動は馬車を使用する。行先はリトアード公爵邸で、距離的にも大したものではない。だとしても、無断で行動することが出来る立場にアルヴィスはないのだから。ディンを見れば、首を横に振っていた。彼としては止めたいのだろうが、ここでアルヴィスの不調をエリナに知らせることは、アルヴィスの意志に反すること。それがわかっているから口を閉ざしてくれているのだ。感謝をしつつ、アルヴィスは未《いま》だ困惑の中にあるエリナの手を取った。

「あ、あの私は……」

「このまま君を一人で帰すわけにはいかない。……何より、俺が君を送っていきたい」

「アルヴィス様」

「たまにはいいだろう?」

基本的にアルヴィスは城内にいる。エリナが登城してくるのが常で、いつも城内で見送っていた。婚約してからも、実は公爵邸に向かったことは一度としてないのだ。

多忙だったのは事実で、アルヴィスもそのことを考えるほどの余裕がなかった。だが、普通なら婚約者を送り届けることは義務でもある。今まで怠ってきたと言われてしまえば、アルヴィスに反論は出来ない。しかし、それ以上にアルヴィスのことを想《おも》って行動してくれたエリナと、もう少しだけ共にいたいとも思う。

エリナが乗ってきたリトアード公爵家の馬車には、連れてきた侍女らを乗せる。そしてエリナは、アルヴィスと同じ馬車に乗った。同乗者は他にいない。二人は隣同士に座っていた。

窓を覗《のぞ》けば、そろそろ暗くなってくるというのに人が多く歩いているのが見える。祭りの賑《にぎ》わいはまだ続いているということだろう。昨年のことを思い出して、アルヴィスは思わず口元を緩めた。

「懐かしいな……」

「え？」

「夜は人通りが少ないのが普通だが、この時だけは夜遅くまで賑わいを見せている。特に城に近い区画ではこの時期しか見られない姿だ」

だからこそ近衛隊や騎士団も警護に駆り出される。城内の夜勤は当たり前だが、城下町で夜遅くまで警護をするのはこの時期特有のことだ。近衛の中でも新米が任されることが多いので、昨年はアルヴィスも城下町の警護として城外に出ていた。警護という名目ではあったが、しっかりと祭りの雰囲気も楽しめる。

アルヴィスにとっては、祭りに来るのは恒例行事となっていた。学園卒業後は仕事としてではあったが、参加していたことに変わりはない。今年はアルヴィスにとっても大事な年でもあるので、城下に降りる余裕などなかった……はずだった。

「今年は諦めていた。だから、こうしてこの街の姿を見られたのはエリナのお蔭《かげ》だよ。感謝する」

「いいえ、私が勝手にしたことで……逆に突然押しかけてしまって、ご迷惑をかけてしまいました。申し訳ありません」

首を横に振るエリナは、多忙なアルヴィスに申し訳なさを感じているようだった。押しかけてきたというが、それを受け入れたのはアルヴィスだ。本当に迷惑ならば、受け入れなどしない。時間を使ってまで屋敷まで送ることなどしないのだ。どのように説明すればわかってもらえるか。

少し考えてから、アルヴィスは腰を上げてエリナとの距離を詰める。そして驚いて顔を上げたエリナの頭をそっと己の胸元にくっつけた。そのままエリナを抱きしめる。

「アルヴィス様」

「前にも言ったかもしれないが、俺は女性があまり得意ではない」

「……はい」

「だから、迷惑だと思っている相手は容赦なく突き放してきた」

学園に入ってからは、酷《ひど》いこともしてきたという自覚もある。それでもめげない女性も多かったが、アルヴィスからすれば論外だ。迷惑ならば直接迷惑だと告げる。無論、社交界では例外もあるし、適度に仮面を貼り付ける必要はあった。しかし、今この場で取り繕う必要は一切ない。

「俺は……君がリトアード公爵令嬢だから気を遣っているわけじゃない。何とも思っていない相手ならば、わざわざ時間を使ってまで、共にいたりなどしない」

「え……？」

「だから、迷惑じゃない。君が俺を想ってしてくれた行動を心から嬉しいと思っている。これは俺の本心だ」

エリナがゆっくりと顔を上げるのに合わせて、アルヴィスは腕の力を緩める。想像以上に顔が近い距離にあったためか、一瞬でエリナの顔が真っ赤に染まった。そんな様子がおかしくて、アルヴィスはそっと額に唇を寄せるのだった。

その後、アルヴィスの腕の中にいたエリナはリトアード公爵邸に到着するまで黙ったままだった。到着し、アルヴィスが先に馬車を降りてからエリナに手を差し出す。ゆっくりと重ねられた手を握れば、エリナも馬車から降りてきた。

「お帰り、エリナ。殿下も、娘を送っていただきありがとうございます」

「お、お父様」

出迎えてくれたのはリトアード公爵だった。アルヴィスはエリナの手を放さずに彼の面前に立つ。

「公爵、エリナを引き止めたのは私だ。遅くなりすまなかった」

「ア、アルヴィス様っ！」

「……」

頭を下げることはしないが、目礼をして謝罪をするアルヴィス。その様子をリトアード公爵はじっと見据えていた。視線を交わせば、逸《そ》らされることはない。威圧感を受けながらも、アルヴィスもじっと見つめ返していた。

先に視線を逸らしたのは、リトアード公爵の方だ。アルヴィスの隣にいるエリナへと視線を移動させる。

「じきに夕食の時間だ。お前は中に入っていなさい」

「お父様、その私が――」

「サラ、連れて行きなさい」

「……かしこまりました」

少しだけ強引にサラはエリナを連れて行く。繋《つな》がれていた手を放せば、そのままエリナは屋敷内へと入っていってしまった。控えていた侍女たちも下がり、この場にいるのはリトアード公爵と執事らしき男性、アルヴィスだけとなった。

「殿下」

「……何だ？」

「腹はくくれましたか？」

リトアード公爵が何を指してこのように言っているのか。詳細など言われなくてもわかった。既にアルヴィスの心は決まっている。だから、リトアード公爵への回答は一つしかない。

「あぁ」

「そうですか……ならばいいのです」

ホッとしたように表情を緩めるリトアード公爵。そこにあるのは公爵としてのものではなく、一人の父親としての顔だった。

「公爵」

「政略だとしても、娘には幸せになってもらいたい。そう願うのが父親です」

高位貴族の立場では、娘に望まぬ結婚をさせてしまうのは当たり前だ。その中においても、出来るだけ良縁を求める。それが高位貴族に生まれた令嬢の定めとも言えるだろう。王族との婚姻は、良縁には違いない。しかし、それに比例して負担も責任も大きくなる。

リトアード公爵にとってもそれは同じ。先のジラルドの件で失敗した婚約だったからこそ、次こそはと思うのは当然だ。

「背負わされたからだという意識がいつまでも抜けない男に、娘を幸せに出来るとは思えませんでしたからな」

アルヴィスの考えなどお見通しということだ。否定することも出来ず、アルヴィスはただリトアード公爵の言葉を聞いていた。

「貴族家の次男である意識はもう終わりにしてください。貴方《あなた》が、国を背負うのです。これから先、貴方が過ちを起こしたとしても、その尻拭いをしてくれる人はおりません。二度目は、ないのですから」

リトアード公爵のこの言葉に、アルヴィスは苦笑するしかなかった。同じことを言われるのは何度目だろうか。それほどに、アルヴィスの覚悟は曖昧だったということなのだろう。

王家として、同じことを繰り返されることは許されない。万が一にも、その可能性を考えるなということだ。アルヴィスの代わりをするものは、もういないのだと。

「娘にとっても同じです」

「……わかっている。私はエリナからも、そしてこの国からも……王になることからも逃げることはしない」

「それだけ聞ければ十分ですよ。貴方がその道を進む限り、我ら臣下は力を尽くすだけです」

「よろしく頼む、公爵」

「御意に」

頭を下げるリトアード公爵に頷《うなず》くと、アルヴィスは踵《きびす》を返して馬車へと戻っていった。

馬車に座ると、アルヴィスはその座席に横になる。エリナの手前、無理をしていたことは間違いない。リトアード公爵にもだ。バレてはいないだろうが、無理をしたせいで気怠《けだる》さが戻ってきたらしい。

「殿下」

「城に着くまでだ」

「承知しました」

馬車の振動を感じながら、アルヴィスは目を閉じた。

◆◆◆

一方、アルヴィスの馬車が去り行くのを見送ったリトアード公爵は、先ほどまでの厳しい目を和らげた。そしてそのまま屋敷の方へと足を向けると、後方に控えていた執事が傍に寄ってくる。

「旦那様」

「まだまだこれからだろう。だが、少なからず芯が通ったように見えた」

「左様でございますか」

王弟の息子の中でもアルヴィスは王家の血が濃い。それは生母に関係していた。アルヴィスの母であるオクヴィアスは、過去に王族が降嫁したこともある家柄だ。王弟の息子は他にもいるものの、アルヴィス以上に相応《ふさわ》しい血筋ではない。無論それが王太子となった理由ではないし、当人は全く意識していないことだろう。

アルヴィスが女神と契約を交わした時も、彼ならばあり得ない話ではないと思った。親和性が高いということは、つまりは王家の血が濃いという証拠だ。更に、アルヴィスはマナの扱いにも長《た》け、父であるラクウェル譲りなのか保有量も多い。女神の神子《みこ》とはよくいったものだと思う。

だが同時に、そのような相手に嫁がせなければならなくなったエリナには、申し訳ない気持ちもある。当初はそのつもりではなかった。王太子妃という未来が約束されていたため、王族の血筋から相応しい相手を国王が指名してきただけなのだから。

しかしそれが運命だったのか、エリナはアルヴィスを好いてしまった。婚約者を好きになることは良いことだ。想いが届くか届かないかは、アルヴィス次第だったのだが、今日の様子を見る限りでは、アルヴィスも少なからずエリナを大切にしてくれているようだ。この婚約は間違いではなかったということ。今だけは国王に感謝してもいいだろう。

「頼りない部分はある。幼少期から染みついた思考を変えることは、簡単ではないからな」

「……そうでございますね」

それでも変えてもらわねばならない。これまでの成果を見たアルヴィスへの評価は良だ。悪くはない。臣下への態度も少しずつ変化してきている。意識改革は、もうそこまで出来ていると言っていいだろう。だが、残りの部分が一番難しいのだ。

「……陛下には早めに退位してもらう方がよいのかもしれないな」

「旦那様？」

「ベルフィアス公とも相談だが、宰相も交えて即位時期については早めても構わんだろう」

国王がアルヴィスを補佐出来るうちに、据えてしまうのもいいのではないかとリトアード公爵は考えていた。アルヴィスのような性格ならば、ある程度の荒療治も功を成すはずだ。アルヴィス自身も、もう簡単に逃げることは選択しないだろう。本人からの言質も取っているのだから。

「一つ懸念することがあるとすれば、孫の顔が遠のくことだろうな」

エリナの学園卒業まではもうすぐだ。卒業すれば、エリナは王太子妃として嫁ぐことになる。王太子妃として一番に求められる仕事は、跡継ぎを産むことだ。最優先事項と言ってもいい。アルヴィスが忙しくなればなるほど、それが遠のく可能性があるのは防ぎたいことではある。

「……悩ましいことだ」

◆◆◆

その日の夜、アルヴィスは国王の私室を訪ねていた。

国王はラフな格好でアルヴィスを出迎え、二人はソファで向かい合って座る。カリアンヌの件を報告すると、国王は深くため息をついた。

「そうか……わかった。マラーナには、抗議の書状を送る」

「お願いします。必要ならば、王女から宰相の名を出させることも出来ますが」

「うむ」

此度《こたび》の件、マラーナがルベリアへ喧嘩《けんか》を吹っ掛けたことに等しい行為だ。内々で済ませていい事柄ではない。しかし、マラーナ側からすればすんなり非を認めることはないだろう。今回の件はあくまでカリアンヌ個人が仕掛けたことであると、白をきる可能性も十分にある。事実として認めてしまえば、国家としての責任を問われるからだ。

「今回については、抗議のみとする」

「伯父上？」

だが、国王の下した判断は抗議に留《とど》めるというものだった。それ以上は求めないと。

「マラーナが認めようと認めまいと構わぬ。そのようなことをしなくとも、ルベリアに真《まこと》があることはかの国々が証明してくれる。疑念を抱かせておくだけでよい」

「……わかりました」

それがルベリアとしての判断ならばアルヴィスは従うだけだ。国家間で争いをしたいわけではない。隣国として信用することは出来ないと確証が得られただけでも、今後の心構えが変わってくる。

「他に、余に報告することはないか？」

「え？」

特別何かがあるわけではない。アルヴィスが首を傾《かし》げていると、国王は深いため息をついた。

「体調は問題ないのか？　毒を吸ったのだろう？」

言い得て妙だが、確かにあれは毒の一種。リトアード公爵家から戻る馬車の中で、アルヴィスは寝てしまった。結局、ディンに抱えられて部屋へ戻ったようで、侍女たちには心配をかける羽目になった。自業自得と言われればそれまでなので、ディンを責めることは出来ない。

「今は、大分よくなりました。この後、戻り次第休みます」

国王へ報告するということで、渋々送り出してもらった。部屋に戻れば問答無用でベッドに向かわせられることだろう。

「お前は……あれほど自ら動くなといったというのに、結局はそうしてしまうのだな」

「あちらから招待を受けた以上、行かないわけにはいきませんでしたから」

カリアンヌの招待を受けて、アルヴィスは体調不良を起こした。害することにならずには済んだが、あれは危険なものには違いない。もう少し長い時間、あの匂いにさらされていたらアルヴィスとてどうなっていたかはわからないのだ。

「危険な行為をするのは、王太子の仕事ではないのだぞ」

「……肝に銘じました。それにリティに叱咤《しった》されましたから」

リティーヌに殴られたとは言わなかったが、怒らせて泣かせてしまった。そう伝えると、国王はバツが悪そうに頬を掻《か》く。

「そうか。お前もか」

「伯父上も、なのですか？」

まさか、国王へも言っていたとは思わず、アルヴィスは驚き目を見開いた。一体国王へ何を言ったというのだろうか。

「お前には、突然多くのことを押し付けてしまった。断ることも出来ない状況で、お前の意志など聞かずにな」

「……あの時は仕方のないことで」

当時のアルヴィスは近衛隊の一人、臣下だった。そうでなかったとしても、臣下の一人として従うのが当たり前だ。意志など聞く必要はない。それを申し訳なく思っているのは理解出来るが、他に選択肢はなかった。

「お前がそう言うのはわかっておる。だが、そういう状況に追い込んでおきながら何様だと、あれに言われてしまったのだ」

「リティ……」

毛嫌いしている国王にまで叱咤をしに行くとは、リティーヌにとってはそこまで我慢がならなかったということか。

「お前にも、エリナ嬢にも申し訳ないことをしたのは確か。だが、余がお前を王太子としたことを後悔はしておらん。お前が重荷に感じたとしてもだ」

重荷に感じたことがないとは言えない。突然国を背負うことになり、それを重たいと感じたのは事実だ。今でも、そう思うことがある。

「私にとって王位は遠い存在でした。考えたこともなかった。困惑したのも事実です」

「そうであろうな」

「ですが、もう逃げることはしません」

何よりも、アルヴィスを信じてくれる人たちの為《ため》にも。真《ま》っ直《す》ぐにアルヴィスを慕ってくれているエリナに応えるためにも。

「そうか。……漸く腹が決まったか」

「遅くなって申し訳ありません」

恐らくこれまでのアルヴィスのままならば、執務はこなせても大事なところで決断することは出来なかっただろう。それは王として失格だ。国を左右する大事を乗り切ることは出来ない。

「覚悟したと思っていましたが、まだまだだったようです」

「良いのだ。お前は知っているからこそ、避けていたのだ。王の責任も、国という大きな枠組みですべきことを悟っていたからこそだろう。それらはジラルドにはなかったものだ」

「伯父上……」

地位や権力を魅力的な力と捉えるものもいる。生まれた時から王太子となり、国王となる将来を約束されていたジラルドには、王は近すぎて気づくことが出来なかった。こういうものは知ろうとしなければ得ることは出来ないものだから。

「エリナ嬢とも、懇意にしているのだろう?」

「はい」

「ならばよい。これからもエリナ嬢を頼む」

「無論です」


今後の対応を二人で話していると、遅い時間になってしまっていた。窓から外を見れば、真っ暗な闇が広がっている。話し込んでいれば、時間はあっという間に過ぎてしまう。国王もアルヴィスに釣られるように窓の外を見上げた。

「本当に、時間が流れるのは早いな。月日も……あれからもうじき一年だ」

「そうですね」

あと数日で建国祭は終わる。二ヶ月後には学園での創立記念パーティーが開かれる。昨年、ジラルドが問題を起こした場だ。アルヴィスの未来が変わった日でもある。忙しく日々を過ごしていたためか、もう一年が過ぎてしまうのかと不思議に感じた。

学園の創立記念パーティーが終われば、次は学園の卒業式。エリナが学園を卒業する。それは同時に、アルヴィスとエリナの婚姻が近いことを示していた。その日はもうそこまで来ているのだ。

「それまでに、周囲は片付けておかねばならないな」

「えぇ」

アルヴィスの周囲の面倒事。これを終わらせておく必要がある。万が一にもエリナに対し危害が加えられることがあってはならないのだ。何が起きようとも、アルヴィスはエリナと共にいると決めたのだから。

「各国への繋ぎは終わっています。あとは、女王がどう動くかですが」

マラーナ王国はひとまず置いておけばいい。残るはスーベニア聖国だ。

「裏でどのように考えていようとも表向きは情に厚い国だ。去り際は心得ているだろう」

「はい」

政治的な関係で結ばれただけでも横やりをしてくるのは遺憾だが、その上相思相愛な二人を引き裂くのはスーベニア聖国にとってデメリットしかない。特にルベリアの信者からの反発は必至だ。そのような愚は起こさないだろう。それでとりあえずは諦めるはずだ。その後、何もないならそれに越したことはないのだが、可能性は低いとアルヴィスは見ていた。

明日には、また食事会が待っている。その後はお茶会だ。再び、スーベニアの女王と対面する場だ。話をするには絶好の機会でもある。この場には、リティーヌも同席する予定だ。食事会の前に、話を詰めておいた方がいいだろう。

国王に断りを入れて部屋を出ると、アルヴィスはリティーヌへと遣いを出すのだった。


翌日の朝食後。執務室にて、アルヴィスとリティーヌは向かい合って座っていた。顔を突き合わせるのは、アルヴィスがリティーヌに諫《いさ》められて以来となる。若干居心地を悪そうにしているリティーヌに対して、アルヴィスは苦笑した。

「リティ」

「この前のこと、改めて礼を言う。ありがとう」

「な、何？」

「アルヴィス兄様……」

もう気にしていないと伝わるように、アルヴィスは微笑《ほほえ》む。リティーヌは一瞬目を見開くと、居住まいを正して頭を下げた。

「わ、私の方こそぶったりして、ごめんなさい」

「謝る必要はない。悪かったのは俺だ」

過去に囚《とら》われすぎて、大事なことを忘れていた。リティーヌにとっては聞きたくもない言葉を聞かせてしまったのだから。

「それは、そうだけど……ちょっとやり過ぎたかなって」

「これでも元騎士だ。殴られることには慣れている」

剣を用いない訓練などでは、拳だけでやりとりをする。如何《いか》に女性にしては鍛えているリティーヌだとしても、アルヴィスにとっては大したことではないのだ。

「その割には、綺麗《きれい》な顔しているじゃない……」

「いつまでも跡が残っているわけがないだろう。それに、それは男に対しては誉《ほ》め言葉《ことば》じゃないからな」

この程度の怪我《けが》など直ぐに治る。尤《もっと》も、アルヴィスは公子ということもあって、顔を殴られることはあまりなかったのだが、敢《あ》えて伝える必要もない。そのこと自体には、アルヴィスも不満があるのだ。殴ってこない理由が、綺麗すぎて殴るのが怖い、だったのだから。

「ふふっ、お兄様にとっては耳タコの賛辞よね」

「賛辞じゃない……嫌みだ」

アルヴィスの顔は母親似だ。幼い頃は本当にそっくりで、少女に間違われることも数えきれないほど経験してきた。他の男性は知らないが、少なくとも女性に間違われてアルヴィスは嬉しくはない。学園に入学する前には、身長も伸びて間違われることはなくなった。今でも母親似の顔を褒められることは多い。だが、アルヴィスにとっては素直に受け入れることは出来ないものなのだ。

「女性からすれば、羨ましい限りなのに」

「俺からすれば、兄上の方が羨ましいがな」

父親に似ているマグリアのようであれば、性別を間違われることなどなかったはずである。筋肉が付きにくい体質も含めて、アルヴィスは己の身体《からだ》にはコンプレックスばかり持っていた。マグリアからすれば、アルヴィスの方が羨ましいらしいが。

「ないものねだり、ね」

「そういうことだ」

話をしているうちに、いつもの調子に戻ってきたリティーヌに安堵《あんど》し、アルヴィスはさっそく本題に入ることにした。

シスレティアとのお茶会は、二時間後。リティーヌが参加するのはアルヴィスのパートナーとしてだ。本来ならばエリナを呼んでも構わないのだが、リトアード公爵から許可が下りなかった。

「私は、王妃殿下の代わりだけれど……本当に、エリナを呼ばなくていいの？」

「まだ結婚をしたわけではない以上、エリナの保護者は父である公爵だ。彼が許可しないのならば、無理に連れて行くことは出来ない」

「まぁ、王家はリトアード公爵家に借りがあるからね」

「あぁ」

ジラルドの件でリトアード公爵家には借りがある。だとしても、こちらから命じればリトアード公爵は応じるだろう。エリナも求めに応じるはずだ。

「いずれにしても、エリナは今日には学園へ戻ることになっている。婚約者だからと、何度も学園の行事を欠席させるわけにはいかないからな」

「行事？　何かあった？」

王立学園での行事だ。王女であるリティーヌが知らないわけはないのだが、この様子だと完全に忘れているようだ。頭を抱えながら、アルヴィスは説明する。

建国祭の最初の三日間は学園も休みとなるが、その後学園では競技大会が行われるのだ。あくまで学園内だけでの大会であるため、学外から人が来ることはない。しかし、学生にとっては成績にも影響する大事な大会でもある。特に、騎士団などへの入団を希望する学生たちは。学園在籍時はアルヴィスもその一人だった。

「エリナは参加するわけではないが、王太子の婚約者であるエリナがいれば学生たちの士気もあがるだろう。優勝すれば、エリナの口から俺に伝わる可能性もあるのだから」

「そういえばそんなものがあったわね。話題にも出ないから忘れてた」

話題に出ない理由は、偏《ひとえ》に王家の人間が剣を得意としていないからだろう。その中でもリティーヌは扱える方だが、王女であるリティーヌは参加することはない。

「ジラルドも参加していたはずだが……その分じゃ、結果は知らないか」

「どうだったの？」

「……不戦敗だ」

「聞かなければよかった。ったく……まぁ、あの馬鹿の話はいいわよ。エリナが来れない理由もわかった。私が行くしかないってことも」

肩を竦《すく》めてリティーヌは頷く。あまり気乗りしないとはいえ、王妃は体調がすぐれない状態だ。代役が出来るのは、リティーヌしかいないのだから。

「最悪、俺一人でもいいが……一応、名目上はパートナー同席とあるからな」

「相手はエリナを要望していたってことよね？」

婚約者がいるのなら、その相手を連れてくるのが暗黙の了解のようなもの。十中八九そういうことだろう。

「女王をもてなすのなら王妃が役割としては妥当だが、相手が俺を指名している以上そう言うことだな」

「全く、エリナに嫌みでも言いたいわけ？」

「さぁな」

口を開けば女神の話に行きつく。世界や人々というワードを持ち込んで、己の土俵へと相手を引きずりこむ。あくまで、聖国側に優位になるようにと。

国家として世界という言葉を持ち出されては無視することは出来ない。それを手に、何かしらアルヴィスに約束事を取り付けてくるのは間違いないだろう。問題は、それが何かだ。

「女神、ね。信仰するのはいいけれど、それをアルヴィス兄様に求めるのは間違いよ」

「そうだな」

アルヴィスは己の右手へと視線を落とした。あれ以降、女神の声が聞こえることはない。これがどのような力を持っているのか、アルヴィスにもわかっていないのだ。ウォズに聞けば答えてくれるかもしれないが、人の身に過ぎたる情報は教えてくれないらしい。あとは、グレイズに聞いてみることくらいだろう。

「アルヴィス兄様？」

「悪い。何でもない」

危うく思考に耽《ふけ》りそうになる。アルヴィスは首を横に振って振り払った。わからないことを悩んでも仕方がない。今は、目の前のことを片付けるのが先なのだから。

昼食後、アルヴィスはリティーヌと共に来賓区画にある庭園へとやってきた。年に一度のガーデンパーティーが開かれる場所でもある。今回の出席者は、スーベニアからは女王シスレティア。そしてルベリアからアルヴィスとリティーヌ。この三人だ。そのため、会話がしやすいようにと円形のテーブルが用意されていた。

予定時間よりも早い到着だったので、シスレティアはまだ来ていない。リティーヌが侍女たちと準備確認をしている間、アルヴィスは周囲の警護を確認する。如何に城内とはいえ、来賓を招くのだ。何事もあってはならない。

そうこうしているうちに、ざわざわと入口がざわめく。視線を向ければ、ちょうどシスレティアが到着したところだった。

「お待たせしてしまいましたね」

「いえ、そのようなことはありません。ようこそいらっしゃいました、女王」

「うふふ。どうかよろしくお願いします、アルヴィス殿」

シスレティアはそっと右手を差し出す。その手を取り、アルヴィスは座席までエスコートするのだった。

リティーヌも着席して、いよいよお茶会が始まった。

お互いに挨拶は済ませている間柄だ。まずは他愛ない話がシスレティアとリティーヌの間で繰り広げられる。カップを手に、アルヴィスは聞き役に徹していた。そもそも、貴族同士のお茶会というのは女性同士で開かれることが多い。女性同士の方が、話が弾むからだろう。男性が招かれることがないわけではないが、少なくとも男性のみのお茶会は開かれたことはない。アルヴィスが知る範囲の中での話ではあるが。

「そういえば、リティーヌ殿はアルヴィス殿とは親しいのですか？」

「ええ。従兄妹《いとこ》でもあり、幼馴染《おさななじみ》でもありますから。身内の中では最も親しいと思いますわ」

「そうなのですか。それはそれは」

首を縦に振って笑みを深めるシスレティアをちらりと見ながら、アルヴィスは耳を傾けていた。話題が己のことであっても、下手に口を挟むことはしない。女性と話をする場合、話を振られる以外で口を開いてはいけないのだ。これは、貴族男性における暗黙の了解でもある。

「だとすれば、リティーヌ殿もアルヴィス殿と婚約する可能性はありましたのね」

「……可能性だけであれば、仰《おつしや》る通りですわ。ですが、私はエリナを家族のように思っております。エリナとお兄様がご結婚されることは、本当に嬉しく思っておりますの」

満面の笑みで話すリティーヌ。それはどこか挑戦的にも見えるものだ。事前に、エリナ関連の話が持ち掛けられた時、リティーヌは徹底抗戦をするとアルヴィスに宣言していた。

シスレティアに今のような言い回しをされると、まるでリティーヌがアルヴィスに懸想していて、エリナがいなければ婚約することが出来たといっているようなものである。従兄妹なのだからあり得る話だが、シスレティアの考えは根本が間違っている。説明をすると自国の恥をさらすようなものなので、ここで掘り返すことはしない。あくまで、エリナとアルヴィスの婚約は揺ぎ無いのだと伝えるだけで十分だ。この件に対して、ルベリア王族側からスーベニアへの協力はないのだと。

僅かに眉を寄せたシスレティアだったが、直ぐに表情を取り繕っていた。

「このように信頼されているとは、かのご令嬢はよほど優秀な令嬢なのでしょうね。次はもう少しゆっくりと会話を楽しんでみたいものです」

エリナとシスレティアの対面は、パーティーでの挨拶程度。今回もエリナを連れてこなかったことに対する、アルヴィスへの非難のつもりなのだろう。だが、これにも答えたのはリティーヌだった。

「数ヶ月後には王太子妃となりますから、そのような機会もありますわ」

挑発もいいところだ。アルヴィスはため息をつきそうになるのを堪《こら》えるのがやっとだった。

「数ヶ月後ですか……それは待ち遠しいことでしょう。ね、アルヴィス殿？」

カップを口につけようとしたところで、声をかけられアルヴィスの手は止まる。一口だけを口に含み、ゆっくりとカップを置いた。

「えぇ。私も、エリナもその日が来るのを楽しみにしています」

「お兄様だけではありませんわ。私も、妹もエリナが身内になるのが待ち遠しいのですから」

「嫁ぎ先に望まれるほど喜ばしいことは花嫁にはありません。本当に、エリナさんは幸運ですわね」

持ち上げることはすれど、本心では面白くないと思っているようだ。会話の中で、何度もエリナの話題を振ってきているのがその証拠。ならばと、アルヴィスは口を開く。

「それは違います、女王」

「えっ？」

思いがけず否定されたからなのか、シスレティアは少しばかり目を見開いていた。アルヴィスはそのまま胸に手を当てて続ける。

「幸運なのは彼女ではありません。私の方です」

「アルヴィス殿？」

「ですから、私は彼女以外と婚姻を結ぶつもりはありません」

どのようなことがあろうと、これを揺るがせるつもりはない。アルヴィスがそう宣言すると、シスレティアから笑みが消えた。

「それはどういうことでしょうか？」

それでもアルヴィスはシスレティアから視線を外さない。ここで引くわけにはいかないのだ。

「女王、貴方が望むのは私の力のみでしょう。であれば、時が来たならばこの力を世界のためにと使うことは厭《いと》いません。この身を差し出したとしても、協力しましょう。それで十分なはずではありませんか？」

「……」

スーベニアが望むものは女神の力。アルヴィス自身に価値を見出《みいだ》しているわけではない。女神の力があれば、誰でもいいのだ。それを手元に置いておきたいのだろう。女神を崇《あが》める立場として、他国にその力があるのが許せない気持ちがシスレティアの中にはあるのだと、アルヴィスは考えていた。

しかし、表面上シスレティアは世界の為だということを強調している。ならば、協力を得られる確証を得るだけで十分なのだ。

「なるほど……ここは妾《わらわ》が引くべきでしょうね」

「……」

扇を開いて口元を隠したシスレティアは、小さく呟《つぶや》く。辛うじてアルヴィスには届いたが、リティーヌには聞こえていないようだ。

「アルヴィス殿、リティーヌ殿。本日はお招きありがとうございました。楽しかったですよ」

「……お帰りになられるのでしたら送ります」

「うふふ。では、お言葉に甘えさせていただきます」

「リティ、後片付けを頼む」

「え……は、はい」

突然のお開きに戸惑っている様子のリティーヌに後を任せると伝えて、アルヴィスは立ち上がる。そのままシスレティアの前で手を差し出せば、立ち上がると共にシスレティアは腕を絡めてきた。

「女王、お手を――」

「妾は諦めが悪いのです。それに……気に入りましたわ。貴方自身のことも」

「戯れは止《や》めてください」

素早く手を振りほどき、アルヴィスは少しだけ距離を取ってシスレティアの横を歩く。相手は一国の王だ。おふざけだとしても本気だとしても、アルヴィスにとっては面倒事でしかない。出来れば今後は近づきたくないと、アルヴィスは心から思っていた。

研究者である皇太子

シスレティアとのお茶会の後、アルヴィスは王城の書庫に来ていた。

少々ストレスが溜《た》まっていたので本当は訓練所に顔を出したかったのだが、昨日の体調不良を理由に止められてしまった。執務も残ってはいるが、気を紛らわしたくて書庫で書物を漁《あさ》っていた。

「アルヴィス殿、ではありませんか？」

棚の前で立ったまま本を読んでいると棚の奥から名を呼ばれる。誰かと思えば、グレイズだ。

「グレイズ殿、何故《なぜ》ここに？」

「興味がありまして、彼に連れてきていただきました」

グレイズの後方には、近衛《このえ》隊士がアルヴィスへと頭を下げていた。見覚えのある顔だ。帝国の皇太子の傍《そば》ということで、近衛隊士も護衛に駆り出されている。その中の一人ということだろう。

「陛下も許可を出されております」

「そうか。ご苦労だな」

「はっ」

国王が許可しているのならば、アルヴィスがとやかく言うことはない。元々研究者という面を持っているグレイズ。書庫に興味を持っても不思議はなかった。

ここは王城内にいる誰もが利用出来る書庫。読まれて困る本は置いていない。国内ではここの蔵書数が一番だ。種別も充実している。既にグレイズの手には、数冊の本がある。滞在中に読むつもりなのだろう。

「アルヴィス殿もここにいるとは思いませんでした」

「今は時間が空いているので、気晴らしに来てみたのです」

時間が空いているわけではないが、気晴らしというのは嘘《うそ》ではない。グレイズもそれ以上聞いてはこなかった。

そうしているとちらほらと周りに人が集まり始めていた。立ち話をするには、帝国の皇太子と王太子の組み合わせは人目を引いてしまう。仕方ないとアルヴィスもいくつか本を手にすると、せっかくなのでとグレイズを誘って奥にある個室へと向かった。

テーブルと椅子が用意されているがそれほどの広さはない。それでも二人で話をするには十分だ。アルヴィスとグレイズが向かい合って座り、近衛隊士である護衛の彼は入口で立ち止まった。これで他の誰かに話を聞かれることはない。

「申し訳ありません。騒ぎにしたくなかったので」

「いえ、当然ですよね。我々が揃《そろ》っていれば、否が応にも注目されるのは」

世間話をしているだけであっても、興味本位に聞き耳を立てるものはいるだろう。聞かれて困ることではないにしても、少々居心地が悪いのも確かだ。

「テルミナ嬢は一緒ではないのですか？」

「あの子はこういう場所は苦手なようでしてね。それはいけないと言ってはいるのですが、どうにも苦手なようで」

「快活な令嬢のようですね」

子爵令嬢で末っ子として育ったテルミナには、まだまだ令嬢としての教育が必要だろう。将来、グレイズと共にいるというのならば尚更《なおさら》だ。エリナのように幼い頃から受けてきた令嬢とは違い、短い期間でそれを身に付けなければならない。

「アルヴィス殿にはお話ししましたが、テルミナを皇妃として立たせたいと考えているのは父です。ですが、テルミナの様子を見る限り暫《しばら》くは保留となるでしょうね」

曰《いわ》く、落ち着きがなく裏表もない人間のテルミナにとって、仮面を被《かぶ》る必要がある皇妃というのは性格的に無理があるとグレイズは話す。最低限どのような時でも笑うことが出来なければ、務まらないと。

「その点、エリナ嬢は素晴らしい令嬢でした。アルヴィス殿が羨ましいですよ」

「エリナは幼少からそのように育てられた令嬢ですから」

「……噂《うわさ》では聞いています。やはり幼い頃の環境というのは大切ということですか。先が思いやられます」

肩を落とすグレイズだが、それでもテルミナの庇護者《ひごしや》としては彼女を教育しなくてはならない。帝国の皇帝がそれを求めているのだから。テーブルに肘を付くと、グレイズは組んだ両手を額に当てた。

「出来れば研究だけをしていたいのですがね」

「グレイズ殿？」

「その点、テルミナはまだまだ非協力的というか、そもそも契約者とは何なのでしょうか？　スーベニアは拘《こだわ》りがあるようですが、彼女は多少マナが多いただの人間です。戦闘では力になるでしょうが、それ以上の恩恵があるとはとても」

グレイズが何やら呟《つぶや》き始めた。愚痴なのだろうが、これは聞き流した方が良さそうだ。アルヴィスはグレイズが収まるのを待つことにした。

「あ、そうでした。アルヴィス殿！」

「!?」

暫くボツボツと呟いていたかと思うと、グレイズは突然ガバッと顔を上げた。そのまま前のめりになり、アルヴィスへと顔を近づける。

「グレイズ殿？」

「アルヴィス殿も何かあるのでしょう？　あのテルミナにあってアルヴィス殿にないわけがありません。先日は何もないと仰《おつしや》っていましたが、それは嘘ですよね？」

確信しているとでも言いたげだ。何もないわけがない。アルヴィスの傍には、眷属《けんぞく》としてウォズが付いている。今この時も名を呼べば現れるだろう。だが、何となく知らせることが躊躇《ためら》われた。

「お願いします、アルヴィス殿。何かあるのならぜひ教えてください。私が知っていることは全てお話ししますから」

「いや、それは」

「では先にお話しします。これを見てください」

アルヴィスが断る前に、グレイズは胸ポケットに入っていた紙をアルヴィスの前に差し出した。その紙に書かれているのは全て古代語だ。今では使われていない言葉。王立学園でも読み書きとして一応は基礎を学ぶものの、それ以降は使うことがないため身に付いていない人がほとんどだ。アルヴィスは学園入学前に古代語については学んでいる。帝王学の一環として使うことが出来るレベルまで習得せざるを得なかった。それゆえにアルヴィスも紙に書いてある内容を読むことが出来る。ここまで羅列された文章を読むのは久しぶりではあるが。

「何故、古代語で書かれているのですか？」

「創世神話の原本は古代語で書かれているからです。それを読まない相手にわざわざ教えるほど、面倒なことはありませんから」

先ほどからグレイズの性格が変わったようにも見受けられるが、もしかして今の姿がグレイズの皇太子ではなく研究者としての姿なのだろうか。どちらかといえば、こちらの方が生き生きとしているように見える。

「……テルミナ嬢はマナの操作が苦手と言っていましたが、解放するのは問題ないのですか」

「えぇ。ただその解放量が馬鹿にならないもので、ある種の危険物のようなものです。武神と呼ばれるだけはありますね」

紙に書かれていたのは、テルミナのマナに対する考察である。研究した結果、わかったことはそれほど多くないのだろう。

『武神バレリアンは力のみ。故に、契約者も同じ性質を持っているのだ』

「っ!?」

声が届き、アルヴィスは慌てて後ろを振り返った。そこには、ウォズがいつもの姿で鎮座している。恐らくはグレイズにも見えていることだろう。

「な、なんですか！　魔物がどうしてここに！」

驚いたグレイズは立ち上がって、近衛隊士の元まで逃げる。近衛隊士も剣を抜き、今にも飛び掛かりそうな勢いだ。同じような光景を先日も見た気がする。あの時は、アルヴィスにとびかかってきたウォズを、ルークらが斬ろうとしていたが。

ため息をつきながらアルヴィスは立ち上がり、ウォズへと近づく。

「殿下、お下がりください！」

「問題ない。これは魔物ではないからな」

毎回説明するのも面倒だが、公にすることも出来ない。とはいえ、アルヴィスの周囲にいることが多い近衛隊には通達しておくべきだろうか。

「その姿で来るな。説明するのが面倒だ」

『ふむ。これが一番楽なのだが、致し方ない』

クルリと一回転すると、ウォズは再び小さな体軀《たいく》になる。ポンと飛び跳ねてアルヴィスの肩に乗った。

「アルヴィス殿、それは？」

「……ルシオラの眷属です」

ここまで来ては教えるしかない。知らせる必要はないと黙っていたのに、何故出てきてしまったのか。アルヴィスが呼ぶか、何かしら用がない限り姿を現さないはずなのに。

「何故きた？」

『懐かしい言葉を聞いたものでな』

「それだけか……」

思わずアルヴィスは頭を押さえた。昨日の頭痛がぶり返してきそうだ。

一方でウォズが眷属だと知ったグレイズは目の色を変える。近衛隊士の後ろにいたはずが、いつのまにかアルヴィスの目の前まで来ている。

「魔物のような姿かと思いましたが、伸縮自在とは面白い。こうしていると可愛《かわい》らしいですね」

感想はエリナと同じだった。確かに小さい姿であれば可愛らしくも見える。初めて会った時でさえ本当の姿よりは小さかったらしい。本来の大きさはどのくらいなのか。想像もつかないが、知らせなくてもいいだろう。

「素晴らしいです、アルヴィス殿。ぜひ我が国に来ていただけませんか？　他にも何かあるのでしょう？」

アルヴィスの両手を握りしめて、興奮を抑えきれないといったグレイズの様子にアルヴィスは後ずさる。だが、それでも手を放すことはない。

「いえ、私は――」

「あぁ惜しい。何故アルヴィス殿はルベリアの王太子なのでしょうか。そうでなければすぐにでも我が国に」

後ろにいる近衛隊士に助けを求めようにも、首を横に振られる。流石《さすが》に帝国の皇太子を引き離すような真似《まね》は出来ないと。手荒な真似はしたくないが、無理やり離そうとアルヴィスが動こうとした時、肩に乗っていたウォズがグレイズに向かってパンチを繰り出した。

「うぎゃ」

『鬱陶しい』

顔にウォズのパンチが当たったグレイズは、そのまま背中から倒れそうになる。焦ったアルヴィスが急ぎ身体《からだ》を支えた。

「おいっ」

『神子《みこ》も困っていただろう』

「そうだが……」

抱えたグレイズを見ると、完全に目をまわしていた。これはどうしようもない。仕方なくそのままグレイズを抱えると、アルヴィスは室内にあるソファへと横たえた。このまま放置することも出来ないし、部屋へ連れ帰るわけにもいかない。グレイズが目覚めるのを待つしかなかった。

その数十分後に目覚めたグレイズだが、ウォズのことをすっかり忘れていたのだった。

終幕

それから数日。来賓を招いたパーティーを最後に、建国祭は幕を閉じた。

問題を起こしたマラーナを除き、全員が帰国の途につくのを見送る。流石《さすが》のシスレティアも、各国要人がいる前ではアルヴィスへ近づいてくることもしなかった。これでまずは一息をつくことが出来る。問題が片付いたわけではないのだが、他国の要人が多い状況にずっと気を張っていた。近《この》衛《え》隊として培ってきた精神がそうさせていたともいえる。何事も起きずに、彼らには帰国してもらう必要があった。ルベリアで何か起きれば、全ての責任はこちらに向けられるのだから。

マラーナ王女については、マラーナ側からの返答待ちという状態だ。数日の間に使者が来ることになっていた。その内容次第でルベリアがどう動くかが決まる。だが恐らくは、宰相はカリアンヌを切り捨てるだろう。ルベリアで護衛の数を減らしたことといい、宰相は二人を捨て石にしている可能性がある。守る必要がない人物だとわざわざルベリアに知らせるかのように。ここまで自国の王族を操る意味は何なのか。マラーナ王国の宰相については、警戒を強める必要がありそうだ。

アルヴィスは執務室へ戻り、ソファへと腰を下ろした。思わず安堵《あんど》のため息が出てしまう。そこへ、タイミングよくイースラが紅茶を用意してくれた。

「ありがとう」

「大分お疲れのようでございますね」

「今回は仕方ないさ。だが、それもひと段落した」

ある意味において、今回はルベリアの次期国王としてアルヴィスを他国に披露する場でもあった。その言動を注視し、アルヴィスを見定めていたのだ。常に向けられる視線は、これまでアルヴィスが向けられてきた視線とは全く違うもの。アルヴィスが国主となるに値する人物なのかどうか。そして、今後も友好関係を続けられる相手なのかについても確認していたようにも見えた。

それも当然で、アルヴィスはこれまで他国へ顔を出したことがない。ベルフィアス公爵である父が参加していた時も、将来公爵位を継ぐ兄マグリアは顔見せのために参加したことはある。家督を継ぐことのないアルヴィスにとっては、不必要なことであった。だから他国が知っているのは、アルヴィスの名前や情報収集でわかる程度。人というのは、実際に会ってみないとわからないことの方が多い。今回の建国祭は、そういう意味合いを持っている場所だったのだ。

「あとは、年内にあの令嬢の始末をつけなくてはいけないな」

「リリアンさん、ですか？」

「あぁ。明日にでも隊長……いや、ルークのところに行く。時間を長引かせてもいいことはない」

「そう、ですね」

紅茶を口に含む。いつもよりも甘く感じるそれは、疲労を感じていたアルヴィスには美味《おい》しく感じられた。いつもは甘いものは好まないのだが、イースラが気を利かしてくれたのだろう。

「そういえば、先ほど王妃陛下付き侍女よりこれをお預かりいたしました」

「これは、絵か？」

「デザイン画でございます」

イースラから渡されたのは数枚のデザイン画。ということは、何かの衣装だということだ。再び、絵を確認すればそこに描かれていたのは、ペアになっている衣装だった。男性と女性のものだ。これが王妃から渡されたということは、考えられる答えは一つしかない。

「式のだな」

「はい。リトアード公爵夫人は、最終的には王太子殿下に決めていただきたい、とおっしゃっていたそうです。出来れば今日中にお返事を頂きたいと」

「一度も女性の衣装を選んだこともないのに、良いものが選べるとは思わないんだが」

「だとしても、アル様が選んだということが重要なのです」

「それはわかるが」

デザイン画はアルヴィスとエリナの結婚式の衣装だった。色は白が基本だが、それ以外に大きな制限はない。ふんわりとした可愛《かわい》らしいものから、スレンダーなタイプのもの。細かな装飾も違いはあるが、どれが一番いいのかなどと聞かれてもアルヴィスは迷うだけだ。

今回の建国祭で初めて女性に服を贈った。母や侍女たちの手を借りてだ。今回はそれが出来ないらしい。救いを求めるようにイースラへと視線を向けるが、彼女はにっこりと微笑《ほほえ》むだけだった。

ため息をつきながらアルヴィスはもう一度絵を見る。

エリナの容姿を思い浮かべて絵と照らし合わせてみる。どちらかといえば、エリナはふんわりとしたタイプではない。キリッとした美人系だ。ふわりと広がったものは合わない気がする。

アルヴィスなりに真剣に選んだ結果、候補は二つまで絞った。これ以上は無理だと、アルヴィスはソファに背を預ける。

「限界だ……」

「アル様にしては頑張った方だと思いますよ」

「あとは何が違うのかわからない」

絵を見比べてみても、同じようなものに見えて仕方ないのだ。二つ用意した意味もわからない。間違って同じデザイン画を用意したと言われても納得するくらいである。しかしこの発言に、イースラは頭に手を当てて首を振った。

「何だ？」

「……いいえ、アル様も男性ですから仕方ないことだと思っただけでございます。どちらもエリナ様にお似合いだと選ばれたのですよね？」

「あぁ。あとは、エリナが選べばいい」

「かしこまりました。そのようにお伝えいたします」

アルヴィスが選んだデザイン画を持つと、イースラは一礼をして部屋を出て行った。仕立て期間を考えても、悠長にしていられる時間はないということなのかもしれない。男性であるアルヴィスはともかく、女性にとっては人生において一大イベントだ。この場合、主役はアルヴィスではなくエリナだろう。王太子の結婚式なのだから、盛大にやらなくてはいけない。国家行事の一つでもある。アルヴィスにとってはそちらの方が気は重かった。

令嬢の学園行事

時間は少し前に遡る。

エリナは学園の行事に参加していた。建国祭の最中に行われる競技大会だ。学園が創立してから毎年続けられる恒例行事でもあり、己の実力を披露する場でもあった。この場には、騎士団幹部らも来ることになっており、騎士団志望の学生たちの意気込みは凄《すさ》まじい。

参加者は男女関係なく希望者を募る。トーナメント方式で行われ、そこに学年や性別の垣根はない。貴族令嬢としてマナを操ることを学んではいるものの、エリナはマナ操作が不得意だった。剣を扱うことも苦手で、唯一エリナが扱えるのは弓のみだ。それでも学年では上位に入ることはない。そのため、競技大会に参加することは初めから考えていなかった。今日も、観客席でハーバラらと共に参加者たちを見守るだけだ。

「わくわくしますわね、エリナ様」

「そうですね」

そのハーバラだが、今回は参加を見送ってエリナと共に観戦しているものの、その実力は学年上位に位置する。剣技に至っては、男子学生にも引けを取らない。見た目からは想像出来ないのだが、まさに文武両道な令嬢がハーバラだった。

「昨年は、ハーバラ様も参加されていましたけれど……今年は何故《なぜ》参加されなかったのですか？」

「……実はですね、お母様に止められてしまったのです」

「ランセル侯爵夫人が……」

昨年までは、ハーバラには婚約者がいた。ハーバラのことをよく理解してくれていた相手だったため、ランセル夫人も黙認してくれていたそうだ。しかし、婚約は白紙にされてしまった。今のハーバラは婚約者を探している状態である。その中で、競技大会などに参加して上位にでも入ってしまったら嫁入りが遠のいてしまうかもしれない。ランセル夫人は、大層心配しているようだった。

「もうすぐ一年になりますわ。あの件から」

「えぇ、そうですね」

「ですが、未《いま》だに私を含めて相手は見つかっておりません。学園を卒業しても結婚していないとなれば、行き遅れとなってしまうでしょう。それをお母様は心配しているのですわ」

男性はそれほどではないのだが、女性が十八歳でも未婚となると社交界では行き遅れというレッテルを貼られてしまう。女性にとっては不名誉なことだ。ランセル夫人の心配は当然のものだろう。

「とはいっても、正直なところ私は結婚をする気が起きませんの」

「え？」

ハーバラの発言にエリナは驚く。高位貴族の令嬢は結婚をするのが当然というのが社交界での認識だ。勿論《もちろん》、ハーバラとて理解しているはず。それをしないということは、社交界からは白い目で見られかねない。

「私は学園を卒業しても、今の仕事を続けて行きたいと考えているのです。お父様は渋い顔をしておりましたが、兄上様は賛成してくださっています。ですから、このままの私でいいと仰《おつしや》ってくださる奇特な殿方が現れるのを気長に待つつもりですわ」

「ハーバラ様」

「彼以上の人が現れてくれるなんて希望は持っていませんから、私が望むのはそれだけなのです」

そうして笑うハーバラは、少しだけ寂しそうにエリナには見えた。全て覚悟の上なのだと。その上で、ハーバラは自身が自分らしく生きていける場所に立つつもりなのだ。そこまでの想《おも》いをもっているならばエリナに出来るのは見守ることだけだろう。

「ほら、エリナ様。そろそろ始まりますわよ」

「え、えぇ」

ハーバラに促され、エリナは前を向く。

大会が行われるのは、広い競技場だ。場内を四区画にわけて、予選が行われる。正方形の盤上の上に選手が相対しているのが見えた。予選はこの盤上から相手を落とすか、気絶させるかすれば勝利となる。使用される武器は、刃が潰されているため致命傷になるような傷を負わすことは出来ない。万が一、致命傷を負わせるようなことがあればルール違反となり反則負けとされる。

審判の掛け声とともに、一斉に予選が開始された。あっという間に勝負が決まる試合もあれば、長時間戦い続ける試合もある。エリナは、ハーバラの解説を聞きながら予選を見守るのだった。

次の日、競技大会の本選が開催された。本選は、二区画にわけられて行われる。準決勝からは一試合ずつだ。

試合を観戦していると、終了後に勝者がエリナを見上げて騎士礼を取るような仕草をしてきた。その意味がわからないエリナではない。

「……言わなければならない、のでしょうか」

「次期王太子妃へのアピールですわね」

こうしたアピールをしてくるということは、将来的に近衛隊《このえ》への所属を希望しているのかもしれない。そういった配属についてエリナは関与することはないのだが、アルヴィスは違う。エリナとアルヴィスが良き仲であるならば、目に留めてくれるかもしれないという希望的観測だ。

「私にはそのような力はありませんのに」

「ですが、殿下から聞かれたらお話しされるでしょう?」

学園の卒業生でもあるアルヴィスなら、きっと興味もあるだろう。学園在籍時にはアルヴィスも大会に参加していたと聞く。

「それは、そうですけれど」

「エリナ様から名をお耳に入れていただけるだけでも、随分と違うのですよ」

全く知らない名前よりも、どこかで一度耳にした名前の方が印象には残りやすい。すなわち、そういうことだ。学園での行事とはいえ、競技大会は伝統行事。そこで上位に残った学生ということであれば、一定の評価もしてくれるはずだ。

「聞かれたら、お話しします」

「そうですわね。それがいいと思います」

「アルヴィス様なら、興味ありそうですけれど」

元近衛隊所属の騎士だったのだ。十分にあり得る話である。これはそういうものだと、割り切るしかないのかもしれない。去年までそういったことがなかったのに今年に限ってアピールがあるということは、アルヴィスとエリナの結婚式が近くなってきたことに起因しているのだろう。学園の創立祭が終わり、エリナが学園を卒業すればその日がくるのだから。

「そういえばもう半年もありませんわね、お式まで。本当、楽しみですエリナ様」

「ハーバラ様……はい、私もとても楽しみにしています」

利用されたヒロイン

騎士団の宿舎の奥。小さな部屋でリリアンは膝を抱えるようにして座っていた。牢屋《ろうや》から出て数ヶ月。リリアンは、騎士団の下働きのような仕事をさせられていた。食事はあるし、服も支給される。だが、髪はボサボサのまま。長いと邪魔になると、短く切られてしまった。これでは牢屋から出たというのに、罪人のようだ。

今日もまだ暗い時間帯から、トイレや風呂場、そして訓練所の掃除をさせられた。それが終わると、リリアンは深夜まで一人でここにいる。誰からも話しかけられず、会うこともない。地獄のようだった。リリアンに出来るのは、ただボーっとしていることだけ。そうでなければ、直《す》ぐにでも処刑される。それがリリアンには怖くてたまらなかった。

あの時、アルヴィスに剣先を向けられた。冷たい感触とともに注がれた冷たい視線。ゲーム画面では穏やかに笑っていて、時折悲しそうに遠くを見ているアルヴィスの姿が嘘《うそ》のようだった。

アルヴィスは続編のキャラで、メインヒーローだ。この世界には、マナという力がある。この世界の誰もが持っている力だ。その中でヒロインは男爵家の庶子ではあるが平民として育っていた。前作と同じヒロインでも、少々引き取られる事情が違うのは、同じ世界観にしたかったというゲーム制作者の都合なのだろう。

ある日、ヒロインは女神の恩恵を受けることとなる。それがきっかけで父の男爵家へと引き取られ、学園へ入学することになるのだ。そして物語の終盤では、魔物が世界中に溢《あふ》れてしまう。女神との契約はそのために必要だったのだと。貴族子息の中でも王家の血が濃いアルヴィスは、ヒロインの補佐として選ばれる。瘴気《しょうき》を浄化し、魔物を対峙《たいじ》していく中で二人は気持ちを近づけていくのだ。

最後は命を捨てて世界を守ろうとしたヒロイン。それをアルヴィスが引き留め、共にその命を捨てようとするが女神の慈悲で二人とも生き延びることが出来る。それが続編のストーリーだ。前作とは違い学園での物語ではないが、リリアンはこちらのストーリーの方が好きだった。

しかし、今リリアンが生きているこの世界はそうではない。そもそもジラルドが廃嫡されてしまった。更に、アルヴィスが王太子だ。どれもリリアンが知る世界で起きなかったこと。そもそもエリナの性格が違う。いや、エリナだけではない。他の令嬢たちもだ。

一度だけ、他の令嬢に聞いたことがある。気に入らない令嬢がいたらどうするのかと。まだリリアンがジラルドと親しくする前だ。その令嬢は言っていた。

『気に入らない程度の感情を振り回すのは子どものすることでしょう。私たちは常に自制をしなければなりません。貴女《あなた》も貴族令嬢として、慎み深い行動をすべきと助言いたしますわ。尤《もっと》も、高位貴族のご令嬢方が本気で怒ったのならば、学園にはいられなくなるでしょうね』

『そんな怖いことをするの？』

『怖いことだなんて、物騒なことを仰《おっしゃ》るのね。ただ、貴族家から抗議の文書が届くだけですよ。でもそれだけでも十分です。その家は社交界から爪弾《つまはじ》きにされますし、貴族家から抗議されたような娘など醜聞にしかなりませんから』

あの令嬢が言うのが本当ならば、エリナたちはリリアンに対して本気で怒っていたわけではないということになる。そうならば、リリアンがしていたこととは一体なんだったのだろうか。リリアンはただ、幸せになりたかった。格好いい王子様と楽しい恋愛をして結婚をして、愛される暮らしをしたかっただけだ。それがヒロインのはずだから。

「どうして、なの……何で私が」

そこへ突然リリアンがいる部屋の扉が開けられた。ゆっくりと振り返ると、そこにはヘクターの姿がある。

「来い」

「痛っ……」

問答無用というようにリリアンの腕を引っ張るとヘクターは、スタスタと歩いていく。リリアンよりも長い脚だ。歩くのも早く、リリアンは走るように足を動かした。

「入れ」

ある部屋の前で止まると、ヘクターは扉を開けて放り投げるようにリリアンを中へと入れる。足をもつれさせ転ぶリリアンだが、手を貸してくれることはない。リリアンは仕方なく、手を付いて顔を上げた。するとそこには、望んでいた人の顔があった。窓に寄りかかりながらリリアンを見ているアルヴィスの姿が。

「アル……ヴィィ」

「声を出すことは許していません。頭を下げなさい」

眼鏡をかけた人がリリアンに命令する。びくりと肩を震わせながら、リリアンは頭を下げた。この人に逆らってはいけないことを、リリアンはゲームを通して知っていた。この人は近衛《このえ》隊の副隊長のハーヴィ。尋問が得意なことで有名な人だった。

「さて、貴女に聞きたいことがあります。偽りなく答えてくださいね」

丁寧な言葉で話すハーヴィだが、それが逆に恐ろしい。リリアンは、頭を下げながら首を縦に動かした。

「宜《よろ》しい。では、一つ目の質問です。貴女はマラーナという国を知っていますか？」

マラーナ王国。勿論《もちろん》知っている。ルベリアの隣国の国だ。リリアンは首肯した。

「では、マラーナ王国の人と会ったことはありますか？」

この質問にはリリアンが首を横に振った。マラーナ王国には行ったことがない。ゲームでも隣国の人が出てくることはなかった。ルベリアの王都がリリアンにとっては全て。修道院から脱走する時に初めて王都の外を見たほどだ。

「嘘ではありませんね？」

嘘だと言われたことに、リリアンは驚き顔を上げてしまう。だがハーヴィと目が合ってしまい慌てて顔を下げた。

「……顔を上げて結構です」

恐る恐るリリアンは顔を上げる。するとリリアンの目の前に、瓶が置かれた。これは見覚えがあるものだ。もしアルヴィスに会うことが出来たなら使えと指示されたもの。これを使えば、リリアンの望みは叶《かな》うと言って。

「これは貴女が持っていたものです。誰から受け取りましたか？」

「……知ら、ない人」

「知らないのですか？」

本当に知らない。あの時リリアンの頭にあったのは、ただこれはおかしいという想《おも》いだけだった。修道院から出してくれたことも隠れイベントだと思っていたから、疑問にも思わなかった。だが、ハーヴィにとっては満足のいく答えではなかったらしい。呆《あき》れたように息を吐かれてしまった。

「どうしますか、殿下？」

「……仕方ないだろうな」

寄りかかっていた身体《からだ》を起こすと、アルヴィスはスタスタとリリアンの前までやってきた。間近で見る姿にリリアンは嬉《うれ》しくなる。これもイベントなのかと。

「邪魔をする」

「え？」

そう言ってアルヴィスがリリアンの額へと触れた。すると、リリアンの中に何かが入ってくるのを感じる。冷たい水のような感触。違和感に襲われて、リリアンは体中が震えているのがわかった。

「見えた」

ハッとアルヴィスの手が離れていく。力が抜けたと同時に意識も遠ざかっていく。そうしてリリアンはそのまま倒れこんでしまった。

◆◆◆

倒れこんだリリアン。それを騎士団員たちが運んでいく。要件は済んだ。

「随分と優しくないやり方でしたね」

それはアルヴィス自身にもわかっている。だが、あまり長い間リリアンの中を見ていたくなかったのだ。実際にみた彼女の中については話したくもない。気分が悪くなるだけだ。だが、目的のことは見つかった。

「それで、どうでした？」

「嘘ではなかった。彼女は何も知らない。いや、都合の良いようにしか考えていなかったというべきか」

利用されていただけだとは思っていたが、予想以上に何も考えていなかった。呆れるほどにだ。

「そうですか。ですが、知らないとはいえ彼女がやったことがなくなるわけではありません」

「あぁ。わかっている」

彼女から読み取った一番強い感情。それは生きていたい、だった。リリアンの罪を考えれば、処刑されても当然だ。だが、アルヴィスはそれを命令することが出来なかった。他人の中を読み取るというのは、こういうことだと理解していたはずだが、割り切ることが出来ない。今、アルヴィスの中にはリリアンの生への執着が残ってしまっていた。

「殿下、何を読み取ったのです？」

心配そうに顔を覗《のぞ》き込むハーヴィに、アルヴィスは力なく笑うことしか出来なかった。この感情の嵐をどうにかしないとならない。死者の読み取りは死ぬ間際を体験させられることもあるため、あまりしたくはない。だが、生きている人間の場合は感情というものが存在する。執着が強い場合は、アルヴィスへも影響を与えてしまうほどだ。

「悪い。今は、少しだけ時間が欲しい」

「……承知しました。部屋までお送りします」

「頼む」

エピローグ

建国祭が終わってから数ヶ月経ったある日。アルヴィスは国王の執務室を訪れていた。

向かい合って座る国王の顔には、疲労の色が濃く出ている。否、正確には疲労ではないのかもしれない。二ヶ月後に開催される、学園の創立記念パーティー。昨年のそれを思い出しているのだろう。

「伯父上」

「いや、すまん。もう一年が経《た》つのかと思ったのだ……いよいよ近づいてきたのだとな」

「そう、ですね」

まだ一年しかとするか、もう一年とするのかは人によって違うだろう。アルヴィスにとっては、王太子という立場になってから一日一日が早い。どちらかといえば、まだ一年しか経っていないのかと感じていた。それでも創立記念パーティーというものは、今の王族たちにとっては特殊なものだ。王族の歴史において、近年の中では最大の汚点なのだから。

「けじめをつけなければと、考えておる」

「創立記念パーティーに出席されるのですか？」

「いや、そうではない」

「では、一体何を？」

昨年の創立記念パーティーは、ジラルドの不始末により台無しになってしまった。これにより、昨年度の卒業生はパーティーを中断されたまま学園を卒業していった。通常ならば、大切な思い出となるはずのものが無くなったのだ。それも当時の王太子の所業によって。

今回のパーティーには昨年の卒業生も招くことになっている。一年遅れとはなるが、心残りだという意見が多く聞かれたため特別配慮として認められたのだ。ここに、今年は王族代表としてアルヴィスも参加することになっていた。国王が参加する予定はない。創立記念パーティーを台無しにしたけじめというのだから、これを変更するのかと考えたアルヴィスだったのだが、すぐに否定されてしまった。

「アルヴィス、余は数年のうちに退位するつもりだ」

「……そ、れは」

「子の不始末は親がつけなければならん」

「ジラルドは既に成人しています。責任を取るならあいつだけで十分ではありませんか？」

未成年ならば、子がしでかした責任は親が取って当然だ。しかし、成人した以上は己が責任をとるもの。それが常識である。

「無論、その通りだ。だがな、あいつは王太子であったのだ。国を、民を導くはずの次期国王がしでかしたこと。その責任が余にないとは言えまい」

「……」

ジラルドがただの貴族の子息であったならば、常識の範囲内で収まったかもしれない。しかし、ジラルドは王族で王太子だった。そういうわけにはいかないのだと言われてしまえば、アルヴィスにこれを否定出来るものはない。

「お前が王となるには、まだまだ足りないものがあるだろう。隠居した身となっても、助けとはなれるはずだ。これはお前のためでもある」

「伯母上は……王妃陛下は承諾しているのですか？」

「無論、既に話は通してある。あれはむしろホッとしていたな。ちゃんと、リトアード公爵令嬢が妃《きさき》になるのを見届けたいと言っておった」

「そうですか」

エリナが幼い頃、ジラルドの婚約者と決まった頃から、エリナの成長を見守ってきたのが王妃だ。娘のように見守ってきたエリナが妃として王家に入ってくるのを何よりも楽しみにしていたらしい。王妃には娘がいない。側妃が生んだ娘、リティーヌとキアラはいるものの彼女たちは側妃の傍《そば》にいる。仲が悪いわけではなくても、娘として可愛《かわい》がるようなことはなかった。だからこそ、息子と結婚することで娘になるエリナを可愛がっていたのだろう。今となっては、エリナが娘となる将来はなくなってしまったが。

王妃の想《おも》いを知っているからこそ、エリナの結婚式のドレスや装飾品にはアルヴィスの母は口を出していない。主導しているのは、王妃だ。リトアード公爵夫人も了承している。王家に入るのだから、王妃が主導するのが当然だと。

「それもこれも、せめてお前たちに子が出来てからだとは考えておるがな」

「っ!? 善処、いたします……」

国王の発言に、アルヴィスは言葉を失う。

王族として、王太子として世継ぎを作るのは大事な仕事の一つでもある。当たり前のことを言われただけなのだが、改まって告げられると反応に困るというものだ。どのような顔をすればいいのかもわからず、アルヴィスは困惑するしかなかった。


その後、アルヴィスは国王の執務室を後にした。外で控えていたレックスとディンに目配せをすれば、彼らはアルヴィスの後ろをついてくる。

「ん? アルヴィス、何かあったのか?」

「殿下、具合でも悪い――」

「何でもない。気にしなくていい……」

「ですが」

「戻るぞ」

目ざとくアルヴィスの変化に気が付く二人は優秀だ。だが、そんな二人にも知られてしまうような自分にアルヴィスは舌打ちしそうになる。今のアルヴィスはそれほどまでに困惑が抜け切れていない。これ以上顔を見られないようにと、首を傾《かし》げている二人を余所《よそ》に早歩きで足を進めるアルヴィスだった。

あとがき

皆様こんにちは。紫音です。この度は、「ルベリア王国物語2　～従弟の尻拭いをさせられる羽目になった～」をお手に取って頂き、誠にありがとうございます。1巻から引き続きお手に取ってくださった方々には本当に感謝の一言しかありません。こうして2巻を執筆することができたのは、ひとえに応援してくださる皆様のおかげです。本当にありがとうございました。

さて、今回のお話ですが建国祭がメインのものとなります。WEB版に比べ、1巻よりも加筆修正が多く入った内容となりました。大きく変わったのは、WEB版では存在だけだった帝国サイドの話でしょうか。アルヴィスと同じく契約者となった少女、そして帝国の皇太子が登場しましたね。もう一つ変わったものといえば、ウォズの存在です。そして、アルヴィスもWEB版とは少し違った表情をみせています。WEB版の方を先にご覧になった皆様には、どう映ったでしょうか。

まだまだ語りたいことは尽きないのですが、今回はあとがきも短いということですので、お世話になった皆様へのお礼を伝えさせてください。

引き続き、書籍版イラストを素敵に描いてくださった凪《なぎ》かすみ先生。キャラクターたちを見る度に悶絶《もんぜつ》しております。コミカライズを描いてくださっている螢子《けいこ》先生、動き回るアルヴィスたちを見るのが楽しみで仕方ありません。そして、編集担当S様をはじめ、出版に関わってくださった全ての皆様、本当にありがとうございました。

今後の皆様のご多幸をお祈り申し上げます。

紫音

次巻予告

自らの責務への覚悟と、
エリナへの想いを自覚した
アルヴィス。

そして騒動から一年が経ち、
再びあの日を迎える。
――創立記念パーティーの開催。

絆を深めた二人の、
記念となる
一日が始まる。

ルベリア王国物語 3
～従弟の尻拭いをさせられる羽目になった～

2021年夏発売予定

コミカライズ好評連載中!!
ルベリア王国物語
～従弟の尻拭いをさせられる羽目になった～
漫画：螢子　原作：紫音
コミカライズ最新情報はコミックガルドをCHECK！
https://comic-gardo.com/

ルベリア王国物語 2
～従弟の尻拭いをさせられる羽目になった～

発行　2021年4月25日　初版第一刷発行

著者　紫音
イラスト　凪かすみ
発行者　永田勝治
発行所　株式会社オーバーラップ
〒141-0031
東京都品川区西五反田7-9-5
校正・DTP　株式会社鷗来堂
印刷・製本　大日本印刷株式会社

ISBN 978-4-86554-894-5 C0093

【オーバーラップ　カスタマーサポート】
電話　03-6219-0850
受付時間　10時～18時(土日祝日をのぞく)

作品のご感想、ファンレターをお待ちしています

あて先：〒141-0031　東京都品川区西五反田7-9-5 SGテラス5階　オーバーラップ編集部
「紫音」先生係／「凪かすみ」先生係